飼養溫柔死神的方法

優しい死神の飼い方

知念實希人

CHINEN MIKITO

目錄

序章……005
第一章 死神的第一份工作……015
第二章 死神解開命案謎團……069
第三章 死神暢談藝術……111
第四章 死神談情說愛……163
第五章 死神上街……209
第六章 死神命懸一線……249
第七章 死神的聖誕節……301
終章……349
作者致臺灣讀者的話……359

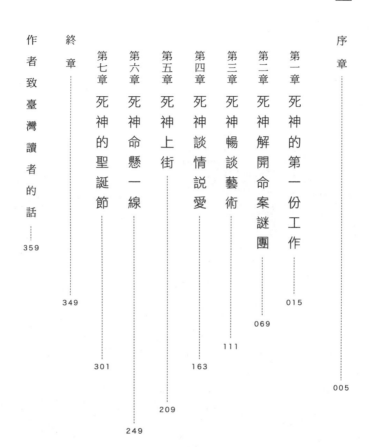

序章

夾雜著雪花的寒風拍打著我金色的毛皮，一點一滴奪走體溫。

有生以來首次體會到「寒意」，我實在對此敬謝不敏，但眼下不是悠哉閒話的時候。再這樣下去，我僅著一身夏裝毛皮，就要因爲上司的差錯而凍死了。降臨世上，活短短三小時就一命嗚呼，實在太丟臉。不管上司怎麼想，對「吾主」也交代不過去。

啊，抱歉，太晚自我介紹了。

我是一隻狗，一隻尚未命名的狗。

……不對，這種說法不正確，請容我修正一下。

我很容易對一些雞毛蒜皮的小事耿耿於懷，同事都笑我太神經質或說我跟人類的小姑娘沒兩樣，但太不拘小節，就愧對了「吾主」使者的身分。

請容我重新自我介紹，我是尊貴的靈體，約三小時前住進狗的體內，降臨世上。至於名字，吾主當然賜予我美妙的正式名字，但無論世上多麼崇高的存在，都無法正確發出音節，更無法清晰聽見發音。

因此，說自己在世上還沒名字應該不爲過。

人類若見到我現在的模樣，應該會認爲自己見到一種稱作「黃金獵犬」的公狗。因爲我的毛色閃閃發亮，相貌威風凜凜。不過，這是我暫時的模樣，畢竟這具肉體說穿僅是一具「容器」。我身爲形而上的靈體，下賤的人類無從得知我的眞身，儀器也感應不來我的存在。然而，人類不盡然察覺不到我們。不知爲何，他們雖然不太篤定，但隱隱約約地感知到我們，還自作主張地取名字。

人類稱我們……咦？怎麼說來著？實在太冷了，我一下想不起來，加上我原本就對人類怎麼稱呼我們一點興趣也沒有……
聰明如我，到底在搞什麼呀……啊，想起來了！
「死神」。
沒錯，人類稱我們為「死神」。
提到死神，人類立刻聯想到黑袍骷髏，祂們會舉起巨大鐮刀，一刀狠心斬斷生命根苗。這種想像有夠沒禮貌。我們才不是那副德性，也不會做這種野蠻的事。我的工作是親眼見證人類的死亡，並將人類的「魂魄」從名為肉體的桎梏中解放，引至吾主的身邊。我以前的工作就是在人類變成名為魂魄的靈體時，為他們指引方向並且回收靈魂。沒錯……我「以前的工作」。
高貴如我，為何非得借用動物的身體降臨世上呢？
這件事說來話長。
呃，簡單說，非常簡單說……就是我被降職了啦！
死人的魂魄通常會在我們的引領下前往吾主身邊。然而，某些魂魄罕見地在臨死之際對人間產生強烈的「依戀」，並在死後被心頭的牽掛絆住，賴在人間，成為人類口中的「地縛靈」。
死神的工作是為魂魄引路，因此地縛靈打從以前就是令人頭痛的根源（雖然死神沒頭就是了）。魂魄一旦變成地縛靈，我們好說歹說，他們還是不願輕易前往吾主身邊。死神也不能強硬拖走魂魄。
然而，脫離肉體的魂魄滯留人世太久，便宛如在海風侵蝕下逐漸腐朽的鐵塊，遲早灰飛煙滅，徹底化爲「虛無」。我們認爲魂魄原本就是「吾主」的所有物，若任憑魂魄完全消失不見，再丟臉不過。

死神的職場中，領至吾主身邊的魂魄消失率愈高，工作績效就愈糟。相當令人遺憾，我最近的績效爛到不行。但這不是我的能力有問題，而是我負責的時代和地區有問題。證據就是，一起負責二十一世紀日本這個國家的死神，績效都不怎麼好看。

因此，我對直屬上司發出「言靈」，亦即用我們的聲音報告：「績效會難看，完全是因爲在這個世代和國家出生的人類生活大有問題。」

一向明理的上司馬上側耳傾聽我的主張（當然，身爲靈體的上司沒有耳朵這種器官）。而我察覺主張受到傾聽，不小心得意忘形，畫蛇添足地加一句：「要是不趁人類活著時接近他們，恐怕難以提升死神的績效。」

「原來如此。」

上司贊同，接著提出難以置信的結論：

「既然如此，我就把這個重責大任交給你！」

我呆住了。

人類根本感知不到另一個次元的我們。雖然有一些方法可以直接干預他們的魂魄，或透過言靈喊話，甚至出現在人類的夢中，但絕大部分人類都認爲這是自己想多了，一個搞不好還會害人類以爲自己精神出問題。

我最初以爲上司在開玩笑，但不苟言笑的上司從未開過任何玩笑，我不禁驚慌失措。

「人類成爲魂魄前，根本無從感知我們，我們也絕不可能跟活著的人深入關係。更何況，主動讓人類知道我們應該是禁忌吧？」

「那麼，我賜予你在人世間活動的暫時軀殼。這麼一來，人類既不會發現我們，你也可以自然和人類接觸了。」

暫時軀殼？我心裡的不安益發強烈。

「那我本來的工作怎麼辦？」

「別擔心，你確實是優秀的引路人，但引路人多得是，我讓其他人分工合作來填補空缺。」

「可是……」

我試著反駁。高貴的我居然要和醜陋的人類一起生活，這眞是可怕的噩夢！

「……等一下。」

上司制止想發出言靈的我，並且沉默下來。當我察覺上司在和吾主交談時，也跟著保持安靜。過一會，上司畢恭畢敬地低語：「謹遵『吾主』的意旨……」

吾主正在交代言靈給上司。我鬆一口氣，吾主一定認爲：「怎麼可以讓優秀的引路人和人類廝混呢？」然而下一秒鐘，幸災樂禍的上司發出言靈，將我的期待擊得粉碎。

「轉述吾主的言靈如下——聽起來很有趣，讓他試試。」

我目瞪口呆地聽完話，當下放棄抗辯。做好心理準備，我們還有機會違抗上司，但絕不可違逆吾主的言靈。我們是爲了體現吾主的意志而生，這就是我們存在的意義。

接下來，我應該發出的言靈，或說可以發出的言靈只剩一句。我盡量不讓任何人發現內心的絕望，畢恭畢敬地說：

「……謹遵吾主的旨意。」

哎，我細說從頭時，被雪染白的視野突然搖晃起來。

這就是所謂的地震嗎？不對，這不是地震，地震不太可能讓我的視線翻轉三百六十度。啊！難道這就是所謂的「暈眩」嗎？唔，好不舒服，肚子裡五臟六腑好像都在跳舞。咦？這玩意兒好像叫作「腳」來著？不過，腹部用來移動的肌肉完全使不上力，我這樣不就無法前進了嗎？這可不妙。

我四肢無力地癱坐在地，想忘掉一切，閉上眼睛。

……我其實搞不清楚，眼下狀況很糟糕嗎？我想起引領某位喪生在雪山的魂魄時，他好像告訴過我：「睡著的話會死掉哦！」

不知何故，腦海依序掠過幾小時內見過的光景，莫非這就是人生走馬燈？可是，我在這世上才待幾小時，足以看見什麼有意義的走馬燈嗎？頂多浮現冰封的樹木，以及覆蓋皚皚白雪的山路。

這全都是上司的錯，什麼日子不選，偏偏選這種下大雪的日子，他就這樣把我丟在離目的地還很遠的地方，更慘的是，身上的毛皮還是夏天的短毛。

當我正在思考怎麼向吾主解釋的時候，柔軟溫暖的東西碰到我的頭。

「你在這種地方做什麼呢？」

聲音從頭上傳來。我有氣無力地仰起頭，一隻母的年輕人類映入眼簾——太拗口，是一名少女歪著頭輕撫著我。

她的年紀約莫二十歲，嬌小身軀裹著厚鼓鼓的羽絨外套。形狀姣好的鼻粱給人很伶俐的感覺。她還有一對雙眼皮，微微下垂的眼角嵌在小巧的臉蛋上，襯得眼睛特別大。我身爲引路人，又跟人類廝混多年，很清楚人類的世界裡，擁有這樣五官的少女稱得上是眉清目秀的美人。

道路完全掩埋在大雪底下，什麼地方能夠讓我暖暖身子呢？

「嗚……」

我想用人類語言，嘴裡卻傳出超級難爲情的狗嗚。

唉，這種名爲「狗」的動物，舌頭似乎無法發出人類的聲音。不過，我雖然封印在動物的軀殼裡，倒還保有些許死神之力，努力一點就可以使用言靈。但人類聽得見直接和他們意識對話的「言靈」嗎？而且，我不是平凡黃金獵犬的事恐怕會露餡。我無計可施，用迷濛的眼神望著少女，眉目傳情也是一種方法。

「原來是這樣，你迷路了？」

不知道她怎麼解讀我的眼神，少女再度摸摸我的頭。掌心的溫度舒服至極，尾巴不禁左右搖擺。問題是這少女從哪兒冒出來？我這才發現，她羽絨外套的下襬露出一截衣服，這應該是人類口中的「白袍」。

專門醫治病人的設施中，人們總穿著這種工作服。

「你看，我們的醫院就在那邊，你站得起來嗎？」

女孩指著暴風雪的盡頭。我定睛一看，遠處半啓的巨大鐵門內，坐落著一座被雪覆蓋的廣大庭院，深處還有一棟三層樓洋房。暴風雪中，我隱隱約約見到模糊的輪廓，掛在大門口的門牌上寫著「丘上醫院」。

「汪！」

我的喉頭發出歡喜的叫聲。

這正是上司把我降職……不對，這是我新的工作地點。

我擠出僅存的體力站起來，挨著女孩走向門。

「啊，你還能動。太好了。對了，我叫菜穗，朝比奈菜穗。你呢？」

自稱菜穗的少女輕撫我被雪染成白色的背脊。我差點講出吾主賜予的眞名，但僅發出「汪」的叫聲。算了，就算正確發音，人類少女應該也聽不見。

「這樣啊，那你在這裡的名字就由我幫忙想吧。」

菜穗再次自作主張地解讀。接著，她揪起眉心，陷入沉思。這個少女似乎很容易陷入自己的世界。

「有了，叫你『李奧』如何？因爲你的毛色就像狄卡皮歐的金髮那麼美麗。」

狄卡皮歐？

「嗯，不錯吧。李奧，你覺得這個名字如何？」

菜穗笑容滿面地亂揉一通我的頭毛。李奧？嗯……還算可以。雖然我不甚滿意外來語特有的輕浮感，但這兩字莫名有氣質。我表示同意，大聲「汪」一聲。

「喜歡嗎？那就好。快走吧！得讓你凍僵的身體暖和起來才行。」

難道是偶然嗎？菜穗這次準確理解我。

我走在菜穗旁，反覆默唸新名字。

那請容我再重新自我介紹一次。

我是封印在黃金獵犬體內的死神，名叫李奧。

第一章　死神的第一份工作

1

我將碗裡的狗食盡數呑下肚，舔舔嘴角，回味殘留舌上的牛肉香甜。我原以為禁錮在狗狗肉體的命運只有「痛苦」二字，沒想到所謂的「用餐」還不賴。啊，高貴的我可不會像下賤的人類那樣化為快感的俘虜，只是合理享受一下狗生。

「吃得好乾淨，還要來點餅乾當飯後點心嗎？」

菜穗笑著看我吃飯。她拿著三個咖啡色的固體，散發出刺激食慾的香味……嗯，那我就收下吧！我坐正身體，前腳伸向半空，擺出「握手」的動作。我的嘴裡不禁流出唾液，完全不受意志控制。

「眞聰明。」

菜穗將餅乾放進碗。我迫不及待地一口咬下。別誤會，我絕不是成了食慾的俘虜。這是不讓對方察覺出我的特別，故意表現出狗狗的行為。沒錯，只是這樣。

「好吃嗎？」菜穗蹲下來，觀察我的表情。還不賴。我「汪」地叫一聲。聰明如我，住進這家醫院的三天內就學會自然表現出狗的情感反應。

「太好了。」菜穗摸摸我的頭，接著將碗拿進食堂。她應該是要在食堂後的廚房清洗。我目送著她白袍底下的纖細背影離去。

下賤的人類中，她算是好女孩。

工作忙得要死，還硬擠出空檔來照顧在世上不過是隻流浪狗的我。三天前，菜穗拜託個性古怪的院長，好不容易讓奄奄一息的我留在醫院。若菜穗當時並未用盡全力說服院長……不對，更早以前，若菜穗並未在檢查醫院門窗鎖好之餘，發現埋沒在大雪中的我，這具黃金獵犬的軀殼也許早就失去生命跡象，而現在的我大概會一面承受吾主的叱責，同時拚命將責任推到上司頭上。

到世上短短幾十小時，已經欠下菜穗以狗的身分來說根本還不清的恩情。這份恩情究竟要如何償還呢？有了，過幾十年，菜穗逝世時，我再親自將她的魂魄引領到吾主的身邊好了。下定決心後，我打了一個大大的哈欠。一塡飽肚子，身體就會渴求睡眠。倘若我只是普通的狗，大概會睡起懶覺。

但我帶著崇高的使命來到此處。

我輕輕搖頭，將睡意搖出頭蓋骨，沿著走廊前行。狗狗的肉球陷進走廊柔軟的地毯中，非常舒服。我左右張望著，優雅地在又長又寬敞的走廊上前進。這條走廊稍嫌陳舊，但置放著高級家具。尤其是走廊盡頭的巨大壁鐘，雖然不再背負報時這項職責，但光坐落於此，便散發肅然起敬的莊嚴氛圍。

我看遍走廊，其中一側有兩扇偌大的門扉，分別通往食堂和飼主們的交誼廳，兩間房都大到足以舉辦舞會。再往前走，壁鐘前有一扇小門通往廚房。走廊另一側的牆壁則是四扇巨窗，明媚陽光從中灑落。

我做爲魂魄的引路人，看過太多醫院這類場所，然而，這家醫院和我見過的明顯不同。一般醫院，絕不會將可能帶有病菌的動物留在裡頭。

事實上，菜穗最初將我帶回洋屋時，胖胖的中年護理長就瞪大眼睛說：「馬上帶牠離開。」菜穗難得強硬地堅持著，「這麼做，牠就太可憐了。找到別的飼主前，請讓牠留在這裡。」

一時間，兩位護士劍拔弩張。在菜穗絕不屈服的眼神中，護理長嘆一口氣地敗下陣：「院長同意的話，我就沒話說了。」

雖然菜穗在護理長面前表現出前所未有的強硬，但當她帶著慢慢回溫，體力也逐步恢復的我拜訪醫院老大——也就是和院長談判時，心情還是十分緊張。她敲響醫院三樓，掛著「院長室」門牌的那扇門時，手還微微顫抖。我並未錯過這一幕。

「……進來。」

門的另一邊傳來不帶一絲感情的聲音，菜穗帶我進房。殺風景的單調室內放著上年紀的桌子和塞滿醫學專業書籍的巨大書櫃。

「什麼事？」

「那個……呃……院長，這孩子迷路了，可以讓牠留在這裡嗎……」

瘦削中年男子抬起頭，從粗框眼鏡後方上上下下打量著我。

「妳知道這裡是哪裡嗎？」

「……知道。」

菜穗縮著身體，以幾乎快聽不見的聲音回答。

「知道還要把狗留在這裡？」

「……」

菜穗一句話也答不上來，只能低著頭。我無意識地從喉嚨深處發出低吼。菜穗跪在地上，摟著我的脖子，撫摸我的頭。她該不會以爲我會撲向院長吧？

這怎麼可能，高貴的我才不會做出那麼野蠻低俗的事。

「那個……我會把牠養在外面，這麼一來就不會對患者們……」

「不可以。」

院長一句話就否決掉提議。

怎麼會有這麼無情的男人。我對院長的厭惡感湧上心頭。等這個男人死去時，我先把他的魂魄放在海底泡上幾天。我提高低吼的音量，下定決心。然而如今得先改變院長的心意才行。這家醫院是我的新工作地點，須在這裡住下來，完成上頭交代的使命，往後才可以回到引路人的正職。

沒辦法了。

我集中精神。死神的能力並未因爲封印在黃金獵犬中就消失。我的存在比人類還高好幾個等級，干預人類靈魂，暫時操縱他們的言行舉止，倒不是不可能的任務。

不過，干預受肉體保護的靈魂並不容易，但如今我擁有肉體，很快就能讓人類察覺到我。一旦引起注意，干預靈魂就簡單多了，只要對上眼就行了。目光和意識連結，視線相交，我就觸碰得到人類藏在靈魂之窗深處的魂魄。

這就類似人類說的「催眠術」，但催眠術無法跟死神的能力相提並論。我不僅可在某一限度內操縱人類行爲，要讀取人類的心思也不成問題。他們處於睡眠狀態時，我甚至可以進入對方的夢鄉。

但我打算使出這招的前一刻，院長開口：

「妳要養就養在屋裡。」

意料外的回答害我忽然茫然不已，瞪目結舌地愣住。

「咦？可以嗎？」

菜穗也不遑多讓，原本就很大的眼睛瞪得更圓了。

「動物可以爲患者精神帶來正面影響。要養的話，就養在接觸得到患者的室內。」

「啊，這樣，那個……」

菜穗一時語塞，似乎不曉得怎麼回答。

「還有什麼事嗎？」

「沒有了，謝謝您。」

菜穗深深低下頭，我也跟著點頭致意。院長有些訝異地看著跟著行禮的我，沒好氣丟下「妳要負責照顧牠。」話一說完，就將視線從我們身上移到桌上文件。

事情如此發展著。

三天前，本人無法抵擋的魅力受到認可，甚至遠勝過散播病菌的危險性，在這家醫院建立療癒大家心靈的穩固地位。人類好像把我當成「吉祥物」或「寵物」。問題是，不管我神聖莊嚴的氣質再怎麼撫慰患者的心靈，倘若這裡是普通醫院，還是不會讓我在屋裡走來走去。

我在走廊上集中精神，嗅到空氣中摻雜著一股甜膩腐敗的噁心氣味，並往味道的來源前進。接近走廊盡頭前，出現一座通往樓上的巨大樓梯。

我知道這股味道。雖然狗的嗅覺很靈敏，但一般的狗兒應該聞不到。我察覺得到氣味，並非因爲我身爲犬輩，而是死神的本質。一旦領悟到大限將至，人類會散發出一股獨特的氣味，而這只有地位崇高的靈體集中精神時才感知得到。

如果人類對自己的人生心滿意足，平靜坦然地接受死亡，就會發出宛如嫩葉般的清香。擁有這種香味的死者，將會毫不戀棧地順從我們的指示，前往吾主的身邊。比較麻煩的是散發出果實腐敗般，過於甜熟氣味的死者。他們對自己的一生遺留強烈悔恨，不願接受步步逼近的死期。我們死神稱這種人發出的噁心氣味爲「腐臭」。

人類死前發出的「腐臭」愈濃烈，受到「依戀」束縛而成爲地縛靈的機率就愈高。如今，樓梯上傳來的陣陣腐臭，濃得令人忍不住皺眉。

沒錯。這裡並非普通醫院，而是臨終關懷醫院，也稱「安寧療護病院」。這是罹患不治之症的人們臨終之處，他們在這裡緩和肉體和精神的痛苦，度過人生最後一段時光。

我抬頭望向樓梯，伸個大懶腰。藉著黃金獵犬的軀體到世間已三天，我習慣這具肉體，也習慣這家醫院了，再不開始工作，囉哩叭嗦的上司肯定要碎碎唸。

吾主賦予我的使命，正是接觸醫院中可能成爲地縛靈的患者，讓他們從「依戀」中解脫。雖然這份工作並非我的本意，但只能全力以赴。我躡手躡腳地爬上樓梯，往瀰漫著「腐臭」的二樓走。

接下來，就是住在黃金獵犬身體裡的我的第一份工作。

2

我爬到二樓還剩三個台階的位置，眼前就是護士聚在一起工作的場所。好像叫作「護理站」。我伏低身體，小心不讓護士發現。話說回來，護理站這稱呼到底打哪來的？國外來的名詞嗎？

我無法理解人類為何要使用這種外來語。

我在這個國家擔任多年引路人，雖然對低俗的人類沒什麼興趣，但工作中漸漸對人類創造出來的音樂、繪畫、藝術和文化產生濃厚興趣。或許因為相處久了難免偏心，但我始終認為日本創造出來的「和、敬、清、寂」是至高無上的文化。這股文化的內蘊，最能將人的精神打磨得寧靜、莊嚴與美好。然而，最近海外文化大舉入侵，將如散落的櫻花瓣般無常卻美麗的文化驅逐出境。我常心痛不已，對舶來文化敬謝不敏。要我積極使用外來語，光想就要吐了。

啊……不是高談闊論文化的時候。

我彎著身子，轉動眼睛窺探護理站，兩名護士正在忙進忙出，其中一名就是菜穗。她們正在檢查紀錄和藥品，沒注意到我。我獲准住在這棟房裡，但活動範圍僅限一樓。若被抓到溜進設有病房的二樓，最糟的後果是掃地出門。

我不禁口乾舌燥，心跳加速。

就是現在！我四腿使力地一口氣跳上三個台階，迅雷不及掩耳地穿越護理站，衝進二樓走廊，藏身在盆栽後方，同時觀察身後。護士似乎並未探頭察看這兒，顯然沒被發現，我鬆了一口氣。還沒被封印在黃金獵犬的身體前，別說不用在意人類的眼光了，地心引力和牆壁也限制不住我，現在有夠麻煩的。

我看遍走廊。

寬敞的長走廊與一樓幾無二致，兩側各設五間不同的房間。

在菜穗這三天來告訴我的事情中，我蒐集到資訊，這裡的病房僅有十間，都是單人房。也就是說，最多十個人同時住院。問題是，收這麼少的病人，這家醫院撐得下去嗎？現在別說十個人，一半的病房都住不滿。

我湊著鼻子猛聞。洋房不僅寬敞，挑高也高，但窮奢極侈的走廊充塞令人窒息的甜膩腐臭。究竟哪些患者會變成地縛靈？我尋找著瀰漫整條走廊的氣味來源。

……怎麼回事？我聞了十幾秒，不解地歪起脖子。

一……二……三……四……

走廊充斥四種腐臭。

每個人的腐臭都有些不同。只有幾個患者，居然有四種腐臭。換句話說，這裡的患者幾乎都是地縛靈的預備軍，我須解決所有人的難題。一想到這裡，眼前一陣黑。在這樣的時代和國家，地縛靈出現頻率再怎麼高，幾十人頂多一個。要是心中沒有強烈的「依戀」，人類不會輕易變成地縛靈。當人的靈魂脫離軀殼，獨自兀立世間時，就宛如赤身裸體地暴露在寒風中，苦痛萬分。

但這裡多數患者都散發出腐臭，太不尋常了。

難道正因此處有這問題才派我來嗎？這下事情難辦了。

我回頭張望，確定到處都見不到護士，迅速跑進最近一間傳出腐臭的門扉，並用前腳的肉球勾住門縫，把往旁開的門推開一小道空隙，身體再滑進門縫。

我潛入約五坪的房間。

我提高警覺地看一遍室內。一如走廊的印象，這和一般病房大異其趣。此時，門在背後靜靜地自動關上，宛如有生命一般。

歐式家具為空間妝點出古老高貴的氣質。牆面設著一扇大窗，前方則擺著一張稱為「床」的西式臥舖。一名男人躺在優雅厚重的雕花床上。

「……狗？」

床上的男人注意到我，一時目瞪口呆。

槁木死灰——這是男人給我的第一印象。乾燥枯黃的皮膚包裹著從病人服袖口露出來的手骨。他的雙頰凹陷，眼睛周圍烙著深深陰影，而看著我的雙眼眼白，呈現出蛋黃般的暈黃色。長年擔任引路人的經驗告訴我，這是肝臟無法正常運作的黃疸症狀。

一般人看見他這副德性，想必輕易明白男人的大限將至。

「啊……我記得菜穗說她養了一隻狗。」

男人自言自語。

菜穗似乎跟患者們提過我，這麼一來事情好辦多了。眞是能幹的少女。一想到菜穗，我的尾巴便不由自主地左右擺動，這種生理反應代表什麼？

不知從我的尾巴擺動聯想到什麼，男人的表情變得比較柔和，還對我招手。原來如此，這就是「寵物」的工作嗎？利用與生俱來的可愛讓人類放鬆。這或許是非常有意義的職業。不過和我的本業「引路人」比起來倒不算什麼就是了。

我靠近床，男人的手有氣無力地伸向我，撫摸我的頭。他的掌心比菜穗堅硬粗糙多了。不過，我不討厭。人類這麼低等的生物居然敢摸我這顆高貴的頭，原是無禮至極的行爲，但這副狗狗的身體似乎很樂意受人撫摸。

又是一個臨時軀殼的新發現，我一時陷入沉思。接下來怎麼做？我由吾主創造出來，是「爲魂魄帶路的死神」，從未做過其他工作。不對，就算不是我，其他死神應該也不知道接下來怎麼做吧？這種事過去沒發生過，我們這種高貴的存在居然紆尊降貴地降臨世間，直接和還活著的人類接觸。

總之只能先從辦得到的事情做起。我吐出一口氣，聚精會神地凝視撫摸著我的老人，幾乎要把他的身體看出一個洞來。不久，我的雙眼看見男人體內的器官。我繼續注視著男人的內臟。

「那個」就在右邊腹部，那是幾乎有小嬰兒頭那麼大的腫瘤，而且已經深入肝臟，宛如融解般地擴散到四周，一路侵蝕到膽管，阻礙膽汁的流通。

大概剩下一個月。我估量著男人所剩無幾的時間。

死神無法左右人類的壽命，但完成引路的工作，還是得具備各式各樣的能力，看穿人類病徵就是必要之一。假設男人只剩一個月，我就須在一個月內幫助男人從「依戀」中解脫才行。

「你叫什麼名字？」男人問我。

我不假思索回答：「我叫『李奧』。」

口中卻發出「汪」一聲。

「這樣啊，你叫李奧啊。」

這下換我瞠目結舌。他如何從剛才的叫聲聽出我的名字？不過，疑問隨即消失。

「茱穗好像說過。」

這男人肯定知道狗不會說話，那又爲何要問我呢？人類的思考邏輯很難懂。我歪著脖子等待他下一句話。既然問我的名字，該禮貌性地報上名來。可是，左等右等，男人心事重重地望著窗外，同時輕撫著我的頭。

男人太沒禮貌？還是這種禮貌不適用於狗呢？我無計可施地從男人骨瘦如柴的手臂間望向點滴袋，上頭寫著「南龍夫」，這就是男人的名字吧。

陽光從窗口流洩，照在南的側臉上，但他的臉色還是很蒼白，毫無生氣。南將窗緣的黑色物體拿在手裡並舉至面前，一臉愛憐地看著。

那是什麼？只是塊黑石頭，實在不值得他小心翼翼地捧著。

南盯著那塊宛如木炭般又小又髒的石頭一會兒，接著緩慢轉頭看我。他微微張開乾裂的嘴，平靜地說：

「我啊……就快死了。」

我知道啊。

這男人沉默了多久呢？我讓南繼續撫摸我的頭，心不在焉地思考著。說完「我就快死了」這句話，南就反覆看著手中的小小黑石頭，以及窗外湛藍得不見雲彩的天空，三天前的暴風雪宛如一場騙局。我以爲他講完「我就快死了」就會侃侃而談自己的「依戀」。但等到地老天荒，他還是沒開口的意思。

我的頭被摸太久，好像要磨擦生熱。再這樣下去，美麗的金黃色毛髮會不會只有頭頂變得稀疏？唉……有完沒完啊？我嘆出一口帶著狗食味的氣，「汪」一聲。

南微微顫抖一下，他與我的視線交會。下一瞬間，我掌握住南的意識。南注視著我的目光逐漸失去焦點。對付他這種軟弱的人根本不費吹灰之力。死亡的恐懼和對過往人生的悔恨已讓他的靈魂虛弱不堪，我輕易干預對方的靈魂。

雖然有點不好意思，但還是請你把前因後果告訴我吧。這對身體不會有壞處的。告訴我，什麼樣的「依戀」捆綁住你的靈魂？

我催促著南的意識。

「那是二戰結束前不久的事……」

南彷彿被什麼東西附身似地娓娓道來——當然是在被我附身的情況下。不過，光是聽片面之詞，不足以得到正確的情報。我再次集中精神，意識與南同步。染成模糊暗褐色的影像逐漸流進腦海。

這是刻在南靈魂深處的記憶，捆綁住他的回憶鎖鏈。雖然有點不厚道，但這是工作的一環。讓我瞧瞧你的過去吧！

我閉上眼睛，將意識交給記憶的洪流。

3

這是真的嗎？南龍夫坐在雜草叢生的河堤上自問。他眼前的世界驀然扭曲，渾濁得宛如隔著骯髒又皺巴巴的薄膜，迫使他產生質疑的念頭。時間之流逐漸變得黏稠滯悶，自己好像在河堤坐上數十小時。然而，時間剛過中午，太陽雖然染上淡淡紅暈，但位置離地平線還很遙遠。

他衝出家門到現在，頂多只過兩、三個小時。

不過兩、三個小時，但他感覺自己已將目前十八年的人生全回顧一遍，如臨終前的人生走馬燈。當他茫然地眺望水面時，背後傳來踩在草地上的腳步聲。

「你在這裡做什麼？」

頭上傳來好整以暇的嗓音，撕去龍夫與現實間的薄膜。

「沒什麼……」

龍夫頭也不回地答。不用回頭，他也知道聲音的主人。

「才不是沒什麼好嗎？沉思這種事一點都不適合你呢。」

對方半開玩笑的口吻讓龍夫將嘴巴抿成一條線。自己都這麼痛苦了，居然還有人說風涼話，讓他一陣火大。

「不用妳管！」脫口而出的語氣尖銳到連自己也嚇一跳。背後的人並未答腔。她是被口沒遮攔的話氣得跑回家嗎？後悔和恐懼緊揪著胸口。龍夫急著想回頭，但他感受到附近的氣氛微微改變，一道人影在身邊的草堆坐下來。

「發生什麼事了？說給姊姊聽。」

檜山葉子穿著一身紫色和服，瞇起細長鳳眼，溫柔微笑著。她僅僅這樣笑著，龍夫就覺得四周明亮起來。龍夫反射性地低下頭，不想讓大自己一歲的青梅竹馬，同時也是他的心上人，瞧見自己喪家犬般的窩囊表情。

「跟葉子姊無關……。」

低著頭的龍夫小聲地說。

「咦？話不是這麼說哦，不久前我們還是一起玩的好朋友呢。」

「什麼不久前？都已經是一年前的事了。」

「這樣呀？時間過得好快啊。」

「肯定是東京太好玩了，妳才會覺得時間過得很快吧。」

一年前，葉子拋下在故鄉工廠上班的自己，到東京的女校念書。

「東京那種地方無聊得很。大家都端著架子，沒一個會爬樹的。」

「在東京根本不需要爬樹。」

「不會爬樹，怎麼摘橘子？」

「不過是橘子，買不就好了？反正葉子姊家有的是錢。」

龍夫忍不住說出夾槍帶棍的話，臉孔因爲自厭而扭曲。

「橘子還是要自己摘比較好吃。」

葉子不以爲意。

「……妳可以這樣出來嗎？之前不是才惹叔叔生氣嗎？」

龍夫望向遠處的山丘上。走路約三十分鐘的山丘矗立著巨大的洋房，那就是葉子的家。明明沒有約好，但葉子從可能遭受空襲的東京回來後，幾乎每天都來河堤報到。龍夫也一樣。在材料不足、產能變差的工廠工作到一個段落後，總會一直線地奔向這裡。

「來的時候倒不辛苦，畢竟是下坡。回去就累了點。」

「妳爲什麼每天都要到這裡？」

龍夫的語氣活像鬧彆扭的孩子。

「當然是爲了來見你呀。」葉子稀鬆平常地道，她從束口袋裡拿出一顆糖果，用食指捻起塞進龍夫的嘴。「給你，這是我從家裡帶來的，很好吃。」

龍夫不曉得怎麼回應葉子的坦白，無言舔著口中的糖果。入口即化的甜味裹著舌尖。戰爭開打至今逾四年，物資缺乏愈來愈嚴重，糖果這種奢侈品很不容易取得，尤其對龍夫這種一窮二白的人來說。

葉子的話只是在尋他開心嗎？

龍夫細細嚐著久違的甘甜，皺起眉頭。

葉子和龍夫小時候進同一所學校，回家又同一方向，經常玩在一起。地點正是這個河堤。當兩人逐漸成長，葉子開始常常請龍夫去自己家玩，那時龍夫也逐漸察覺葉子和自己不在同一個世界。在葉子家見到她的父親時，不管穿著打扮，言行舉止，抑或言談中流露出來的知性，他都和鎮上男人截然不同。

龍夫很崇拜葉子的父親，但對方對這個和女兒過從甚密的少年沒什麼好感。兩個人進入青春期時，葉子的父親禁止她和龍夫見面。那時也是龍夫對葉子的感情從友情轉成愛情的時期。

葉子的父親十分繁忙，常在世界各地飛來飛去，戰爭開打後更是如此。因此，兩人要避開父親的監視偷偷見面不難。而且，愈受阻止，兩位年輕人愈不聽話地頻繁在河堤幽會，互相傾訴見不到面的日子中的點點滴滴。一年前，葉子前往東京的前一天，兩人臨別之際，她將柔軟的唇印上龍夫的臉頰。到東京後，兩人依舊透過書信聯絡。只是，龍夫的不滿悄悄萌芽。自己愛著葉子，可是他完全猜不透葉子怎麼看自己。她認爲自己僅僅是青梅竹馬般的弟弟嗎？還是跟自己抱持同樣的心情呢？

時光流逝，龍夫覺得自己不過是個在工廠出賣勞力的人，和葉子隔著一條深不可測的鴻溝。

「話說回來，你還沒告訴我你爲什麼沒精神？」

葉子自己也含著一顆糖果。

「都說跟葉子姊無關了。」

「……是嗎？既然無關也沒辦法，我不會再問了。」

葉子冷淡的反應讓龍夫忍不住抬起頭。他已經顧不得自己臉上什麼表情，深怕被身旁的女性拋棄。

葉子看著龍夫，嫣然一笑，臉上的表情就像看著孩子。

「做爲交換，你試著自言自語看看。」

「自言自語？」龍夫不明白她的意思。

「沒錯，自言自語。這麼一來，心情可能會變輕鬆也說不定。」

龍夫咬緊牙關。不這麼做的話，鬱積在內心深處的情緒就會爆發。告訴葉子也沒用。沒錯。說了只會變成吐苦水。男人——尤其是大日本帝國的男子漢，絕不可以向女人訴苦。龍夫咬緊牙關，試圖吞回話。然而，落進胃裡的話伴隨著強烈的反胃感逆流回口中。

「……我收到……紅紙（註一）了。」近似嗚咽的聲音從理當咬得死緊，毫無縫隙的牙齒間溢出。下一瞬間，龍夫潰堤似地吶喊：「我收到紅紙了！我要出征了！我很快就會死了！」

雙腿抖得不像自己，那股顫抖隨即擴散到全身。心裡其實已經有覺悟。戰況愈來愈激烈，徵兵年齡從去年的十九歲下修到十七歲，從小就在深山老林裡跑來跑去的龍夫是甲種體格。雖然免於即刻入伍，但隨時可能接獲徵召。儘管如此，當召集令眞正送達，上戰場一事迫在眉睫時，龍夫第一次近距離感受到死亡的威脅。

葉子靠近龍夫，手臂繞在他的頸上。不可思議地，龍夫立刻平靜下來。

「很害怕吧。」

葉子溫暖的勸慰環抱著龍夫的身軀。

「才沒這回事。」龍夫不甘示弱地仰起頭。「爲了國家，我死不足惜。我一點都不害怕，只要是爲了日本帝國的勝利而戰……」

「不會勝利的。」

葉子的低語，輕輕掩過好不容易從聲帶裡擠出聲音的龍夫。

「什麼意思？」

龍夫目瞪口呆，無法理解她在說什麼。

「戰爭很快就會結束了。這個國家……不會勝利的。爸爸是這麼說的。」

葉子寂寞地微笑，並用欲言又止的緩慢語調再次重申。

龍夫緊張地環視周圍。憲兵應該不會出現在這種窮鄉僻壤的河堤上，但他無法壓抑想要確認剛才的話有沒被誰聽到的心情。

「別擔心，這裡只有我們。」

葉子道，彷彿看穿龍夫的心。

「妳憑什麼這麼說……日本怎麼可能會輸……」

他一句話講得七零八落。

「我爸的朋友全都知道日本沒勝算了。政府好像也有意透過『蘇維埃』與美國交涉（註二）……」

「怎麼可能……」

日本是崇拜天皇的神之國

只要人民團結一致，神風就會吹響勝利的號角

註一：日本徵兵的召集令。

註二：第二次世界大戰末期，日本海軍實際上已無法繼續執行作戰任務，雖然以軍事參議官會議為首的日本政府，公開表示打算繼續堅持與同盟國作戰，然而日本高層也開始私下拜託保持中立國立場的蘇聯（即蘇維埃），就和平一事進行談判。

這些口號從小就在父母及老師的灌輸下，深植在龍夫的意識裡。若這句話並非出自葉子的父親之口，想必他會一笑置之：「日本不可能戰敗。」然而，葉子父親的話要比父母和老師的話來得眞實多了。葉子的父親是這裡的王者。單槍匹馬從窮鄉僻壤進軍東京，成立貿易公司，成爲富甲一方的名士。後來擴展事業版圖，他在鎭上也開設工廠，爲家鄉貢獻許許多多。

「父親打算近期內就帶我們離開日本，他已經開始準備了。」

「怎麼會……妳騙人吧……」他滿心期待葉子接著說出：「騙你的呢，你還眞的信啦？」可是葉子一臉憂心忡忡地盯著龍夫。

他聽見土崩瓦解的聲響。

日本會輸，而且葉子要捨棄這個國家。滅頂在負面的情緒中，龍夫感受到比最初強烈百倍甚至千倍的顫慄侵襲全身。前一刻，他倍感害怕，但想要保護國家、保護心愛女性的使命感，勉強壓抑住死亡來臨的狂暴恐懼。如今，這股力道消失無蹤，要將暴動的猛獸再度關回籠裡，是不可能的任務。

我不想死、我不想死、我不想死……

逃避死亡是生物本能。

龍夫的心思全集中在此，眼前逐漸蒙上一層鮮血般的紅黑色。

「……沒事的。」溫軟的雙手依然環著他的頸項，鼻尖縈繞著一股綠草般的清香。

「冷靜下來，沒事的。」

熱到要沸騰的腦漿終於逐漸冷卻。

「我也有件事非告訴你不可，你願意聽嗎？」

葉子抱著龍夫的脖子，在他耳邊低喃。非告訴我不可的事？心中雖然有不祥的預感，但龍夫逆來順受地點頭。葉子有些支吾其詞地續道：

「不久……我就得嫁人了。」

「什麼？」龍夫錯愕地驚呼。葉子的意思慢慢滲進腦中，眼前一片雪白。與接獲紅紙時不相上下的衝擊竄過四肢百骸。龍夫從聲帶擠出毫不像自己的聲音，「跟……跟誰結婚？爲什麼？」他氣若游絲又尖細地問。葉子鬆開手，凝視著河面。

「我爸認識的貿易公司董事長兒子。聽說是華族（註）世家。不過，雖說是華族出身，卻是不會做生意、爲錢所苦的貧窮華族。他從東京逃來這裡，現在在我們家吃閒飯。」

明明是自己的未婚夫，葉子卻像在說別人家的事。

「妳喜歡……那個人嗎？」

龍夫的聲音還是一樣尖銳。

「怎麼可能喜歡那種像扁青蛙般的男人，靠近他就讓我全身起雞皮疙瘩。」

葉子撿起腳邊的小石頭，朝河面水平擲出。石頭在水面上彈跳幾下。

「既然如此，爲什麼還要和那種男人……」

「父親決定的。對方想要父親的財產，白手起家的父親則想要有個『華族』親戚。實

註：日本於明治維新後至《日本國憲法》頒布前（一八六九年～一九四七年）的貴族階層。

在荒謬。日本一旦戰敗，華族就會一文不值。」

龍夫不知道該說什麼。葉子爲什麼要把這件事告訴自己呢？

「龍夫，」葉子的嘴脣湊近龍夫的耳邊，呢喃似的口吻蘊含強大的決心，「要不要和我遠走高飛？」葉子的氣息撩撥著他。

「……咦？什麼？妳說什麼……」龍夫的舌頭不聽使喚。他一定聽錯了。這一定是收到紅紙以及葉子要嫁人一事，讓自己陷入混亂而產生的幻聽。龍夫打算說服自己。然而，葉子彷彿要阻止他的逃避，斬釘截鐵地繼續道：

「我們一起逃走，逃到沒人認識我們的地方，兩人一起生活。忘了紅紙的事，忘了我結婚的事。」

「這……這種事怎麼可能辦得到……」龍夫的表情僵硬。從爲國奮戰的使命中逃開——怎麼做得出來這麼可怕的事。

「爲什麼不可能？」

葉子繞到龍夫的正面，注視著他的雙眼。龍夫一下答不上。

「你又沒家人，逃兵也不會給任何人帶來麻煩，不是嗎？」

葉子的話刺傷龍夫，他血色盡失。自己的確沒家人，母親在懂事前就過世了，父親也在幾個月前的工廠意外中喪命。目前收留他的叔父一家人，對於家裡平白多出一人吃飯的事表現出赤裸裸的不滿。當他收到紅紙時，叔父壓抑不住滿臉的笑容。自己沒有家人了——這是龍夫胸口下永遠的痛。

父親死後，他花費數月才讓傷口結痂，如今又被狠狠撕裂，血肉模糊。就算對方是朝思暮想的女子，他也無法聽聽就算。正想開口反駁時，葉子將自己的額頭貼在龍夫的額上，發出「咚」一聲小小悶響。

葉子呢喃地道：

「我願意成爲你的家人。」

一瞬間，怒氣在龍夫的口中煙消雲散。

「我願成爲你的家人，永遠在你的身邊。所以請保護我……不是保護這個國家。」

「葉子姊……」

思緒捆成一團結，他找不到話。

葉子退開後起身，臉上浮現向日葵般明燦的笑容。

「還有很多準備工作，明天午夜十二點在這裡碰頭。不管你來不來，我都要離開這裡。不過，如果可以，兩個人總好過一個人……我會等你的。」

葉子輕盈地翻過身子，爬上河堤。龍夫無言地目送她的背影。

葉子消失後十幾分鐘，龍夫還坐在河堤上，盯著水面煩惱。

葉子是認眞的嗎？自己又該怎麼做？

背後傳來腳步聲，龍夫以爲葉子又回來了，他連忙回頭。然而，眼前是素昧平生的男人。年紀約四十出頭，天氣明明不怎麼熱，一臉橫肉的臉龐卻泛著油汗，上好的西裝也圈不住突出下垂的肚腹。男人後方停著一輛黑頭車，虎背熊腰的壯漢坐在駕駛座上。

才看一眼，龍夫就沒來由地討厭起這個男人。不止是他醜陋的外表，還有明明望著自己，卻像在看路邊石頭的眼神。他心裡冒出負面情緒。

「你們說了些什麼？」男人抖著雙下巴，沒好氣地問他。

「什麼？」

這是什麼意思？

「我問你和葉子說了些什麼？」

醜陋的男人直呼葉子名諱，龍夫下意識地握緊拳頭。

「你是誰？不關你的事吧？」

「當然有關。葉子是我的妻子。」

男人臉上浮出露骨的優越感。龍夫領悟男人的身分。他就是葉子的未婚夫。

「不准你再接近葉子。你和我們是不同世界的人。」

男人的措辭十分妄自尊大，刺激起龍夫的自尊心。他產生強烈的反彈感。

「誰要你來多管閒事！我是……」

「南龍夫。你是葉子的青梅竹馬吧！」

龍夫被指名道姓，一時無言。

「調查妻子的交友狀況有什麼不對。我還知道葉子自從回到這裡，每天都會和你見面。不過，你也別太得意忘形，那女人是我的。」

男人眼裡閃爍著赤裸的欲望。龍夫對男人的厭惡，進一步化成想吐的衝動。

「葉子姊才不是你的妻子！」

「那女人很快就要嫁給我了。你就想著那女人被我抱在懷裡，滾一邊涼快。」

龍夫怒氣高漲，憤怒將眼前染成一片血紅。他掄起拳頭揮向男人的臉。快觸及時，旁邊猛然伸出一隻手抓住龍夫的手腕。往旁一看，黑頭車裡的司機曾幾何時站在他們身邊，朝他伸出如樹幹般粗壯的手臂，接著，對方猝不及防地提起穿皮鞋的腳，往龍夫的肚子上踹。幾乎要被踢出洞來的強烈衝擊流竄全身，他的嘴裡湧出黃色的胃酸。

葉子的未婚夫抖著雙下巴，樂不可支地俯瞰趴倒在地的龍夫。龍夫從咬緊牙關的齒縫間擠出一句話：

「……你不過是個窮華族。」

原本還在哈哈大笑的男人臉色大變，噘起嘴唇，露出牙齦，朝司機使一個眼色。司機面無表情地點頭，再度踢龍夫幾腳。龍夫蜷縮著身體，忍受對方的暴力相向。葉子的未婚夫朝他吐一口口水。龍夫痛到動彈不得，只能任由口水吐在自己臉上。

「葉子無法從我身邊逃走。你眞的爲葉子著想，就不要輕舉妄動。嫁給我才是那傢伙最幸福的歸宿。和你這種窮小子私奔不會有什麼好下場。」

氣得印堂發黑的男人撂下狠話，又吐一口口水。

這人發現他們私奔的計畫了嗎？龍夫有氣無力地抬起頭。

「走。」男人催促司機走人，晃動著一身肥肉爬上河堤。

載著兩人的車子排出廢氣，惡臭掠過龍夫的鼻尖。

該怎麼做才好？月明星稀的夜路上，龍夫心中不停自問自答。

與葉子約定的時間就快要到了。

一整天，他都在想這個問題。該和葉子逃走嗎？還是上戰場呢？答案每隔幾分鐘就變一次，根本得不到結論。入伍的話，明天下午就得出發。眼看吃閒飯的人就要滾了，叔父表現出前所未見的愉悅，一再說：

「爲了國家，你就全力以赴。」

全力以赴什麼呢？叔父的弦外之音再清楚不過。

全力以赴地去赴死吧！

今天，龍夫再三地體認到，自己是不必要的存在。如今在這個世上，只有一人還願意把自己當成必要。對葉子的感情不斷在胸中滋長。然而，正因如此，龍夫才感到迷惘。他不確定對葉子而言，跟自己逃走是不是幸福的選擇。

心頭懷著幾乎要讓頭痛起來的迷惘，龍夫來到河堤下。翻過河堤就是約定之處了。龍夫爬上河堤，腳步自然地加快。

爬上河堤的瞬間，龍夫情不自禁地叫喚。

「葉子姊！」

夜風吹散他的聲音。河邊沒半個人影。他呆立原地。

「哈、哈哈哈……」他發出乾澀的笑聲。有什麼好奇怪的？我到底在期待什麼？她只是尋我開心。龍夫乾澀地笑著，雙手捂住臉，指甲劃破太陽穴的皮膚，滲出血來。

明天還是老老實實地當兵。

遂了叔父的心願，爲這國家死在戰場上吧！

「你爲什麼這樣笑著呢？」

聲音從背後傳來，龍夫倒抽一口涼氣，慢吞吞地回頭。

「對不起，我遲到了。」

葉子穿著洋裝，雙手提著一個大手提包。她娉娉婷婷地站在正後方。幽藍的月光灑在她含羞帶怯的臉龐上。龍夫還沒來得及開口，就用盡全身力氣抱緊葉子纖細的身體。

「怎麼了呢？」

龍夫遲遲未能開口，深怕一開口就會尖叫。他不再迷惘了，無論如何都要保護懷裡深愛的女人。龍夫咬緊牙關，在心裡起誓。

花了幾分鐘平靜狂亂的情緒，龍夫慢慢放開葉子。

「妳真的來了……」

「這是當然的，當初也是我先提這件事的。」葉子堆滿笑容。

「……這身衣服很適合妳。」

「是吧，平常的和服不方便活動。」

「妳竟然出得來，沒被叔叔和那個華族發現嗎？」

「費了我好大一番力氣。那個男人好像察覺到我打算逃，白天一直監視我。甚至還趁我不在的時候，偷偷溜進我的房間裡，真是太噁心了。所以我只好等到夜幕低垂，才從窗戶爬到樹上逃出來。」葉子誇張地聳了聳肩。

「會爬樹果然很重要呢。」

兩人異口同聲地笑了。好一會，不安逐漸湧上龍夫的心頭。

「跟我這種人在一起真的好嗎？我既沒有錢，又丟下紅紙逃亡……」

葉子用食指抵住龍夫的嘴，打斷他要說的話。

「我有個東西想給你看。」

葉子從看來頗沉重的皮包裡拿出束口袋。那是昨天裝糖果的袋子。她從中拿出昨天見過的圓形糖果。糖果有什麼好看的？龍夫不可思議地盯著砂糖製的固體，突然，葉子倒抽一口氣，糖果從手中滑落。

「抱歉，請你在這裡等一下，我馬上回來。」

「咦？怎麼了嗎？」

「我馬上回來，請你在這裡等一下。」

葉子沒有回答龍夫，重複著「請你在這裡等一下」便轉過身，衝下河堤。「咦……」龍夫一下反應不來，目送葉子的背影。

發生什麼事了？葉子要去哪裡？

龍夫站在河堤上，宛如稻草人般動彈不得。

下一瞬間，震耳欲聾的引擎聲讓龍夫回過神，一輛巨大的車子衝上河堤，在龍夫身邊緊急煞車。接著，副駕駛座的車門猛然打開，一名如扁青蛙的男人從車上跳下。他是葉子的未婚夫。

「葉子在哪裡？」

男人一把抓住龍夫胸前的衣襟，噴著大量的唾液咆哮著。

龍夫不曉得怎麼回答，當場呆立不動。

「混帳！那個女人上哪兒去了？你把她藏到哪裡去了？」男人目露凶光，他的視線捕捉到龍夫腳邊的皮包。剎那，醜惡的笑容在他滿是焦躁的臉上散開。「你被拋棄啦？」

「什麼？」龍夫不明白男人在說什麼，呆怔地回應。

「那個皮包是葉子的吧？那個女人選擇了我。她終於了解和你這種人逃走沒有未來可言，現在肯定回到家，反省自己做的蠢事了。」

「不可能！葉子姊才不會這麼做！」

龍夫大喊。爲了掃除自己心裡湧出的懷疑。

「不然葉子把你一個人留在這種地方上哪兒去了？」

「這……」

「你就一直在這裡等下去好了。我得回家好好整飭一下葉子。」

「……那可不是你的家。」

「很快就是我的了。不管是那個家，還是葉子。」

男人從不知是否喝太多酒而變成紅色的鼻子裡冷哼一聲，無視龍夫微不足道的抵抗，好整以暇地坐進車裡。車子發出刺耳的引擎聲，揚長而去。四周剩下一片寂靜。冰冷的夜風逐漸奪走內心的熱度。

葉子拋棄自己了嗎？話說回來，葉子眞的來過這裡嗎？他不禁懷疑，剛才的葉子只是自己的妄想。

龍夫把視線往下移，葉子的皮包還在腳邊，證明一切不是幻覺。冷不防，驚天動地的警鈴聲敲打在滿心激憤的龍夫耳膜上。心臟和耳膜同時陷入顫抖。對於居住在這個國家的人來說，那是最忌諱的聲音。

空襲警報。

龍夫抬起頭來看著天空，巨大的黑影從散發出柔和光芒的月前切過。

「B29（註）……」乾渴如荒漠的口中發出呻吟。

小小的球狀陰影從宛如翼龍般巨大的黑影中落下。過幾秒便響起撼動五臟六腑的爆炸聲，遠處隨即陷入火海。小鎮並沒軍事設施，至今未曾受到空襲。一定是在攻擊完都市的回程，隨便把剩餘的飛彈往看到的鎮上扔，轟炸機一架架地劃破天際，警報就像發了瘋似地響個不停。

「葉子姊！」

龍夫衝下河堤。

葉子就住在山丘上，那裡很容易成爲攻擊的目標。要是被那個男人說中了，要是葉子已經回到家的話就太危險了。

可能被葉子拋棄的想法消失得無影無蹤。

龍夫奮力地拔足狂奔。

燒夷彈引起森林大火，龍夫不顧一切地衝上籠罩在熊熊烈焰裡的山丘，差點就到葉子家了。輻射熱燒灼肌膚，四面八方的濃煙令他不能呼吸。每吸進一口氣，火熱的空氣便如燃燒著肺，儘管如此，龍夫還是不肯放慢腳步。

葉子是否平安無事？心上人的倩影占滿腦海，連痛苦都感覺不到。大門終於映入被火焰染成赤紅的視線內。葉子未婚夫的車就停在門邊。

再一下。龍夫奮力跑了將近二十分鐘，雙腿發出悲鳴。他遠遠地看見昨天百般蹂躪自己的壯漢還坐在車裡，不禁低咒一聲。他不認爲那男人會輕易放自己進屋。

該怎麼辦才好呢？龍夫思考的瞬間，車子變成一團火球，飛到半空中。龍夫呆若木雞地望著毫無眞實感的畫面。也許是炸彈突然在旁邊爆炸，車身瞬間被烈焰吞噬，只見汽車發出轟然巨響，重重地摔落在地面上。

龍夫腳步不穩地靠近門口，看一眼兀自熊熊燃燒的車子。車裡坐著一道燒得焦黑的人影，讓人無法想像宛如泥娃娃的物體在幾十秒前還活生生的。燒焦的惡臭衝進鼻裡。龍夫敵不過強烈的反胃感，當場嘔吐起來。

這裡是戰場……得趕快把葉子從地獄拯救出來。

龍夫拖著幾乎喪失知覺的腳步，跨過被爆炸的氣流吹開的門。原本種植著各色花卉的庭院，如今剩下火花恣意綻放。隔著火光，洋房的輪廓如輕煙般搖曳。建築似乎沒受到直擊，但遍布著嚴重的傷痕。

推開葉子家的大門，龍夫不由得目瞪口呆。因爲葉子正從門裡走出來，旁邊跟著她的未婚夫。葉子的手腕被抓住，她拚命掙扎。這時，龍夫耳邊響起膽戰心驚的聲響。那是強力的引擎聲摻雜著風聲。龍夫轉向聲音的方向。一架轟炸機正從遙遠的空中丟下一顆炸彈。

註：美國波音公司設計生產的四發動機重型螺旋槳戰略轟炸機。主要是美國在第二次世界大戰用來轟炸日本的主力。

那正下方是……

「不要啊啊啊啊！」

龍夫發出有生以來最大的嘶吼，但並沒有傳進正在拉扯的兩人耳裡。

下一瞬間，葉子和她的未婚夫受到爆炸的風壓和烈焰的襲擊，如枯葉般吹起。

「哇啊啊啊！」恐怖的哀號幾乎震碎耳膜，龍夫甚至沒有發現聲音是自己的。他拔足狂奔，絲毫不管熊熊燃燒的火焰堵住道路，筆直衝向葉子。被大火吞噬的慘叫不斷，但龍夫充耳不聞。

「葉子姊！」龍夫抱起葉子的身體。

「……龍夫？」葉子微微張開雙眼。

「啊……」

葉子右肩至腹部被烈焰的獠牙紋身。龍夫不禁移開視線。

龍夫泣不成聲。

「……龍夫。」

葉子笑著。笑容脆弱得彷彿一碰就碎。

「不要說話！妳不會有事的，妳一定沒事的。」

葉子的生命隨時都會消散，但龍夫也只能這麼說。

「對不起……眞的很抱歉。」

葉子還完好無缺的左手輕撫龍夫的臉，眼裡流出淚水。

聽見葉子的道歉，龍夫恍然大悟。自己還是被拋棄了，葉子最後一刻選擇未婚夫。不過已經一點都不重要了，葉子別死就好。葉子的手伸向掉在身邊的束口袋，袋子已經燒得看不出原形。她拿出裡面的東西，塞進龍夫的手裡。

龍夫攤開手掌，掌心躺著一塊鵪鶉蛋大小的焦炭。

燒焦的糖果？這有什麼意義？

「我只有這個可以給你了……請收下。」葉子細如蚊鳴地說。

燒焦的糖果有什麼用？

龍夫隨手塞進口袋裡，他欲言又止，滿心自責。

爲什麼要讓葉子離開？爲什麼自己沒保護好葉子？

葉子的嘴巴微微動一下，可惜無法組織出完整的句子。生命——這種毫無形體的存在正從倒在龍夫懷裡的葉子體內漸漸消散。

龍夫抱緊葉子，她的身體正逐漸變冷，他悲痛地仰天悲鳴。

久久無法停止……

火延燒到主屋、庭院甚至森林，但終於熄滅。太陽升至天空時，鎮上的人來到這裡，分開龍夫和葉子的遺體。他已經沒力氣抵抗。爲了治療他的燒傷，救援人員將他送到鎮上。搜索後，發現葉子的父母和下人都死在森林的防空洞中。

龍夫躺在擔架上，被運回鎮上時，他望著晴朗得不見雲的天空，取出小小的焦炭。以爲流乾的眼淚再度模糊視線。他想丟掉焦炭，卻狠不下心。那是他和葉子最後的回憶，也是葉子不知爲何最後一刻給自己的東西，他無法丟棄。

龍夫在家養傷的期間，葉子的預言成眞，日本成了戰敗國。他看到叔父聽完玉音放送（註）哭倒在地的身影，困惑於自己的無感。

戰後又過一段時間，龍夫當上警察。過二十五歲，上司一再勸他相親，但龍夫未答應。他認爲記掛著一個女人的他不應該結婚。三十五歲，沒人再勸他相親。

他一生不算出人頭地，也許其他人也不願和他結婚。龍夫的警官生涯一直持續到退休，之後靠著年金，縮衣節食地過日子。一個人的生活著實無趣，他認爲自己只是義務地活著。或許因此，當醫生告訴他罹患末期肝癌時，比起絕望，竟是鬆一口氣。

龍夫拒絕延長生命的治療，醫生便建議他住進安寧病房。龍夫原想請醫生送自己最後一程，但他在安寧病房名單中，發現洋房改建成的醫院，決定在那嚥下最後一口氣。

他認爲這是自己的命運，在無法保護葉子之處，滿懷後悔地抑鬱以終。

龍夫住進一低頭就看見庭院的病房，度過每天凝視著葉子逝去的庭院，以及戰後六十八年不曾讓黑炭離身的日子。

同時，等待生命走到盡頭。

4

南交代完過去，茫然的目光慢慢恢復生氣。我睜開眼，從床底窺探南。南吐出憋在胸腔的空氣，無精打采地低著頭。陽光從窗外灑落，照在他的臉上，刻劃出無比疲憊的神情。

我的能力應該不會削弱人類體力，不過他鮮明回想起心靈的創傷，精神有所衝擊，總覺得南體內的腐臭更明顯了。

「可以讓我……一個人靜靜嗎？」南有氣無力地說。

這裡只有我和南，這句話大概是對我說的。沒辦法了，如果房間的主人希望我出去，我也只能聽話。而且我需要冷靜想想。我起身後一步步走向門口，肉球伸進門縫，推開一道小口。這門眞麻煩，好難開，完全沒考慮到人類以外的動物。下方也該裝上門把，讓狗輕易打開才對。

我來到走廊，藏身在盆栽後，又回頭看後方的門一眼。話說回來，我這隻狗簡直像聽懂人話似地隨即離房，他會不會覺得很不可思議啊……算了。我兩三下做出結論。既然他稀鬆平常地跟狗講話，應該不會覺得狗聽得懂人話有什麼好不可思議。我還有更重要的事要思考。

該怎麼做才能解救南的魂魄呢？

我搜索枯腸，算準時機從盆栽後衝出，奔往下樓的樓梯。這次也很順利地沒被護士發現。我一口氣衝到一樓的走廊，鑽進半開的門，走進交誼廳。然後在窗邊名爲沙發的西式長椅上縮成一團。午後的陽光從窗外灑進，身體暖烘烘的。柴火在暖爐裡爆裂的聲響聽起來非常舒服，我閉目養神。

註：日本昭和天皇在第二次世界大戰末期簽署表示接受美、英、中、俄四國在波茨坦會議上發表的《波茨坦公告》，同意無條件投降的詔書。由天皇親自宣讀並錄音，通過日本放送協會正式對外廣播。

別誤會，我可不是要睡覺！聰明如我，在觀察南的「依戀」中察覺到許多不對勁。順利的話，或許找得出拯救南的線索。

我閉上眼，任由思緒馳騁。

時間差不多了。我下垂的大耳機警地動一下，我望向窗。圓月高掛天空，再過一會又是新的一天。窺看完南的記憶，除了晚飯時間，我都窩在交誼廳的長椅上。途中飽受中年護士的諷刺：「眞羨慕你這麼輕鬆。」但我絕不是輕鬆地睡大頭覺，我一直在思考南的回憶中不對勁之處。

動用我聰明的腦袋瓜想半天，我得到一個結論，或許可將南從「依戀」的桎梏中解救出來。

我跳下長椅，通過走廊並爬到樓上。因爲白天的經驗，我這次沒那麼緊張。眼前的護理站只有中年護士，她看著桌面，好像正在寫東西。我迅速上樓，順著走廊來到南的病房，接著比照白天的做法，爪子伸進門縫打開，潛入其中。眼前是伸手不見五指的黑暗，幸好狗本來就是夜行性動物，我藉由狗的視力，輔以月光，將房間一覽無遺。我走近南的病床。

骨瘦如柴的南躺在床上，像是一具屍體。睡夢中，南發出「唔」的細響。他做了什麼夢呢？正好，讓我在夢中登場，見識一下他的夢境吧！

我在地板上縮成一團地冥想著，靜靜地讓精神配合南的靈魂波長，融入南的意識。

5

我一回神便站在黃昏的河堤。這是南和葉子相會的地點。定睛一看，南坐在我身邊。不過，南並非十幾歲的青年，他是因為黃疸而臉色蠟黃，行將就木的老人。

「你在做什麼？」我靠近南，接著出聲。

這是夢中世界，精神上的世界。不具實體，高高在上的我闖進這個世界，要變成什麼，使出什麼力量都沒關係。我還保持狗的模樣，因為這是我最熟悉的樣子，也不會嚇到南。我在南的身旁坐下。

「……狗為什麼會講話？」

南目不轉睛地盯著我。

「這是夢中的世界。狗講話或是在天上飛都不足為奇。」

我縮起肩胛骨，試著模仿人類聳肩。

「哦……這樣啊……原來是做夢啊？那就沒辦法了。」

與其說南比我預期地更容易理解我的話，不如說他對我沒興趣。

「請你回答幾個問題。你孤零零地在這種地方做什麼？」

「沒什麼……」南無精打采地回答。

「是這樣的嗎？你不是在這裡等你的心上人嗎？」

「……誰也不會來。」

「說得也是，誰也不會來……因爲你壓根就不想見任何人。」

南沉默地低著頭。

「問題是，你很想見對方吧？你很想見某個人不是嗎？」

「她應該……不想見我。」

「爲什麼這麼想？」

「因爲她選擇了未婚夫，不是我。而且……我沒有保護好葉子，還讓她死在我手上。」南痛徹心扉地說道，猶如吐出靈魂的殘渣。

「你確實沒能保護那個女人，但……」

我轉到正面湊近南，窺伺他茫然的眼神，然後慢條斯理地開口：

「那個女人眞的拋棄你了嗎？」

「閉嘴！你根本什麼都不知道，才在這裡胡說八道……」

我繼續湊近他，我的鼻子幾乎要碰到他，並且打斷南的話頭：

「我什麼都知道。跟腦筋不好的你不一樣，我什麼都知道。」

「你說什麼……」

被我的魄力壓制住，南一時無語。

「你的心上人把你留在這裡，一個人回家去了。這是爲什麼？」

「爲什麼？當然是……拋棄我了，選擇未婚夫。」

「你的意思是，明明是她自己提出要和你私奔的，卻在見到你後突然改變心意，回到她避如蛇蠍的未婚夫身邊？」

我連珠砲似地說道。南張口欲言，但一句話也說不出。

「那個女人在最後關頭突然害怕和你私奔後的未來？比起跟一窮二白，而且還是從戰場上逃走的窩囊廢過一輩子，她選擇委身下嫁身心都醜陋到極致的男人，換取錦衣玉食的未來嗎？原來如此，那還眞是聰明的抉擇。你的心上人一定是認爲金錢就是一切，卑鄙下流的女人！」

我挑釁他。

「她才不是那樣的女人！」

南挾著凶狠的氣勢反駁。我裝模作樣地大嘆一口氣。

「你既然這麼肯定，爲什麼不相信她？爲什麼像個被拋棄的小孩子鬧彆扭，在這種地方顧影自憐？」

我淡淡地丟出一個個問題。南像挨子彈似地發抖，有氣無力地低頭。

「……她的確丟下我回家了。」

「所以你就一口咬定她背叛你了？難道沒想過其他理由嗎？」

「她想和那個男人在一起！最後才會對我說……說『對不起』。」

南痛不欲生地從齒縫擠出話來。

「你冷靜一點，稍微動一下腦筋。」

「動腦筋？」

「沒錯。你根本無法冷靜判斷。冷靜下來，不要被情緒蒙蔽雙眼。」

「事到如今，根本無法改變什麼了……」

「住口！」我對激動的南大喝。「閉上嘴，慢慢回想。」

「……回想？」南浮出困惑的表情。

「回想你和那個女人分開的時候。女人丟下你回家前，發生過什麼事？」

我從斜下方瞪著南。不能由我告訴他一切，南必須找到解答，接受那個答案，才能免於變成地縛靈的下場。我認爲，重要的並不是眞相，而是找出南接受的故事。這才能切斷他的依戀。高貴如我，對下賤的人類過去發生什麼毫無興趣。

「葉子姊回去之前？」

「沒錯。那個女人有什麼不尋常的舉動嗎？」

「我記得……好像有什麼東西掉了……對了，糖果。糖果掉了。」

「然後？」我催促他回想。

「糖果掉了，她臉色大變。就拋下我回家了……」

「她爲什麼看到糖果就走？」

「可能是……想到和我逃走以後，再也吃不到這麼奢侈的東西了……」

「汪！」我用叫聲讓呑呑吐吐的南閉嘴。比起人類的語言，這種方式來得有魄力。果不其然，南往後退，乖乖閉上嘴巴。

「我不是叫你動腦嗎？試著想想其他的可能。眞是的，身爲人類，被狗逼著動腦不覺得丟臉嗎？」

不過，我不是普通的狗。

「……對了，她看到糖果……大驚失色……」南凝視著半空喃喃低語。

沒錯，就是這樣。爲什麼看到糖果會大驚失色？

「該不會……她以爲束口袋裡的不是糖果吧？」

正確答案。我浮出近似人類的微笑，這只有在夢中才做得到，然後站起來。

「走吧！」

「走？走去哪裡？」南的額間擠出皺紋。

「還用得著問？當然是去洋房啊！你住院之處，同時也是失去心上人之處。」

南蠟黃色的臉部肌肉，如痙攣似地抽動一下。

「幹嘛？還不趕快站起來。」

南拚命搖頭，像個耍性子的小孩。

「你打算一直待在這裡嗎？」我再度站在南的前方。「你打算一直逃避？」

「……不用你管。」

南逃命似地移開視線。但我追逐著南，窺伺他低頭不語的表情。

「你就快要死了。」

南的喉嚨發出食物堵住似的聲響。

「你剩下的時間不多了。你活這麼久，卻甘願到最後還被這事綁住，就這樣消失嗎？這就是你的人生嗎？」

南無言以對，拚命避開我。然而他每次轉頭，我都可以用現實生活中不可能出現的速度移動到他的前方。再也沒有比夢境更容易發揮死神威力的地方了。

「你只不過是把自己人生中不想承擔的責任轉嫁到那個死掉的女人身上吧！在你眞正

意識到死亡以前，你根本早就忘了那個女人不是嗎？」

我擠出一絲冷笑地挑釁他。

「不對，我是眞的深愛著她！她是我的全部！」南轉身面向我大叫。

「既然如此，你更要知道心愛的女人在臨終前發生什麼事，不是嗎？」

南的表情扭曲。只差一步了。

「走吧！爲了知道那天到底發生什麼，爲了解開你的心結。」

我用下巴指揮。南躊躇再三，最後慢慢點頭。

背後的喘息上氣不接下氣。

太慢了。我居高臨下，不耐煩地俯視著跑在上坡路的南。

話說回來，他年事已高，又癌症末期，上坡本來就不容易。然而，這裡不是現實世界，是南的夢。只要南願意，像年輕人般健步如飛，還是翱翔天空，或瞬間移動到洋房都不難。他卻走一步退兩步似地龜速前進。恐怕他潛意識並不想靠近吧。太窩囊了。

嗯，放著不管的話，他也許一輩子都無法抵達。倘若我們和那棟洋房的距離受到南的潛意識控制，這個可能性還不小……眞沒辦法，就從這裡聊聊吧！我往下幾步到南的身邊以配合他的步伐。

「好遠啊！」我對南說。

「對，很遠。」南氣喘如牛地同意。

還不是你害的。

「好像還很久才走得到。我們乾脆聊聊天好了。」

「聊天？」

「沒錯，天南地北亂聊，剛好用來打發時間。」

南爬滿皺紋的臉更皺了，他浮現出困惑。我不想管他，自說自話起來。期待狗看懂人類的表情，這個人才奇怪呢。

「你的心上人是個怎樣的女人？」

「她……非常漂亮。」

「我不是問外表，是問她的性格。」外表不過皮膚的凹凸線條罷了。

「她……非常聰明。和年紀比我大無關，她比我有本事多了。」

「原來如此，那種女人居然願意捨棄美好的未來，和你私奔？」

「她一時鬼迷心竅而已。所以一到緊要關頭，她就清醒回家……」

「夠了，你有完沒完。不要老以爲自己是悲劇男主角。我覺得，」我停頓一拍才繼續說，「她深愛著你。」

「深愛著我？」

南停下腳步，茫然低喃。

「這不是廢話嗎？她寧願拋棄一切，也要和你在一起。如果不愛你，她爲何離家？」

「……她討厭她的未婚夫。」南喪氣地喃喃自語。

「才不是。如果只是討厭他，她用不著選擇在當時就和你走。那時國家最爲動盪，根本無處可去。哪裡才安全？如果想躲起來，到海外再躲起來也不遲。然而她卻選擇馬上就可能戰敗，未婚夫就在旁邊，隨時可能被找到的時機。她有必要這麼著急嗎？」

南眨眨眼，然後瞪大。雖說是在夢裡，但他表情變化也太豐富了。

「該不會……因爲我……」

「沒錯，她是爲了救你。」

我幫他把卡在喉嚨裡的話說完。

她不是爲了自己，而是爲了即將上戰場的心上人才決定要逃。

「如果只是叫你『別走』，無法說服準備要爲國捐軀的你。所以她先讓你接受國家不會贏的事實，再求你帶她逃離未婚夫的魔掌。一切都是讓你有冠冕堂皇的理由逃走。她的確聰明。」

「可是……她最後還是丟下我。」

「那個女人爲了拯救接到紅紙的你，冷靜計算所有狀況，下定決心拋棄一切。你認爲她會臨陣脫逃？」

「那她爲什麼回家……？」

「已經離開家門，又匆忙折回，你覺得是爲什麼？」

我故弄玄虛地讓南沉思幾秒，他小心翼翼看我臉色回答：

「……忘了帶東西？」南沒什麼自信。

正確答案。我提起一邊嘴角。南見我露出現實中狗絕不會出現的表情，微皺眉頭。他好不容易回答正確答案，又開始懷疑自己。

「可是，什麼東西重要到非回去拿不可……」

「我們現在要確認這件事。話說回來，那天空襲的地點差不多到了吧？」

我看向河水，遠遠傳來模糊的警報聲。同時，被月色籠罩的夜路一時染成紅色，道路兩旁樹葉茂密，但全染上火焰的色彩，宛如楓葉。那是南目睹過的光景。南終於決定面對逃避一輩子的過去。

「葉子姊……」南輕聲呼喚，他如野獸般在火海中狂奔，迅速得完全不像大限將至的老人。

啊！等一下。我連忙追上南的背影。剛才明明還一副上氣不接下氣的德性，哪有突然跑那麼快的？就算是在夢裡，至少也該有最起碼的一致性吧！

我衝到山丘上，熟悉的庭院和洋房映入眼簾。但庭院被烈焰包圍，洋房到處是破壞痕跡。南在離大門幾步之處，全身顫抖。都到這裡了，還是害怕起來。

「你不進去嗎？」我在一旁提醒，但南一動也不動地凝視著屋子。這個男人在害怕什麼？再次目睹心上人的死嗎？還是害怕女人最後拋棄自己的可能性呢？

人類這種生物眞是有夠麻煩。

「明明應該到防空洞避難，她卻在警報聲中回到這裡，到底什麼東西如此要緊？」

我自問自答時，背後傳來一陣腳步聲。回頭一看，一名年輕女人不安地仰望天空，沿著坡道快步走來。我認得女人的臉。她是南的意中人，檜山葉子。

南應該沒看過這幅景像。或許是我的話激發南的想像力，投影出葉子回家的身影。

「啊……」南的手伸向葉子，但穿過她的身影。南一下子失去平衡，茫然地目送葉子走遠。她旋即消失在屋中。

「你還在這裡發什麼呆？想一想，她爲了什麼特地跑回家拿？」

「知道這種事又能怎麼樣！」南抱頭怒吼。

「你應該要知道。生命走到終點前，你應該要知道心愛的女人爲什麼死。」

「她……葉子姊回來拿什麼東西這麼重要嗎？」

「沒錯，很重要。非常重要。你想想，仔細想一想。」

我鍥而不捨的說服讓他稍微冷靜，只見南一臉苦惱地瞪著洋房。

「她看到糖果時非常驚訝……該不會認爲原本應該是別的東西吧？」很好，請保持下去。我用視線催促他繼續說。「葉子姊拿錯了嗎？不對，既然重要到須折回去拿，她不可能弄錯。這麼說來……」南一字一句緩緩說道，頓時恍然大悟地抬起頭。「那個男的！」

南放聲大喊之際，一輛黑頭車停在我們旁邊，一名腦滿腸肥、目露凶光的男人從車子裡走出來。他是葉子的未婚夫。「休想從我身邊逃跑！」男人伸出爬蟲類般的舌頭，晃著一身贅肉，走向那棟洋房。

「那個男人換掉的。他不讓她逃走。所以那個男人才那麼胸有成竹。」

他終於開竅，不斷述說他的猜測。

「可是，究竟什麼東西那麼重要……」

人類這種生物的智慧眞是沒救了，答案已經呼之欲出，還不明白嗎？算了，我太聰明，一下就解開謎團。沒辦法，接下來由我來揭曉答案。南自己想了這麼多，應該能夠坦然接受這些，切斷「依戀」的枷鎖了。

「要和你一起逃走，你認爲最重要的是什麼？」

「……最重要的？」南咬著下唇，陷入沉思。

若繼續等待他，我可能會等到「愛情」或偏離核心、令人臉紅的答案，所以我直接公布謎底：「是錢啦！」人類創造出來最便利、也最罪孽深重的事物。這是低俗人類群起追求，既甜美又危險的果實。葉子在人類眼中的確聰明。正因如此，她應該很清楚，兩人私奔以後，他們必須依賴錢來生存。而葉子是有錢人家的女兒，當然拿得出錢來。

「錢……」答案這麼意外嗎？南的嘴巴久久閉不起來。

「就是錢。那個女人知道，要在動盪不安的國家活下去，錢最重要。然而，未婚夫發現你們的私奔計畫，偷偷換掉錢了……怎麼了？」

滔滔不絕的我抬起頭，望著烈焰染紅的天空。空中盤旋著好幾隻巨大的鋼鐵猛禽。南的表情因恐懼而扭曲。猛禽似乎會下蛋，腹部吐出橢圓形鐵塊。啊……我經常看到這種場景。戰時是我工作最忙碌的時代。巨大的鐵塊一再地將城市變成火海。我望著受到地心引力牽引而下墜的鐵塊，一股懷念油然而生。

屋子的門被推開，一對拉拉扯扯的男女從中走出。下一瞬間，鋼鐵猛禽的蛋在兩人身邊孵化，烈焰張開翅膀，飛向他們，將他們轟向半空。

「嗚哇哇哇哇！」

南如野獸般悲鳴。

耳邊傳來飛奔而至的腳步聲。我回頭一看，青年時代的南向前狂奔，臉色火紅。青年時代的南和垂垂老矣的南重疊，融爲一體。兩人變成一人，他衝向洋房。而我緊跟在後。

南記憶中的畫面重現。他衝到葉子身邊，抱起右肩到腹部都被烈焰吞噬的身體。唯一不同之處，是南不再是稚氣未脫的青年，而是皮膚因爲黃疸變色，行將就木的老人。

「對不起……眞的很抱歉。」葉子還完好無缺的左手輕撫南的臉頰，她伸向掉在身邊的束口袋，拿出一塊小小的黑炭，塞進他的手裡。「我能給你的，就只有這個了……」葉子言盡於此，劇烈地咳起來。生命之火逐漸從她的體內熄滅。

「誰稀罕這種東西！」南做出跟記憶不同的反應。他揮開葉子的手，用力地抱緊她，渾身顫抖地痛哭。那塊黑炭在地上滾了幾圈。

「你在做什麼？」我質問哭到不能自己的南。

「……不用你管。」

「你應該也很清楚！這不是現實，只是你記憶創造出來的夢境。這個女人並不是現在才過世，你無須哀傷啊。」

「閉嘴！叫你不用管我了，你沒聽到嗎？」

聽到啦！這個男人爲什麼哭喊成這樣？他明明知道這是一場夢。果然高貴的我無法理解人類在想什麼。要等南平靜下來，不曉得等到何時。我咬住掉在泥土的炭塊。「給你，這是你的。」我甩著頭，把炭塊放在南的腳邊。可是他連看也不看。

「你在幹麼？還不拿起來。」

「這種垃圾要來做什麼？扔著就好。」

「才不是垃圾！」

南似乎打算抱著那具遺體到地老天荒，我的忍耐逐漸接近極限。好不容易終於等到南慢吞吞地轉向我。

「這才不是垃圾。」我重複著。

「就是垃圾。燒焦的糖果不是垃圾，是什麼？」南充滿血絲的眼睛怒視著我。

「你依舊認爲這是糖果？」

「裝在那個袋子裡的除了糖果還會是什麼？」南繼續瞪我。

「她冒著空襲的危險回家。可見這不是糖果，是她本來要帶走的重要物品。」

我盡可能理性且有條有理地說明，南無言以對。

「那你說這是什麼？重要到值得她拚了命也要拿？」南拿起那樣物品握緊。

「那個女人認爲這很重要。」

「你說她認爲錢最重要，但這玩意又不是錢。你想太多了。她的確拋棄我了。」

南哭著瞪我。我沒逃避他，坦然接受他的注視。

「你想想，她的父親察覺到國家將輸，他如此有先見之明，會不明白鈔票在戰後變成廢紙的道理嗎？」

南的視線在空中游移，然後瞠目結舌地瞪著手中物。

「而且如果逃往海外……鈔票又重又占空間……」

就是這樣，差最後一步了，請自己找出答案。

「她的父親將財產換成便於攜帶的物品，那一定是……黃金白銀。」

南喃喃自語地將視線落在炭塊上。我滿意地點點頭。「再告訴你一件事，寶石中有一種叫作『鑽石』的玩意，原本就由碳元素組成，不耐高溫，火燒後可能變回炭塊。」

南盯著炭塊不放，嘴巴闔不起來。「鑽石……」南說出這個單字的瞬間，又小又黑的炭塊突然散發出燦爛的光芒。只見光芒無限延伸，烈焰塗紅的扭曲背景全變成純白。許久，光芒終於減弱，視野也清晰起來。我左右環視，曾經何時，我們已經從洋房回到夕陽染紅的河岸。

南坐在河堤上，端詳著黯淡下來的物品。

「她想……把這個交給我嗎……」

「沒錯。她臨死之際希望你帶著它遠走高飛。自己快死了，她還是想著你的幸福。」

「原來我……沒被拋棄。她明明這麼深愛著我，我卻……」

他泣不成聲，彷彿沒止境的痛哭聲傳遍夕紅河畔。我躺下來，眺望著潺潺流過的水。南哭喊著，彷彿吐盡六十八年來沉澱在心底的痛。

這個男人終於能從「依戀」的桎梏中解脫了。了解最愛的女人深愛著自己，心裡或許會留下悲傷，但當他迎接生命最後的瞬間時，應該會想起葉子的愛，平靜嚥下一口氣。愛衍生出性慾等欲望，只不過是一時的無聊情緒，但下賤的人類認爲這多麼重要，重要到足以豐富生命。

接下來應該沒事了，我站起來，看行將就木的老人哭得沒完沒了也沒意思。我的工作應該結束了。雖然不太確定是否可以扔下南，但我準備從這個世界淡出。

「你在這裡做什麼？」冷不防地，耳邊傳來甜美嗓音。南抬起淚濕的臉，一名身穿和服的女子背對著逐漸西沉的夕陽，站在河堤上。

「葉子姊……？」在南的懷裡嚥下最後一口氣的女人，按住被風揚起的長髮走近南，她小心不弄髒和服下襬地在他身旁坐下。和六十八年前一模一樣。

「哎呀。」彷彿隔幾個小時不見似地，葉子輕快說：「你老了。」

南呆若木雞，發出不成句的聲音：「啊……」他宛如岔氣似地吐出一口氣，緩慢地張開顫抖的口：「葉子姊倒是一點都沒變……」他努力擠出笑容，但失敗了，表情扭曲成一張看不出喜怒哀樂的臉。

「這是當然，畢竟我在這個年紀就死掉了。」葉子快活笑著。南的表情逐漸化成悲傷。「別放在心上，這是我的宿命。雖然我當時很難過、很害怕……可是很滿足……你就在我的身邊。」

南抿成一條線的嘴又開始顫抖。

「更何況你還活著。這樣我就很滿足了。」

葉子白皙的手握住南如枯木般的黃色手掌。一層光暈從葉間滲透下來，將南包住。他的皮膚恢復彈性，皺紋也被撫平，土黃色的皮膚宛如吸飽陽光似地恢復小麥色。當籠罩全身的光暈如浪潮般退去時，他不再是瀕死的老人，而是充滿生命力的年輕人。

南緊抱葉子，臉埋在她的肩窩，忍不住嗚咽。

「沒事，已經沒事了。你很痛苦吧。」葉子撫摸南黑亮的頭髮，像在安慰自己的孩子。剛才傳進我耳裡的哭聲還那麼悲痛，如今宛如迷路的孩子找到母親，如釋重負的欣喜啜泣。然後，南的哭聲愈來愈小，他放開抱住葉子的雙手，退開身低下頭，可能是因爲不好意思。

「冷靜下來了？」

南低頭承認。他滿臉通紅，應該不只是夕陽的緣故。

「我還有好多話想跟你說。」葉子仰望暮色漸濃的天空。

「我也是。」南也學葉子注視天空。曾幾何時，夕紅化成滿天星斗的夜空。夢眞讓人隨心所欲。

「告訴我，你都過著什麼樣的人生？」

「好是好，可是要從哪裡開始說起？」

「就從戰爭結束後，你做了些什麼開始……」

兩人肩並著肩，情話綿綿。我看著他們的背影陷入沉思。這個葉子是知道眞相的南無意識創造出來的幻影嗎？悲傷得不能自己的南，有餘力創造出這樣的幻影嗎？該不會是六十八年前死掉的女人魂魄和我一樣潛入南的夢境？魂魄和死神一樣都是靈體，理論上並非不可能……我思考一會，決定放棄追究，反正無從確認。現在該做的事只有一件。我閉上眼，讓自己從這個世界淡出。一瞬間，南望向逐漸消融在黑夜中的我。

「怎麼了？」

「沒有，沒什麼。話說回來……」南搖搖頭，露出打從心底滿足的笑容，繼續和葉子敘舊。再繼續打擾兩人世界就太不識相了。那可是相隔六十八年的重逢。

我還眞是個風雅的死神啊。

我慢慢提起眼皮，眼前是幽暗的病房。我回到現實世界了。看一眼掛在牆壁上的鐘，我闖入南的夢境只不過五分鐘前。時間在夢境與現實世界的流動速度差異甚大。

這眞是累死人不償命的苦差事。現實世界只過五分鐘，但我已和慢吞吞的老人相處好幾個小時，全身上下都累壞了。我舉起前腳伸了一個大大的懶腰。

我又望向床上，南緊繃的表情滿足柔和。是我的錯覺嗎？總覺得他如南瓜般的皮膚似乎也沒那麼黃了。我動動鼻子，嗅聞空氣，過於甜膩的腐臭已經消失，鼻腔裡充滿如旭日照射在森林裡的清新香味。我很滿意，南不會再變成地縛靈了。

他這個單純的男人。我冷哼一聲。事實上，誰都不知道葉子給他的炭塊是不是燒焦的寶石。可能性很高，但也僅止於可能。那塊黑炭也許真的是燒焦的糖果。一如南的想像，葉子在私奔前一刻打退堂鼓，拋棄了他。

算了，眞相和我一點關係也沒有。我已經讓南相信他願意接受的劇本，防止他變成地縛靈了。無論如何，第一份工作大功告成。我心滿意足地離開病房。這時，放在窗邊的小黑炭塊映入視線一隅，我停下腳步……也罷，反正都走到這一步了。我躡手躡腳地走近窗邊，縱身一躍，一口咬住那塊黑炭。「咔」聲響徹頭蓋骨，噁心的苦澀在口中擴散。夢中咬住時毫無味道，現實果然沒這麼體貼。

我吐出嘴裡的炭塊，得意地笑著看它在地上滾動。像小雞從蛋裡孵化，光芒從焦黑的外殼裂縫中散發出來，反射著窗外灑落的月色，宛如星星碎片，璀璨生輝。

第二章　死神解開命案謎團

1

我仰望走廊牆壁，百思不得其解。

究竟怎麼回事？

現在上午八點不到，窗外的陽光照亮走廊。

南的事情是我完成的第一件任務，至今經過三天。若說我在這三天內做了什麼……我什麼也沒做。別誤會，我不是偷懶。連續使用死神的力量，我在拯救南的隔天感到強烈疲勞，根本無從工作。頭重得像鉛塊，起身都使不上力。

當我還是純粹的靈體時，不曾感受疲勞。換句話說，發揮死神的能力會對肉體造成極大負擔。眞受夠了，原來困在肉體的牢籠裡這麼不方便。若不能使出死神的能力，我就只是黃金獵犬，這眞是莫大的屈辱。要完成吾主賦予我的任務，如今的狀態實在是束手無策。我無計可施，這三天都待在地盤晃來晃去，也就是一樓的交誼廳和走廊，再加上天氣晴朗而融雪的院子；再不然就是搖著尾巴，攝取菜穗給我的狗餅乾好恢復體力。

不過，我連續在屋裡屋外晃三天，發現了這棟建築物幾個匪夷所思之處。有些死神才會注意到，有些觀察力稍微敏銳的人類就會察覺到不對勁。其一就是——我一抬頭就看到走廊牆壁裡的「那個」。

「李奧，你在這裡做什麼？」

聲音從後方傳來，我回頭一看菜穗頭下腳上地站在背後。不對，上下顚倒的是我的視線。我的身體扭了快三百六十度。

視野中恢復正常的菜穗穿著「藍色的連身洋裝」，不是白袍。看樣子她並未當班。人稱護理長的中年婦女一下班，就會開著名爲汽車的鐵塊，噴著臭氣沖天的黑煙離開醫院，但菜穗總是待在醫院裡，好像包吃包住地在這裡工作。

「李奥常常會有一些奇怪的舉動呢，該說是沒有狗的樣子嗎……」菜穗雪白手指抵住細緻的下巴，語出驚人。我連忙用力搖尾巴，發出「哈！哈！哈！」的粗重鼻息，反覆擺出握手的動作。

「……不過這也沒什麼。」

菜穗疑神疑鬼地瞇起眼睛。

我做得太過火了嗎？

「這面牆有什麼令你感興趣的地方嗎？」

菜穗的手伸向牆壁，牆上有兩個窄小深邃的洞，看不見裡面。不，不僅如此，牆上還有三個同樣的洞。此外，走廊盡頭的木製巨大壁鐘，側面也有兩處破損。壁鐘無法再顯示正確時間，難道正是因爲如此嗎？

「哦，是這個啊。」菜穗表情一變。「李奥對奇怪的事情特別有興趣呢。」

菜穗言盡於此。看樣子，這並不是她積極想談的話題。算了，她不想說也沒辦法。正打算折回交誼廳時，我突然停下腳步。既然這洋房是我的職場，還是應該知道得詳細一點。我抬頭望著菜穗。

「嗯？怎麼，李奥。肚子餓了嗎？」

我沒那麼貪吃好嗎？我在心裡反駁，對上菜穗的視線，然後施以輕微的催眠術。不必像南那樣支配她的靈魂，只要給她一點暗示，讓她把浮出意識的話講出來即可。

菜穗微微皺眉，眨幾下眼睛。她或許困惑著湧上心頭的衝動，接著，她遲疑地開口：

「這家醫院流傳著奇怪的傳說……這裡曾經是鬼屋。」

鬼屋？我記得這是裝神弄鬼的人類在黑漆漆的室內故意發出巨響，好讓進去的人發出更大更尖銳的叫聲。這是一種不曉得在搞什麼的設施，不是嗎？

我「汪」地吠一聲，催促她繼續。

「……這裡交通非常不方便，戰時又受到嚴重的破壞，很長一段時間都沒人住。但約莫八年前，有個人把房子買下，整理得漂漂亮亮後搬進來。屋主是一對中年夫婦和一個小男孩……」菜穗娓娓道來。「不過，那一家人很奇怪，幾乎足不出戶。有時會上街，但都是在太陽下山以後。而且會戴上大大的太陽眼鏡和口罩，加上帽子，把臉完全遮住。還有傳言說那家人把所有窗戶從內側封起，所以鎮上的人都覺得毛骨悚然，暗地裡稱他們『吸血鬼家族』。我以前住在山腳下的小鎮，聽過這方面的傳聞。」

嗯……的確很奇怪。不過，這些都不能解釋牆上的洞。菜穗閉緊嘴巴，遲遲不肯說下去。我又「汪」地輕吠一聲催促她。菜穗似乎不太想提，沉吟良久才開口。

「離那家人住進這裡大約一年的時間，這裡……發生了命案。」

菜穗的嘴巴抿成一條線。

命案？那可真是大災難。我睜大眼睛，繼續加強催眠。一開始只是隨興聽她說起這件事，但都聽到這裡，必須好好地蒐集情報。也許會對日後的工作有幫助。

「屋主雇用每天來幫忙的鐘點女傭，她某日早晨來到這裡，發現兩個人……住在這裡的夫婦倒在血泊裡死掉了。」菜穗的表情愈來愈凝重。「聽說兩個人都被槍殺，屋裡也翻得亂七八糟。在鎮上開珠寶店的……我記得好像是姓金村的人馬上遭到通緝，但現在都還沒抓到他。」

原來如此，原來牆壁上的洞就是那個時候的彈孔。

菜穗大大吐氣，一手按著胸口。我的錯覺嗎？她臉上浮出疲憊的神色。說明命案的來龍去脈，比我想像中更有負擔。對不起。我在心裡道歉。請再忍耐一下，一下就好了。講到這裡打住的話，未免太吊人胃口了。聽到這的確是悲慘的故事，但光是悲慘，一點也不足爲奇。這樣還不足以成爲「奇怪的傳說」。

「隨著時間流逝，新訊息愈來愈多，事情反而愈來愈奇怪。首先，找不到孩子的屍首。警方最初認爲孩子被犯人拐走，或逃到別處，但傭人說出莫名其妙的話。」

莫名其妙的話？

「鐘點女傭每週有三、四天從早上待過中午，負責打掃、做飯，可是從沒看過小孩。傳聞那對夫婦上街都會把臉遮住，但鐘點女傭說從未見過雇主夫婦把臉遮住的樣子。那位鐘點女傭從外地來，不曉得那一家人的流言蜚語。」

沒看過小孩？小孩消失了？怎麼一回事？資訊太含糊，聰明絕頂的我也無法掌握眞相。

「警方調查到什麼程度？眞有小孩嗎？我並不清楚詳情，鎭上後來便傳出奇怪的傳聞。說被殺的並不是把臉遮住的那家人，而是替死鬼，他們銷聲匿跡了。過分一點的說法是，那孩子是吸血鬼，把父母殺死後消失無蹤。這個小鎭沒什麼娛樂，難免不負責任地加油添醋，結果這棟建築物從此給人『受到詛咒的洋房』的印象。」

菜穗用力搖搖頭。她提供的訊息還是太少，不過沒辦法。菜穗當時是十來歲的少女，期待從她身上獲得更多的訊息是有點太過。問題在於小孩子是吸血鬼？開什麼玩笑。人類爲什麼害怕不存在的東西？又樂在其中？我實在無法理解這種低俗的行爲。

「慘遭殺害的夫婦親戚繼承這裡，想要賣掉屋子，但地點本來就不好，還有毛骨悚然的傳聞，一直找不到買主。最後這家醫院看上了這裡。」

原來如此，那個冷若冰霜的院長的確不像會在乎這種謠言。

「這裡充滿綠意，環境很好，價格又比行情還要便宜，院長就把剩下的家具也一起買下來，改建成安寧病院，直到現在。」

菜穗說到這裡，大大吐氣，一臉不可思議地側著頭。她也許想不通自己爲什麼告訴狗這麼多。

我本來只想問牆壁上的洞怎麼來的，沒想到得到許多意外的情報。

「李奧，男孩眞的住在這裡嗎？若他在，希望至少那孩子逃過一劫。」

菜穗輕撫著我的頭。基於這一週的經驗，我知道她並非徵求我的答案。人類問狗問題時，其實是在問自己。我還不明白他們爲何要做出這種傻事。但我明白了很多事。我停下干預菜穗的靈魂。因爲並未進行太強烈的干預，所以菜穗並沒特別的變化。勉強妳想起不愉快的事，眞不好意思。

我暗自道歉，對她搖搖尾巴，然後走開。

「咦？李奧，你要去哪裡？」

我轉身到走廊。菜穗連忙跟在後面。我走到玄關，走出敞開的門。

「啊，要去上廁所嗎？等一下就吃早飯了。上完廁所就要馬上回來哦。」

菜穗亂摸一通我的頭，轉身回到走廊。我目送菜穗纖細的背影，逕自出屋。冬天早晨冷冰冰的空氣很舒服。我不是爲了小解才出來的。聽完菜穗的話，不只牆壁的洞，另一個匪夷所思的疑點也找到答案了。我非確認這一點不可。

那麼，該去哪裡才好呢？我在庭院裡繞圈。這幾天都是晴天，我降臨到世上時的雪幾乎已經融化。當時的暴風雪在這裡十分罕見。無巧不巧，我的上司居然在那一天把我送來這個世界，他對我是不是有什麼不滿啊？

我邊走邊回想這件事，感受到一股氣息，回頭一看建築角落，一道灰濛濛的影子吸引我的視線。尤其吸引我死神的那一面。啊……原來在那裡。我集中精神關注。菜穗說過：「希望至少那孩子逃過一劫。」可惜這個願望永遠不可能實現了。

屋後的陰影處，晒不到太陽的一角，站著三個人……不對，是三個變成地縛靈的魂魄。

他們緊緊依偎著，靜悄悄地佇立在那裡。

「知道我是誰嗎？」我靠近皮球般大小的魂魄，發出言靈。就算旁邊有人，也不用擔心人類會聽見。這種形而上的聲音跟人類的聲音大不相同，是直接對精神喊話，可以讓我指定的對象聽見。

但地縛靈們毫無反應。

我瞇起眼睛觀察。魂魄的表面應像拋光過的水晶，發出淡淡光芒。可是三道搖曳的魂魄很暗沉，表面凹凸不平。劣化到這個程度，可能連操縱言靈的能力都失去了。

假設這就是那起強盜殺人事件的被害者，那麼大約七年前，他們就失去肉體的保護，光溜溜地徘徊在現實世界。這段漫長的時光的確能夠讓如蛋黃般脆弱的魂魄劣化至此。再繼續留在這裡，不久，他們就會像融化在日光下的雪般煙消雲散。

「你們是在這裡遇害的一家人嗎？」我繼續提出問題，其中一個魂魄的表面微微晃動，恐怕是在表示肯定。「你們再這樣下去會煙消雲散。不要再想些有的沒有的，速速跟隨我同伴的引導，前往『吾主』的身邊。」

我以前引路人的死神身分說服他們。然而，他們聽完我說的話後，像氣球掙脫孩子的掌握，輕飄飄地浮起來，逃至屋頂的另一側。我嘆口氣。被奪去生命的人類魂魄通常都會變成地縛靈，悔恨將他們勾留在世界上。我是如此理性的存在，完全無法理解他們。

他們就算繼續留下也不可能重新得到肉體。既然如此，就不要無謂抵抗，趕快到吾主的身邊才明智，不是嗎？

然而，每當我提出這個疑問時，上司都會笑我：「你還不懂人類的『感情』呢。」我很不服氣。人類或許認為「感情」很重要，但我在漫長歲月與人類交手的經驗，見識無數次他們被感情耍得團團轉，做出不合理的行為。強烈的感情是不小心混入靈魂的雜質，本來就沒必要。高貴如我，壓根不想理解。我們死神雖然也有喜怒哀樂，但跟人類的感情完全不一樣。我們絕不會被感情耍得團團轉，也不會做出不合邏輯的事。

算了。

我轉開目光，不再理會逃走的靈魂。爲他們引路不是我的工作，應該是其他死神的任務。我沒有拯救的義務，還有其他人等著我救贖。沒錯，那個人就在那裡。

我走向醫院前三十公尺見方的庭院。開花時節尚未來臨，花壇裡只有土，而庭院中間蜿蜒著一條細長的羊腸小徑，中央是一座鋪滿草皮的小山丘，頂端的樹木抬頭挺胸地佇立著，但光禿禿的樹枝往四面八方伸展。這是櫻花樹，春天時應該會開出美麗的花吧。

菜穗前陣子把花的種子埋進庭院的花壇，然後說：「在這家醫院當護士是我的夢想。」我倒是能體會她的心情。這裡滿溢著大自然的生命力，環境好到不像醫院。

我的視線投向櫻花樹下。草皮的長椅上，坐著一名垂頭喪氣的壯年男人。男人的四周瀰漫著一股和庭院極不相襯的慘澹氣息。

我已經休息夠了，該開始工作。

我走在殘雪未消的小徑，享受肉球傳來的冰冷觸感，皺著鼻子嗅聞。甜膩的腐臭混在清冽雪香裡，撩撥著我的鼻腔。

2

「……你在這裡幹麼？」

長椅上的男人看到我，嘶啞地說道。比南好一點，但這個男人也骨瘦如柴，呈現癌症患者來日無多的神態。他的頭髮因爲抗癌藥物全都掉光，瘦骨嶙峋的臉龐浮現出暗褐色的濕疹。讓人以爲是化妝效果的黑眼圈特別觸目驚心。

那雙眼睛朝向我，射出飽含敵意的視線。我記得這個男人姓「孫」。休養生息的這三天，我從護士們的談天掌握到南以外的兩名患者名字。

一個小型的金屬容器放在孫的身邊，半透明的管子從容器延伸至瓶嘴，前端呈漏斗狀。看樣子氣體從那裡吹出來。我屏氣凝神地透視孫的胸部。無數癌細胞啃蝕著變黑的右肺，在右肺上張牙舞爪地成長茁壯。原來如此，所以他才需要氧氣。

「不要打擾我！」

孫沒頭沒腦地撂下狠話，一腳顯然要踹我。我連忙翻過身子避開他，重新調整姿勢，呲牙咧嘴地低哮。區區人類竟想踢貴爲死神的我，成何體統。

孫以爲我會咬他，臉上閃過怯懦。眞是的，高貴如我才不會做出「咬人」這種野蠻的攻擊。我暫時借用黃金獵犬的肉體，不至於連精神都淪爲動物。話說回來，懲罰這個男人根本不需要咬他。我看著孫，冷哼一聲。迥異於人類對死神的印象，死神既不會奪走人類的生命，也不能延長人類的壽命。不過，不危及生命，倒可以對「疾病」進行某種程度的操作。

「唔？」孫坐在長椅上按著胸口，縮成一團，劇烈地咳起來。肺部深處翻湧而出的咳嗽衝動令他不能呼吸，如同溺水的人拚命掙扎，吐出夾雜著血絲的痰。

我冷冷地看著孫的臉一路漲成紫色。幾十秒後，我又哼一聲。同時，孫的咳嗽戛然而止。他連忙把漏斗貼在嘴上，大口大口地吸進氧氣，他一臉撞鬼似地看著我。我與孫四目相交。

冷靜一點了嗎？

如果已經冷靜下來，就告訴我你的「依戀」是什麼吧。

我瞇起眼睛催眠他。孫面色如土的額頭擠出皺紋，「嗯」一聲地發出疑問。快，別再無謂抵抗了。快變成地縛靈的虛弱精神不可能拒抗得了我。果不其然，孫的目光很快失去焦點。

很好，那麼就先告訴我你自己的事吧！我一做出指示，孫便緩緩地打開厚唇。

「我不姓孫，孫是我在香港買的名字。我的本名是……金村安司。」

原來如此……金村？好像聽過。不過，我對你的名字一點興趣也沒有，趕快進入正題。孫……不對，金村開口，打算接著說，但話語成形前就消失不見，剩下破碎雜音。

我都已經支配他的靈魂，他的抵抗還如此頑強，想必藏著不可告人的過去。放心吧！束縛南長達六十八年的心結，我都可以輕易地讓他解脫，不管你的心結多沉重，我都能迅速幫你解決。我瞪大眼睛。金村輕輕地搖幾下頭，聲音終於從微微開啓的唇間擠出。

「七年前，我在這裡……殺了人。」

……喂喂，再怎麼說這也太……太沉重了！

招認「殺人」的驚人過去後，陷入沉默的金村始終低著頭。

想踢我時的憤怒從身體退去，他像是一具空殼。既然他告白了七年前殺了人，就表示洋房內曾發生殺人事件。

我偷偷地望一眼背後的建築。那三個魂魄知道殺害自己的可恨凶手就在這裡嗎？想必知道？慘遭殺害的人的確容易變成地縛靈，但通常在陷入消滅危機前就會接受死神的說服。換句話說，雖然容易形成強大的「依戀」，但也很容易隨時間淡去。將魂魄勾留在人世間的力量多半會隨時間減弱。感情也會在死後被時間稀釋。比較危險的案例是像南那樣，經年累月逐漸熟成的「依戀」。這就像長時間熟成的葡萄酒，感情不會隨時間淡去，只會永遠捆綁住魂魄。

該不會是這個男人的存在捆綁住那幾個魂魄吧？要是知道凶手還厚顏無恥地活在視線所及之處，早該斬斷的心結也斬不斷吧？

我有些困惑。

吾主交代給我的工作是要拯救金村，但這真的好嗎？我難道不該懲罰他嗎？這麼一來，因爲男人的罪孽而滯留人世的可憐魂魄，只能等待魂飛魄散或許才會得到救贖。

不對，我在想什麼。我連忙搖頭。我不需要判斷，執行吾主的命令即可，這才是我存在的意義。

我看著低著頭，蒼白的臉上滿是苦惱的男人心想：這個男人爲什麼在這裡？七年前殺了一家三口後，他過著什麼樣的人生？爲什麼要改名換姓，以癌症末期患者的身分住進這家醫院？

我先來蒐集資訊，再考慮怎麼處置他。

金村滿臉苦惱，此時此刻一定想起七年前的事。就讓我見識一下奪走三條人命，心狠手辣的男人在想什麼吧。我配合金村的精神波長，靜靜閉上雙眼。

3

興高采烈的聖誕歌曲傳來，距離聖誕節來臨僅剩十天左右。寂寥的小鎮彷彿意圖掩飾人丁寥落的景況，格外沉浸在過節的氣氛裡。在小鎮商店街一角，一家小店掛著「金村貴金屬」的招牌，老闆金村安司在櫃台上攤開帳本，抱著頭傷腦筋。

冷汗涔涔流出，圓胖的身體顫抖著。

他從曾經採得到高級瑪瑙的小鎮上，繼承這家傳承數代的珠寶店三十年了。而這三十年來——不對，從他誕生到世上至今五十年來，他從未遇過這麼大的危機。

一切要從一年前說起。

一年前，日本的泡沫經濟有如無底洞，長時間不景氣，但他靠著父母的遺產，將寶石賣到大客戶全國連鎖的首飾店裡，依然將祖產經營得有聲有色。沒想到以爲是救命稻草的大客戶，突然成了金村脖子上的鎖鏈，開始用力收緊。大客戶去年毫無預兆地宣布破產，金村前一刻賣出去的大量寶石，當然收不到款項。

金村的店開始出現跳票危機，他爲了撐過難關，拚命奔走籌錢。他首先去拜訪常往來的銀行，額頭貼在地面地跪地請求貸款，可是別說是銀行了，地下錢莊也不會笨到把錢借給快要沉船的人。

金村用力搔頭，搔出漫天飛舞的頭皮屑，指甲也抓破頭皮。即使變得稀疏的頭感到疼痛，金村還是無法停下猛搔的手。不這麼做就要發狂了。

回想起來，當時老實接受破產的事實就好了。雖然負債累累，又讓經營數代的家業在手上倒閉，但他應該坦然接受不名譽的事實。然而，自己已經失去冷靜的判斷力，迷失在汪洋裡，拚命抓住眼前的稻草，明知是劇毒。

金村的支票首度跳票沒多久，一名體格壯碩的年輕人出現，他以前常拿來路不明、恐怕也不能講明的寶石來賣，自稱姓「鈴木」，但想也知道是假名。

「金村先生，你是否遇到財務困難？」鈴木一踏進店裡就壓低聲音道。金村用眼圈黑得像貓熊且浮腫的雙眼，打量著虎背熊腰的男人。

「你可以……幫我想辦法弄到錢嗎？」

他如此回答的瞬間，鈴木眼中掠過一道絕非正派人士的殘酷光芒。然而，金村對腦中震天價響的警鈴置若罔聞，甚至忽略懷疑鈴木如何得知自己的窘迫。

「包在我身上吧。」鈴木撇撇嘴唇，發出異常殷勤的嗓音。第二天，鈴木帶著比金村要求更多的錢出現。明知已經一腳踏進地獄，金村還是顫抖地伸向鈴木毫不在意地放在櫃台上的鈔票。

金村有信心，他不會像其他卡奴，被地下錢莊吃乾抹淨。萬一周轉不來，賣掉剩餘的寶石，還清債務不就好了。沒錯，懂得及時抽身就行。但金村沒想到，負債葬送掉大好人生的人都抱著同樣想法，也沒料到看準時機抽身其實很難。當他想著再借一點、再借一點就好時，債務如滾雪球般愈滾愈大，而且眼前路愈陡峭。他靠著變賣寶石，每個月勉強償還，但後來還款計畫停滯不前，最後連每個月的利息都還不了。本金像增生的癌細胞，野火燎原地成長。

鈴木借錢給他時，附加一個條件，要金村買一份壽險，受益人是個連名字都沒聽過的女人。金村還沒不解世事到未能理解背後的意義。不久，他就需要用命來抵債了。不知不覺，金村墮入十八層地獄，只要推他一把，惡鬼就會撲上來抓住他，把骨髓吸到一滴不剩。

如今只能丟下這家店和所剩無幾的寶石逃走，但金村很清楚這選擇多麼危險。鈴木應該感覺到他快被榨乾，肯定會防止他連夜潛逃。這麼小的城鎮，一點風吹草動就會成爲茶餘飯後的話題。要逃就得放棄餘產，除了身上穿的衣服，什麼都別想帶走。

然而，就算做到這種地步，成功逃離的可能性還是微乎其微。鈴木借給他的錢應該不是自己的錢，那男人背後應該還有靠非法買賣維生的組織。自己的行動恐怕早已受到監視，一逃走就會被帶走，拿他的命換錢。

「啊啊啊……」因絕望而沙啞的聲音從金村的口中溢出。這時，店門悲鳴似地打開，金村抬頭一看，貌似小學低年級的少年站在門口，臉上被大人用的太陽眼鏡和口罩遮住大半。金村胸中湧起夾雜著不耐煩、厭惡以及些許恐懼的心情。少年在鎮上的負面傳聞，無人不知無人不曉。

約一年前，一家人搬進坐落於郊外山丘的老舊洋房。對鮮少娛樂的鎮民而言，他們的到來大大地激起眾人好奇。洋房的窗戶都封死，上街時，一家三口都用太陽眼鏡、口罩和帽子遮住臉。居民最初繪聲繪影地描繪他們是罪人，後來，有人看到他們在酷熱的盛夏夜也穿著長袖衣服遮住皮膚，謠言便從犯罪者變成吸血鬼。

金村毫不相信主婦隨口說說，打發時間的怪談，不過，少年完全遮住臉的樣子，詭異到讓人忍不住相信流言蜚語。

「有何貴幹？」

金村用威脅的口吻問少年。

「……這個。」

少年面向金村伸出手。聲音稚嫩得像是剛學會說話。

「少煩我！」金村打算這麼說時卻停下動作，被少年掌中光彩奪目的物品吸引著。

金村瞪大眼睛，三十年來珠寶商的經驗讓他怔住不動。少年手上的結晶彷彿吸收月光精華，散發出淡淡的夢幻光輝。金村經手過多如繁星的寶石，未曾見過那麼美麗的。

「不好意思。」呆若木雞的金村頓時察覺店裡還有另一名男人。他和少年一樣用大型太陽眼鏡和口罩遮住臉，也許是個中年男子。金村很快意識到對方是少年的父親。

「請問這裡可以幫人鑑定寶石嗎？」高大的男人以中氣十足的語氣問道。

「啊！有、有的。我可以鑑定。」

金村連忙縮回手。他差點就要搶過少年手中的結晶。

「這是小犬在家裡找到的。我告訴他這只是玻璃珠，但他堅持這是真正的寶石……」

男人苦笑著，聽起來有點像藉口。他擺明就是被兒子玩弄於股掌的好父親。

「可以讓我……拜見一下嗎？」

金村從宛如沙漠般乾燥的口中擠出聲音，手伸向少年。少年想縮回手，但在父親「聽話」的催促下，心不甘情不願地把結晶交給金村。心跳加速的金村叫自己冷靜下來，從抽屜拿出放大鏡，端詳掌心裡的物品。他不用放大鏡也知道，這是珍貴罕見，切割得非常完美的大顆鑽石。這值好幾千萬。金村估算起鑽石。這顆鑽石的價值，不僅能還清自己欠的錢，還有剩。金村似乎看見垂降到地獄裡的蜘蛛絲。

金村盯著放大鏡，用力思考。怎麼做才能將鑽石據爲己有？店內僅聽得見時鐘的聲響。好幾分鐘後，金村抬起頭。

「很遺憾……這是用玻璃做的。」金村努力保持平靜，想把鑽石還給少年。但鑽石像黏在指尖上，少年有點不耐煩地搶回去。金村的胸口一陣刺痛，身體好像有一部分被帶走了。

「我想也是。謝謝你。鑑定費怎麼算？」

父親並沒失望，他掏出高級名牌錢包。

「不用，不用鑑定費了。那個……雖然是玻璃珠，但切割的刀工很漂亮，應該可以加工成項鍊。可以的話，能否以一萬圓的價格讓給我呢？」

金村將緊張到宛如心臟迸裂的心情，藏在專業笑容後面。

「多謝好意，但小犬喜歡得不得了，一個也不肯放手。」

「一個也？」

金村耳尖地撈到關鍵字。

「是的，他在家裡找到十幾個同樣的玻璃珠。那麼我們告辭了。」

父親催孩子離開。這根根脆弱的蜘蛛絲就快斷掉了。恐懼支配著金村的身體。

「請、請等一下！」金村從櫃台裡探出身子大叫，「如、如果您願意把玻璃珠全部賣給我，我願意出五十，不，一百萬也無所謂。不用全部也行，一半也好，一個也好……」

他一頭熱地無法攔住脫口的請求。

「……不好意思，就像我剛才說得那樣。」

男人流露出太陽眼鏡和口罩也遮不住的狐疑，充滿戒心地拒絕。然後，父子倆不看金村一眼，迅速離開。關門的巨聲震撼金村的耳膜。他悵然若失地望著門，暗自狠罵自己。為什麼最後要說出那麼愚蠢的話？那種態度跟請對方懷疑鑑定結果有什麼兩樣？那位父親很可能會拜託其他的珠寶商。這麼一來，機會就沒了。沒時間了。怎麼做才能將那顆鑽石據為己有？想辦法！快想辦法。

金村試著擬訂各種對策，專心到連眨眼都忘記。十幾分鐘後，金村抬起頭，緩慢地把手伸向電話。碰到話筒的瞬間，彷彿碰到燒紅的鐵塊，他縮回手，但又很快地抓起話筒，按下幾個月來打了無數次的電話號碼。

耳邊響起輕快的嘟嘟聲。你想做什麼？馬上掛電話。殘留在內心深處，所剩無幾的理智對金村喊話。可惜金村還來不及細思內心深處的警告，電話就接通了。

「怎麼啦？金村先生。錢準備好了嗎？還是要再多借一點？」將金村誘進十八層地獄的男人，在電話那頭愉悅地說道。

金村吞一口口水，張開乾燥的唇：

「……想請你幫我準備一樣東西。」

嘴裡的聲音，冷酷得不像自己。

好冷、好痛。飄著細雪的深夜，金村把背靠在粗壯的樹幹上，拚命地對凍僵的手指呵氣。三十分鐘前，他把車停在離這裡幾百公尺處，穿過森林走路過來，冬夜冰冷的空氣殘忍奪走溫度。他從樹幹後探出半張臉，遠眺一百公尺外的洋房。

時間已過午夜十二點。窗戶不曾透出一絲燈光，住在裡頭的人都睡著了嗎？還是純粹因爲窗戶都被封死，光線透不出來？金村無從分辨。他把手伸進大衣口袋，喘著粗氣，拿出沉甸甸的鐵塊。那是一把左輪手槍，專門爲傷人而製造的武器，在皎潔的月光下散發出黝黑光澤。

打完那通電話一小時後，鈴木現身店中，帶著隨意用報紙包起的左輪手槍。

鈴木走進店裡時，歪歪的鼻子發出一聲冷笑地說：

「金村先生，你要這種東西做什麼？該不會是要用來殺我？」

「怎麼可能？我會被你的同夥殺掉的。」

「知道就好。所以？你要做什麼？」

鈴木痛快地承認自己還有同夥，然後用看穿金村內心深處的眼神看著他。

「這種事有必要告訴你嗎？」

「沒必要。只要把錢還給我，我也沒什麼好說的。對了，這個『伴手禮』的價錢要五十萬，別忘了。」

「五十萬這種小錢，有必要一直掛在嘴邊嗎？下週我就會把欠你們的錢，連本帶利還給你，你就給我乖乖地等著。」金村虛張聲勢地大喝一聲。鈴木一時瞠目結舌，嘲笑地撇著嘴：「那你就加把勁吧。」接著舉起一隻手，揮了揮離開。

現在金村藏身在樹蔭下，心驚肉跳地撫摸著漆黑的槍身。槍身如霜雪般冰冷，奪走心裡的溫度。這也沒辦法，這是沒辦法的事。金村一再說服自己。如果不這麼做，就換我被殺了。那家人就算擁有鑽石，也只不過是小孩子的玩具，既然如此，不如讓我有效利用。明知自己的藉口沒一個站得住腳，但金村還是在腦中唸唸有詞。

他沒打算眞的開槍，嚇嚇對方，搶走鑽石就好了。沒錯，只要對方肯把鑽石乖乖交出來，就不會有任何人受傷。爲了提振士氣，金村吐了一口氣，走向建築物。

屋裡一片死寂。不過一家人應該在這裡。那對父子一週前來到店裡。這段時間，金村時時刻刻監視房子，觀察住戶。因此得知雖然建地遼闊，卻只有一個鐘點女傭和一個園丁會來。

此外，這家人幾乎不在白天出門。

他最初認爲理想狀態是趁無人之際潛入，但他很快就明白太困難。這家人一律晚上出門，而且通常是父親帶著孩子開車出去。

全家只會在時長十幾分鐘的庭院散步時才會一同離房，而且多半是深夜，還打扮得像去搶銀行。他們遮住臉，小孩搖搖晃晃的走路方式簡直像恐怖電影的情節。躲在森林裡的金村渾身發抖。

他努力翻過圍牆，潛入主屋前的庭院，並且壓低身體。當他走到大門時，滲入骨髓的冷空氣消失，腹腔像有團火在燒。

他一再深呼吸，喘著熱氣。

門邊裝著跟古老洋房不相襯的門鈴。爲了隱藏自己的長相，金村戴上太陽眼鏡，靠向門鈴。只要推說「我迷路了。」有人出來時再用手槍抵著對方就行了。要是對方覺得可疑，不肯出來應門，就直接射開門。金村咬緊牙關，加油打氣，然後手顫抖地伸向門鈴。凍僵的指尖按下門鈴，耳中卻無聲響。

金村皺起眉頭，又按了二、三次，但還是沒有反應。

壞掉了嗎？金村下意識將手伸向門把，門被輕輕打開了。沒有鎖門嗎？金村從門縫窺探，眼前是一條陰暗走廊，盡頭門扇透出幽微燈光。金村摘下太陽眼鏡。

他的背脊竄過一陣惡寒。整間屋子彷彿在邀請金村。但他沒有退路了。躊躇再三後，金村一手拿著槍，從微微敞開的門縫走進去。

他呼吸困難，緊張沉甸甸地壓在胸口。金村把槍拿在手裡，沿著陰暗的走廊前進，一面吐出紊亂的氣息。難聞的氣味鑽入鼻腔。這是日常生活中絕不會出現，類似溫泉的硫磺臭味。

金村睜大眼睛，走廊太暗太長，無法一眼看到盡頭。硫磺味裡夾著一絲腥膻味，他聞過這種味道，而且不是在愉快的狀況下。

啊，這是血的味道。而且非常強烈……這裡很危險，應該馬上回頭。鎮上居民的謠言在金村的腦中逐漸產生真實感。他下定決心掉頭時，眼前的門打開了，光線流洩出來。一名高大男人從裡頭走出，他的身影慢動作地在金村眼中播放。

那位孩子的父親……？他的雙腿突然失去力氣，一屁股跌坐在柔軟的地毯上。男人睥睨著金村，胸口到右手臂的襯衫都染成深褐色，顯然是大量失血造成的。男人右手緊握的紅鑽石反射燈光，從指縫中折射出妖異的色彩。鎮上的傳聞在金村腦裡甦醒。

吸血鬼……

「你是誰？」男人低沉地問道。

「嗚哇啊啊啊！」金村坐在地上，完全沒瞄準就扣下了扳機。走廊上響起震耳欲聾的爆裂聲。男人呻吟一聲，宛如被車撞到地往後彈開，鑽石從手中掉落。「啊啊啊啊啊！」金村繼續扣動扳機。不這麼做，就輪到自己被殺死。混亂的局面讓他眼前一片模糊，他連倒下的男人都看不清楚。

子彈被全部射光，空氣中剩下扣扳機的空響。手臂如千斤重。金村沒完沒了地扣扳機，槍口卻愈來愈朝下，最後終於脫離手中。金村顫抖地抓住掉在面前的鑽石，轉身想逃。若不趕快逃走……這個念頭在腦海浮現，雙腿卻動彈不得。金村爬出屋，連滾帶爬地衝向小鎮。

他跌跌撞撞地回到自己的店，一爬進去就倒在地上。平常完全沒有運動習慣，連續跑超過三十分鐘，胸部十分疼痛，過度使用的雙腿也抽筋起來。金村打開櫃台下的保險箱，裡頭有一只波士頓包。早先爲了連夜潛逃時準備的兩百萬就藏在裡面。這是最後的救命錢了。陳列在店裡的寶石幾乎都是假的，一點價值也沒有。只要有這筆錢和搶到手的鑽石，當成跑路費綽綽有餘。他很清楚一旦逃走就可能被鈴木等人逮住，但眼下只剩逃亡這條路。

然而，自己剛剛實在嚇壞了，他將沾有指紋的手槍留在現場，甚至忘記將車子開回來。若警方展開調查，馬上就會查到他頭上。但他更害怕那個男人隨後從槍擊中活過來索命。

不可能有這種事。

但無論說服自己多少次，都會想起男人胸口被血染紅的模樣，他的心臟一陣緊縮。

不過，他已經想好逃去哪裡了。景氣好時，他染指過香港進口的寶石走私。只要有錢，應該就能用這個管道逃到香港。數日前，自從開始思考連夜潛逃的可能性，金村就慎重其事地避開鈴木耳目，偷偷和走私夥伴搭上線。

他抱著波士頓包從後門溜出。渾身是血的男人會不會從背後追上？

這股恐懼令他頻頻回首，拚命在颳著寒風的深夜街道上狂奔。

離噩夢般的一夜已過整整二十四個小時，凌晨時金村坐在港口堅硬的混凝土上。他運氣好嗎？還是根本沒人監視他？他不僅沒被鈴木逮住，還搭上交通工具抵達港口，這裡停著偷渡的船。

他攤開地方晚報時，手不住顫抖。社會版大篇幅刊登昨夜的事。

資產家夫婦在家遭到射殺　八歲的兒子不知去向　不排除遭綁票的嫌疑

根據報導，昨夜住在洋房的夫婦遭到不明人士射殺，兒子下落不明。然而，報導完全沒提及男人在他開槍前胸口就滿是鮮血。

到底發生什麼事？金村被弄得糊里糊塗。我應該只殺死了父親，小孩失蹤根本不關我的事……不對，眞的是這樣嗎？金村感到一盆冷水倒在背上。那名男人倒下後，我還渾然忘我地扣扳機。萬一他的妻子從門後聽到騷動而出來察看，有可能被流彈命中。

我居然殺了兩個人……雙手抖個不停，戰慄感一路往手臂、肩膀及全身擴散，兩排牙齒也喀喀打顫。那位父親渾身浴血的模樣是我聽信傳聞後，基於恐懼產生的幻覺嗎？還有小孩，小孩消失到哪去了？是我害的嗎？我到底做了什麼？我不知道、我不知道、我不知道……

金村盤腿而坐，緩慢地打開放在雙腿間的波士頓包。付完偷渡到香港的一百萬後，金村剩下另一百萬和鑽石。他接著拿出用手帕包著掉在角落的寶石。

就爲了這種石頭……看到鑽石邊緣的血汙，一股衝動襲來，金村想把手中的鑽石扔進海裡，可惜辦不到，報紙寫到警方正在找住在附近，行蹤成謎的珠寶商，認爲他涉嫌重大。那分明就是自己。要是沒有這顆鑽石，他就逃不了了。搶劫就算了，還殺了兩個人……一旦被警方逮捕，運氣好也得吃一輩子的牢飯，不好還可能被吊死。

事情怎麼會變成這樣？一切都是從向鈴木借錢的那刻開始。那瞬間，他就踏入無底沼澤。陷入無底沼澤的人，只會往下沉。一直、一直往下沉……

「時間到了，你對這個國家還有留戀嗎？」

幫他偷渡的香港人以獨特的腔調問他。金村無力地搖頭。怎麼可能還有留戀？自己在這個國家等於死了。金村宛如被擊倒的拳擊選手，搖搖晃晃地起身走向巨大貨船。一陣海風吹過港口，將金村手中的報紙高高地吹至半空。

4

「偷渡到香港後，我把鑽石賣掉，用變賣得來的資金經商。我把一文不值的假寶石買來，製作僞造的鑑定書，賣給暴發戶，這是一筆詐欺生意。那個國家不曉得爲什麼突然一夕致富，暴發戶像浴室的黴菌到處都是。他們眞的是很闊氣的客人。價格愈高，他們愈是買得感恩戴德。我用殺人搶來的錢當本金，換我成了暴發戶。」

我抬起眼皮，回到現實，金村自虐地笑了，接著劇烈地咳起來，他捂著嘴，手上一灘血痰。好不容易停下，金村依然宛如被鬼附身（當然是因爲我的能力），絮絮叨叨地說起話。

「可是啊，我從去年初起咳痰，去醫院檢查後……發現是肺癌，而且不能動手術了。我砸下大筆金錢，嘗試過化學治療，只換來頭髮掉光、瘦得不成人形的下場。果然死神是不會放過我這種人的……」

我從鼻子裡哼一聲。說得好像他的命被我們死神奪走，但他黑漆漆的肺，明明就是因爲殺人的罪惡感導致大量吸菸造成的。請容我再三強調，我們才不會對人類的生死動手腳。他會死於癌症，全是因爲他像傻瓜似地拚命把毒煙吸入體內。

「既然要死，我想死在故鄉，才回到鎭上。心想會被那些放高利貸的人發現，可是反正都要死了，也沒什麼好怕。結果根本沒半個人注意到改名換姓，變成這副寒酸德性的我。我住進鎭上的綜合醫院時，他們建議我轉到安寧病房。我想也好，轉院後才發現居然是這棟洋房。」金村再次發出自虐般的笑聲，令人不忍卒睹。「這大概是那對夫妻的怨念吧？那位消失的小鬼真變成幽靈了嗎？不管怎樣，我會在這裡……因為詛咒而死吧。」

的確，被殺的夫婦和不見蹤影的孩子都變成人類口中的幽靈，囚禁在這棟屋子，不過他們並沒有咒殺金村的能力。就像人類接觸不到魂魄，進入另一個次元的魂魄也無法對現實世界產生影響。

該說的話都說完了，金村垂頭喪氣地嘆氣。我伸個大大的懶腰，踏上融雪濡濕的歸途。我已經充分了解金村的「依戀」。回溯金村的記憶時，有些地方令我狐疑，先從確認這些疑點開始。

巨大的引擎聲響起。回頭一看，庭院旁隔著柵欄的場所是停車場，裡頭停了一輛黑色的車。那形狀扁平的車好像叫「跑車」來著。一名年輕男人打開車門走出來。我記得他是經常代替院長執勤的醫生，名字叫「名城」之類的。根據小道消息，當這位醫生來上班時，院長似乎會到山腳下的夜間醫院看診，真是個工作狂。

不知為何，我不太喜歡這個男人。他弱不禁風的身板風一吹就倒。菜穗曾經用「很溫柔」來評價他的長相，但其實不是「很溫柔」，「靠不住」才是正確說法。

男人必須更有魄力一點，像我這樣雄糾糾氣昂昂的。

「啊，名城醫生。」耳邊傳來舒服的嗓音。回頭一看菜穗提著垃圾袋從屋裡走出。她瞧也不瞧我一眼地經過我身邊走近名城，「你今天也很早來。」

「院長說他三點左右就要出門，所以我就早一點來了。」名城打開庭院和停車場間的柵門走進庭院。我有一股地盤遭人入侵的不快。

「這樣，辛苦你了。」

兩人有說有笑，沿著花壇小路並肩走向醫院。

……太令人不爽了。我從喉嚨裡發出「噭嗚嗚」的低吼。可是我也不清楚自己爲何不爽。兩人消失在屋裡。我也追在他們的身後走向屋子。踏進玄關的瞬間，三道魂魄正在建築陰影處搖晃。他們何時回來的？

和生前一樣，他們彷彿在躲避日光，靜靜佇立在潮濕的陰暗中。

「習慣」眞是件美好的事。我躲在二樓走廊的盆栽後讚嘆。我四天前才提心吊膽又冷汗直流（事實上身爲狗的我不會流汗）地溜進來，今天卻輕鬆地像在散步。我避開護士耳目，像陣風似地迅速達陣。這一切都是我太優秀，短短一週就把狗的潛能徹底發揮出來。

我偷偷地望向護理站。護理長正在打瞌睡。這家醫院似乎只有菜穗、護理長以及另三位中年女性，共五名護士——這也是我的新發現。身爲死神，我經常造訪醫院這種場所，但這裡和我見過的醫院不同。即使忽略這棟洋房低價購入，而且主要照顧病人嚥下最後一口氣的特色，這家醫院還是很不尋常。

首先，患者人數實在太少。醫生只有那個古怪又神經質的院長和名城，確實無法應付大量患者。但十間病房一半也住不滿，未免太冷清了。

此外，一些醫療器材和行李堆在二樓走廊盡頭，甚至放著稱爲「移動型X光機」，擁有長頸鹿般攝影裝置的巨大機器生灰塵。正常的醫院應該整理得更井然有序才對。

算了，我才沒閒工夫擔心經營方針。現在最重要的是完成吾主的神聖使命。我又回頭看護理站一眼，確定護理長正在打哈欠和揉眼睛，接著衝進微暗的走廊。肉球和地毯這兩種緩衝材質把我的腳步聲全數吸收。我把爪子伸進掛著「孫潔先生」名牌的門縫，往旁邊推開門鑽進去，並且環視房間。

哇哦！儘管目睹過人類死亡不可勝數，但我仍不禁想後退。金村躺在深處的床上，面向著我，瘦如骷髏的臉孔彷彿惡鬼。他閉起雙眼，並非瞪視著我。可能是做噩夢，恐怕夢到了七年前那夜。

我重新振作精神靠近床邊，抬頭看著金村。遠看就夠恐怖，近看時他臉上深深的皺紋一覽無遺。這幅情景映入狗夜行性的雙眼裡，更加駭人。

我潛入他的夢境後，苦惱的表情會從這個男人的臉上消失嗎？

我在床邊躺下，閉上雙眼，慢慢潛入金村的夢。

5

反射著月色的白雪飛舞飄落，在樹上開出一簇簇雪花。我佇立在月光射不進的森林，穿著厚外套的金村打顫地躲在粗壯樹幹後望著醫院……不對，是七年後將變成醫院的洋房。如果是七年前的記憶，金村應該是油光滿面的中年男子。然而，我面前卻是受到癌細胞和化療的侵蝕，明顯露出死相的男人。南也是這樣。看樣子即使夢到過往，也會出現現在的自己。

金村手中的東西在月光下反射出不祥的光澤。是那把危險的左輪手槍。

「你在這種地方不冷嗎？」我問金村。

我只有意識入侵到夢境裡，即使在冰天雪地裡也不會冷，但想起七年前記憶的金村似乎冷到快斷氣。他看著我，流露出些許恐懼和困惑。

「……你怎麼在這裡？爲什麼會說話？」

我最近才回答相同問題。「這裡是你的夢。狗要講話還是在天上飛，都不足爲奇。」我用跟南說過的台詞回答問題。

金村一臉嫌惡地暗啐一聲，移開視線。不知是接受我的說明，還是根本沒空理我，繼續凝視洋房。漫長的時間流逝著。

「還不上嗎？」我調侃地對金村說。

「要你多事？閉嘴！」金村用蘊含殺氣的眼神瞪我一眼，他抬起腳，打算用穿著堅硬皮鞋的腳尖攻擊我。然而，我一動也不動，眼看腳尖就要掃到我的肚子，但下一瞬間，腳尖穿過我的身體。金村踢空，當場跌坐在地。這裡的我並不屬於金村夢中的一部分，而是我在病房裡冥想投影出來的意識，我是不存在此的幻影。只要我不允許，他不可能觸碰到我。

「你在磨蹭什麼？還不趕快進去？」我嘲笑倒在地上的金村。

「……不要。」金村的嘴角發出打顫聲。

「爲什麼？事實上，你不是眞的潛進去了？換成在夢中反倒不敢，怕什麼？」

「……」金村無言以對，憎恨地瞪著我。

「你就快要死了。」

我走到跌坐在地的金村身邊注視著他。金村渾身發抖。

「……那種事……我早就知道了。」金村從口裡擠出細碎的聲音。我湊近金村，他扁扁的鼻子幾乎要碰到我好看的鼻梁。

「你眞的知道嗎？」

「你到底……想說什麼？」

金村往後仰，試圖逃開。

「你就快從這個世界消失了。消失後，你跟這個世界再也沒有牽連。無論你再怎麼渴望、掙扎，都無法彌補任何人事物。你不會以爲死了就一了百了吧？就連犯下的罪行也會消失，再也不會有罪惡感？錯了。你們口中的『死亡』不過是肉體的消滅，從此以後換成『魂魄』永遠背負所有罪惡。你會受到『依戀』的束縛，後悔痛苦的存在著。」

我淡淡地陳述事實。金村浮出又哭又笑似的表情，並不斷地發抖。

「那……我該怎麼做才好？只要向神父告解懺悔就行了嗎？」金村求救似地把手伸向我。他的手當然碰不到我，只能抓住一把空氣。金村一頭栽向雪中。明明知道碰不到，這傢伙到底在幹麼啊？

「口頭上的『懺悔』有任何意義嗎？」我目瞪口呆地看著趴在地上的金村。

「沒錯，一點意義也沒有！我的罪孽無論如何都不會消失！」

金村倒在雪地上咆哮。

「倒也不是這樣說，你犯下的『罪行』或許不是全然沒有轉圜的餘地。」

「……咦？」金村趴在地上，絕望的眼神透出一絲希望。眞是的，他還兩度想用腳踢我，眞是自私的傢伙。我無言地轉向矗立在身後的巨大洋房。金村的臉部扭曲，孩子似地搖著頭。如果眞的是孩子，倒還稱得上可愛，但中年男子裝可愛就讓人不舒服了。

「事到如今，你還想繼續逃避自己的過錯嗎？」

我毫不掩飾我的火氣，棉裡藏針的話語刺向金村。

「你要我去那裡做什麼？我殺了人！像我這種人還有可能被原諒嗎？」

金村跪在積雪上，像野生動物般咆哮。

我瞇起眼睛，露出普通的狗做不出來的輕蔑神情。

「我哪知道，這種事你不會自己想嗎？」我丟下這句話，再也不看金村地往洋房前進幾步。背後傳來金村的哭號。我停下腳步。「……你的罪或許沒有你以爲的那麼深重。」

我喃喃低語，金村在我背後猛然抬頭。

「……這句話什麼意思？」

「想知道就跟我來。」我頭也不回地慢慢往陰暗的洋房走。幾秒鐘後，背後傳來踩在雪地上的腳步聲。我提起嘴角，露出微笑。我來到大門前，等待躊躇不前的金村從後面跟上。我告訴好不容易追上來的金村：「打開它。」金村彷彿被冰雪女王下咒的冰雕般停止動作。要幫助金村解凍，我只好扯著嗓門大喊：「趕快把門打開。」

然而，金村還是不動。

「事到如今還要逃避嗎？卑鄙小人。」僵持下去不是辦法，我試著挑釁。

「閉嘴！少囉嗦！」金村大吼一聲，不曉得是對我吼，還是對沒用的自己吼。他抓住門把用力拉開。從門縫中透出來的光線直直照著我們。

「啊啊啊啊啊……」金村發出既不像悲鳴也不像呻吟的怪聲。門縫透出的光線消失後，我和金村佇立在陰暗的走廊。我把頭轉三百六十度，掃視四周。金村瞪大浮腫的雙眼望著像隻貓頭鷹的我，往後退一步。

「要我說幾次？這是夢。我把頭從脖子拿起來也不奇怪。」肉體構造如今對我根本不構成限制。我重新打起精神，環視屋裡。我很熟悉這裡。洋房的一樓是我的住處。不過，家具位置稍微更動一些。走廊盡頭的壁鐘應該已經不走了，如今卻還分分秒秒地動著。此外，我熟悉的屋裡有扇大窗，將美好的陽光送進走廊，讓我度過充實的午睡時光，但現在被密不透風的木板堵住。七年前，金村侵入的走廊就在眼前。我面向走廊盡頭，一步一步往前。

「嗚哇啊啊啊！」背後忽地響起金村高八度的尖叫。

發生什麼事了？我回頭一看通往食堂的門打開，一名男人冒出來。

「別過來！我叫你別過來！」金村發出刺耳的尖叫，舉起手槍，宛如無底深淵般的槍口對著男人。這個笨蛋，到底在幹什麼啊？

「可以閉嘴嗎？」我飽含怒氣，金村戛然而止。他劇烈顫抖，槍口依舊對著男人，渾身僵硬。「這是你的夢。你發動念力，這個世界怎麼變就怎麼變。聽好，集中精神。集中精神讓那個男人停下。」金村又用力搖頭。不是說了那個動作要小孩子來做才會可愛。

「廢話少說，給我集中精神！」我大喝一聲，金村緊緊地閉上雙眼。同時，男人的腳硬生生地停在半空。有心還是辦得到嘛，我花一點時間開始說明現況。

金村睜開眼睛，跌坐在地。眞沒用。我有點後悔自己對他刮目相看，漫步到金村的身邊。「你開槍打中這個男人吧？」我抬頭看著如雕像的男人。

這是個高大的中年男子，頭髮剪得短短，瞪著金村的銳利眼神充滿殺氣。此外，他從胸口到右手臂的衣服都被染成深褐色，右手握著沾了血的寶石。嗯，的確很嚇人，難怪金村忍不住開槍。我上上下下地打量男人，回頭看著還嚇得站不起來的金村。

「你把這條走廊變回現在的醫院。」金村「咦」地一聲，傻愣愣地張著嘴。領悟力有夠差。「我叫你把這條走廊變成現在的樣子，而不是七年前。快給我集中精神。」

這個世界是金村的夢境，透過他的想像力，想變成怎樣就變成怎樣。

「爲什麼要這麼做……」

「爲什麼非得向你一一說明不可？別多嘴了，集中精神。」

或許不滿身爲狗的我對他頤指氣使，金村臉部的肌肉緊繃著，但還是閉上眼睛。走廊景色開始搖晃，過去與現在的畫面重疊，出現兩層影像。走廊中央的男人身影隨之變淡，愈來愈透明。我連忙出聲提醒他：

「啊！別讓那個男人消失。那個男人就保持原樣，改變走廊就好。」

「爲、爲什麼……？」

自己最想抹煞的身影被要求留下，金村狼狽不已。下一瞬間，牆壁像是麥芽糖地扭曲變形，又像內臟一般蠕動起來。後面的牆壁一下子靠過來，一下子又退開。我氣得臉都歪了。金村的動搖讓這個世界跟著動搖。一個搞不好，夢境可能會倒塌，金村也會醒過來。

「繼續集中精神！我等一下會解釋，現在想著走廊就好。」

我說服金村，慢條斯理地說道。金村露出稱不上同意的表情，但還是閉上眼睛。如錯覺畫般歪七扭八，遠近感蕩然無存的走廊逐漸恢復正常。男人的身影雖然還是半透明，但至少停在當場。當走廊好不容易終於變回現在的樣貌，我抬頭望著半透明的男人。

「這男人眞的是到你店裡的男孩父親嗎？」我問睜開眼睛，膽怯地看著男人的金村。

「你在說什麼？當然是啊！」金村顫抖地回答。

「委託你鑑定寶石的男人不是把臉遮住了嗎？既然如此，你憑什麼斷定這男人就是出現在你店裡的人？」

「這棟屋裡的成年男性除了他還有誰？不然你說這男人是誰？」

「萬一除了你，還有其他的入侵者呢？」我意有所指地提起嘴角。

「什麼？」

我看著瞠目結舌，一臉呆相的金村，忍不住嘆息。領悟力超差。我深深地吸進一口氣，細細咀嚼最重要的話再吐出來。

「你沒殺死任何人。」這句話似乎立刻傳進金村的大腦。他一再眨眼，眼珠彷彿要從浮腫的雙眼蹦出來似地瞪大。「怎、怎麼可能……」

「跟我來。」我轉往走廊的盡頭。牆壁上存在好幾個彈孔。想必金村平常並沒注意到那些小洞，所以是潛意識創造出跟現實同樣的走廊。人類的潛意識太了不起了。

我和金村一起來到盡頭放著壁鐘的位置，然後重新轉向玄關。

「你是在從玄關再進來一點的地方槍擊那個男人的，對吧？」

金村嘴巴抿成一條線，噤口不言。

「對吧？」我強硬地又問一次。

「對……」金村惱羞成怒，不肯多講。

「男人已經倒下了，嚇得屁滾尿流的你還是把剩下的子彈全部射光。然後，陷入恐慌的你搶下男人的寶石，頭也不回地逃離，是這樣吧？」

「沒錯……就像你說的。」金村的語氣遲緩。

「你射了幾發？」

「什麼？」

「你把裝在手槍裡的子彈射光了，共是幾發？」

金村將視線落在手槍上，數著彈膛。「……六發。」

「沒錯，就是六發。」我沉吟著退回離入口約一半的走廊，抬頭望著牆壁。牆壁上有兩個小小的洞。「兩發打在這裡。」再往前幾步路的牆面同樣分布著三個彈孔。「三發打在這裡，接著是……」我唸唸有詞地走到走廊盡頭，放著壁鐘的位置。

「你到底想做什麼？全都是我射擊的彈孔不是嗎？」

金村失去耐性地搖頭。我懶得理他，繞到壁鐘的旁邊，那裡殘留著兩個槍擊痕跡。

「……這裡有兩發。」

「咦？」金村呆若木雞地說著，「這、這麼一來全部是……」

「沒錯，是七發。這條走廊上有七個彈孔。」

「怎麼可能……這是怎麼回事……」

「很簡單，除了你以外，還有其他人也在這裡開槍了。」

「其他人？怎麼可能……哪來的其他人？」

「你在說什麼傻話？看清楚了，不是還有其他人開槍的證據嗎？」

「證據……？」

「你沒有射時鐘吧！」不明白我的意思，金村額頭擠出一堆抬頭紋。「這個時鐘的彈孔從側面斜斜射進。如果從這個角度射擊，須站在走廊深處後方，或是從位於壁鐘隔壁的廚房開槍。假設子彈從你站的位置飛來，應該會打在正面的玻璃上。」

「可、可能是先打在牆壁上……」

「到處都沒反彈的痕跡。這道牆壁對跳彈來說太軟，因此都卡在上頭。」

「這麼說……究竟是怎麼一回事？」

「所以，有人早在你之前就侵入這棟房子，恐怕還不止一人。那些人在你侵入的時候，可能已經殺了那對夫婦。翻箱倒櫃時，你好死不死地出現了。其中一個聽到聲音出來察看，但被你射殺了。這麼一來，男人渾身是血的理由也就不難想像，一定是在被害人身上找寶石的時候沾上的吧！」

「怎麼可能……」金村的嘴巴就像金魚似地一開一闔，但無法順利地發出聲音。

「證據還不止這個。報紙說房裡有翻箱倒櫃的痕跡。那是比你早到的搶匪幹的。而你聞到硫磺和血的味道，應該是硝煙和夫婦的血。他們的屍體搞不好在光線太暗看不清楚的走廊盡頭。」

金村顫抖的手捂住臉，高燒似地喃喃自語：

「我、我沒有殺人嗎？誰也沒被我……？我和殺人凶手沒半點關係？」

「怎麼會沒關係？」我對他淋下一盆冷水。沒半點關係？你的如意算盤打得太響了。

「什麼……關係？」

「你還沒發現這個男人的眞面目嗎？」

「眞面目？」金村鸚鵡學舌似地重複。

都說到這個份上，還不能舉一反三嗎？你完全沒要動腦吧？

「這個男人，被你開槍射中的男人，正是將這把槍和錢交給你的男人啊！」

「什麼？」金村驚呼一聲衝到走廊，端詳動也不動的男人。「不對，這傢伙不是鈴木！」

「姓『鈴木』的傢伙只是把錢和手槍拿到店裡給你的男人。這個男人的確不是那個『鈴木』，但我想你不會不知道，『鈴木』不過是個跑腿小弟。」

「你是說，這個男的……」

「從年齡來看，大概是鈴木的上司吧！至於是他的老大，還是下層組織的頭頭……應該是後者。」

「爲……爲什麼這傢伙出現在這裡……」金村不敢置信。我終於明白，這個男人並非完全不想思考，而是不願意相信自己。我輕蔑地望著金村，斬釘截鐵道：「不都是你害的嗎？」

金村的表情扭曲，宛如燒熔的熱蠟。我不在乎地說：「還不出錢來的你突然要手槍做什麼？還豪氣地說會把借的錢一次還清。地下錢莊當然好奇你想要做什麼。何況，你大言不慚地說手槍只是『小錢』。再加上你經手的東西是『寶石』。對錢的味道如此敏感，地下錢莊怎麼可能輕易放過這塊肥肉。」

金村無言以對地專心傾聽。

「你被監視了。你拿到手槍後，頻繁造訪洋房的舉動全被躲在森林裡觀察的人看得一清二楚。你等於在告訴他們，這裡有『寶物』。地下錢莊說不定一開始打算等你把寶石搶到手，再來襲擊。可是你遲遲不行動，他們沒耐心再等，只好弄髒手。沒想到你居然在同一天下定決心上門打劫。」

「這、這不過……不過是你的想像，有什麼證據嗎？」

金村說出類似「連續劇」裡，被警察逼到狗急跳牆的犯人台詞。

「我沒有批判的意思，只是告訴你可能性比較高的事實。你打算潛入時，與這家人無關的強盜也同時潛入，你認爲世上有這麼巧的事？」

「其他珠寶商可能也……也看過鑽石了。」金村不死心。

「我有間接證據。」我也露一手從「警察連續劇」學到的台詞。

「證據……」金村走離我一步。

「你爲什麼可以逃到國外？」

「……哪有爲什麼？」

「思慮周詳，打算把你弄死好換錢的地下錢莊，爲什麼默不作聲任由你遠走高飛？像你這種外行人，有辦法逃離他們的魔掌嗎？」金村無言以對。「因爲地下錢莊沒餘力管你了，有成員被打中。我也不曉得被你打中的人死了沒？還是撿回一命？總之他們沒閒工夫阻止你連夜潛逃。此外，地下錢莊可能已經拿到剩下的寶石，沒必要再冒險追你。」

沉默在走廊上蔓延。金村漲紅一張臉，還想反駁，但臉色隨即發白，當場跪在地上。

「我……我該怎麼做才好？」金村幾不可聞地低語。

「自己想。」我冷淡地回答。重要的是金村不會變成地縛靈。爲此金村必須放過自己，而不是得到任何人的原諒。話說回來，以爲做點什麼就能贖罪的話，未免想得太美。人到死都要爲自己負責，就算肉體失去生命也依舊如此。

「可是……我已經一無所有了，我什麼都辦不到……我就快要死了。」

「這樣嗎？你時間的確不多，但還有在所剩無幾的時間裡辦得到的事。」

金村依舊跪在地上，抱著頭不住發抖。我冷眼瞧他，耐心等待金村找到自己的答案。夢中的時間涓滴流逝，過好幾十分鐘，他終於慢慢地放開捂著臉的手，仰望天花板，一字一句地說道：

「……我得去那一家人的墳前懺悔。然後在死前把眞相告訴警方。這麼一來，他們可能會幫忙尋找眞凶。不過，我還有在香港掙的財產，我打算……全部捐出去，讓那筆錢幫助世上的人。」

「如果你認爲應該那麼做，就那麼做。」我冷淡地答。

「這……眞的能贖罪嗎？」金村窺探著我。窺探狗的臉色眞是一種稀奇的嗜好。

「爲什麼要問我？」

「因爲是你告訴我的。是你告訴我，我幹了什麼好事，我的罪孽到底多深重。」

「睜亮你的眼睛好好看清楚了，我是什麼？」

「什麼……不就是一隻狗嗎？」

「沒錯，我是一隻狗。不論從哪個角度看都是一隻狗。你對狗有什麼指望？能不能贖罪，難道要狗來幫你判斷嗎？你的問題沒人能回答。你該做的也不是想東想西地煩惱個沒完。而是在所剩無幾的時間裡，拚命完成自己認爲正確的事，不是嗎？」

金村咬緊下唇。「沒錯……你說得對。」金村喃喃自語，雙手蒙住臉。「或許根本無法贖罪，或許我還是會下地獄，但現在……我只能做辦得到的事。」瘦骨嶙峋的肩膀顫抖起來，指縫間流出嗚咽聲，瀰漫在他四周的瘴氣逐漸散去。

不用被狗教訓到哭吧？我露出苦笑。如何利用不多的時間，金村已經找到答案了。至於答案正不正確，能不能救贖捆綁在洋房裡的三個魂魄，我不知道，也沒興趣猜測。

但我相信一件事，金村終於找到人生的意義。他變成地縛靈的可能性就大幅降低了。時間再短，還是拚命想活下去，這種人類不會受到「依戀」束縛。

任務到此結束。實在有點累人。該回到現實了。

我慢慢闔上眼皮，從夢的世界淡出。

我抬起眼皮，映入眼簾的並非洋房走廊，而是一間躺著病重男人的病房。我甩掉毛皮上的水似地抖動全身，確認身體還在。突然從靈體變回肉體，總覺得哪裡不太對勁。我在這個世界不能說話，也不能把頭轉三百六十度，要是不小心忘了這點，可會扭到脖子。

我仔細地檢查自己，然後走向門口。金村動了一下，我回頭看，他臉上已經不見我最初來到時的苦惱。

一滴淚水滑過金村的臉頰。這個男人表現出數次只適合女人或小孩的行爲舉止，沒想到淚水倒意外適合他。我再次苦笑，但無法像夢中隨心所欲地控制表情。

我走到門邊，和溜進來時一樣，將爪子伸進門縫裡用肉球推開門。我探頭步向走廊，突然浮出一個疑問。我停下腳步，凝視陰暗的天花板，眨眨眼睛。地下錢莊爲了搶走寶石殺害夫婦，這點應該錯不了，但下落不明的小孩消失到哪去了？我不認爲地下錢莊有必要拐走小孩。掠過腦海的疑問就像飄落掌心的結晶，轉瞬消融不見。小孩爲什麼消失？又消失到哪裡？跟我的任務毫無關係。比起這個，我使出太多力了，實在疲憊不堪。趕快回到樓下住處，好好休養生息吧。

我把視線從天花板上抽離，往樓梯邁開腳步。抓緊護理長向後轉的時機，大搖大擺地打護理站前走過。

習慣果然是件美好的事。

第三章　死神暢談藝術

1

簡單地說，我很困擾。我窩在庭院中央伸展四肢，頭上頂著萬里無雲的冬日暖陽，我舒服地晒太陽，同時望著洋房。

自從我解救金村變成地縛靈的命運後，已經過了一週。這段時間，行屍走肉的金村恢復生命力，不再需要吸氧氣。他在庭院裡散步時，不用隨身攜帶裝氧氣的金屬瓶，而且每天都有一位西裝筆挺，好像叫「律師」的男人來找他。

我以爲律師在名爲「法庭」的地方工作，理直氣壯地和別人吵架，但看樣子，幫忙人類死後處理遺物似乎也是律師的工作。也好，如果這位律師可以幫金村完成贖罪願望，不會變成地縛靈，律師這種人顯然比我想得還要對社會有貢獻。

我的體力也在這一週恢復了，正打算進行下一份工作，但不太順利。我已經讓兩名患者從「依戀」中解脫了，但這家醫院瀰漫著兩種不同的腐臭。換句話說，還有兩個地縛靈預備軍——不過，如果只是這樣還好，問題是我還沒見過那兩個人。說起來丟臉，我住進這裡已經兩週左右，別說和其中一個人沒打過照面，連名字也還不知道。

至於已知名字的人，我這幾天試著偷溜進他的病房，結果鎩羽而歸。怎麼會這樣？我陷入沉思。這時，一輛小型車滑進停車場，輪胎在地上擦出刺耳聲響，接著以飄移的方式停下，揚起漫天風沙。

「李奧！」菜穗從小紅車的車窗裡探出頭。居然是這傢伙，她開車還挺粗魯的。菜穗好像剛從哪裡回來。這麼說來，今天餵我吃完早飯，我就沒再見到菜穗了。她抱著大大的紙袋下車，三步併成兩步地走向我。

「我買了好東西給你。」菜穗在那一大袋東西裡翻找。

好東西？什麼好吃的東西嗎？口中不由得充滿唾液。

「你看。」當我看到菜穗拿出來的東西，滿心的期待立即煙消雲散，整個沒勁。她拿著一條細長皮革，上面掛著幾顆閃閃發光的玻璃珠，怎麼看都不像可以吃。

「我想說你還沒有項圈，就買一條回來了。很可愛吧？」

項圈？該不會是……綁在我身上吧？我一陣頭皮發麻。那種閃亮亮的裝飾品，怎麼看都不適合我這隻威風凜凜的公狗。搞不好會像個小丑。

「怎麼樣？很漂亮吧？」菜穗雙手拿著項圈，一步步靠近。嗯，很漂亮沒錯，但實在太招搖了……我想逃，卻又不想辜負她的好意，而那一瞬間的猶豫成了致命關鍵。「很好，那我就幫你戴上！」菜穗飛快地將手繞到我反應不過來的脖子後方，傳來「咔嚓」一聲，聽起來像套手銬。

「哇，李奧好可愛！好適合你。」

菜穗是不是忘了我是公狗？還是單純品味欠佳？我絕望地聽著菜穗的讚美，試著搖搖頭。玻璃珠清脆地互相撞擊，將我推向絕望深淵。我今天起再也不照鏡子了，否則會想咬舌自盡。

菜穗雖然見我萎靡不振，但還是自顧自地手舞足蹈。冷不防地，她的表情繃緊。我不解地順著菜穗的視線看過去，曾幾何時，停車場又停了一輛藍車，一名身材頎長，穿著藏青色西裝，戴著粗框眼鏡的男人靠站在車門邊。

「……又來了。」聽見菜穗帶著恨意的呢喃，我嚇一大跳。我從未見過菜穗露出這麼負面的情緒。我「嗚」地叫著，想要問她發生什麼事了。

「……那個男人打算買下這裡。」菜穗撫摸著我的脖子，瞪著男人說。買下這裡？什麼意思？「他打算連這家醫院一起買下山丘上的土地，將這裡改建成休閒設施。」

什麼？怎麼會這樣？那這裡會變成怎麼樣？

「這家醫院嗎？不久……就要關門了。原本就不是為了賺錢，而是把患者治療擺在第一優先，所以很難籌措資金。這時，那個男人願意花超過市價好幾倍的價錢買下這裡，院長便答應他了。我們現在已經不收新患者了。等到目前所有患者……全部去世，醫院就要歇業了。要是那個男人沒有從中作梗，醫院說不定還會繼續經營。」

怎麼會這樣？我腦中一片空白。這裡患者這麼少，二樓走廊放著堆積如山的行李，都是這個原因啊！這家醫院一旦關門大吉，我該何去何從？這是吾主賜給我的工作地點。萬一沒有醫院了，我不就不能工作了嗎？我眼前一黑。

「啊！李奧，不行！」耳邊傳來菜穗緊張的叫喚，我才發現自己踩進花壇了。不好意思。我趕緊離開。菜穗連忙檢查她種在花壇裡的小花苗。

菜穗不上班時，常來養花蒔草。現在剛好是冬天，花都還沒開，但瞧她花那麼多心思在上頭，春天來臨時，花壇一定會綻放出五顏六色的花朵。

「雖然我這麼努力，但或許看不到花盛開了。」菜穗目光迷濛地低語。

原來如此，這裡一旦開始施工，花壇也會填平。那個男人不僅奪走菜穗的工作，亦破壞她煞費苦心照顧的庭院。我回頭觀察對方。他穿著漿得筆挺的西裝和看起來很高級的眼鏡，背部打得直挺……外表充滿知性氣質，但我就是不喜歡他。因爲受到菜穗的影響嗎？不，我總覺得事情沒這麼簡單……咦？我側頭苦思，好像在哪裡見過這個男人。錯覺嗎？或者這就是人類所謂的「似曾相識」嗎？男人從口袋裡掏出行動電話，不知在說些什麼。

「所以我才從外面打給你啊！你不是再三強調，不准我進醫院嗎？」

打給你？究竟打給誰啊？疑問馬上得到解答。男人講完電話沒幾分鐘，院長就頂著一如往常，不對，是比平常更臭的臉，從醫院裡走出。院長走向停車場和男人談判起來。我聽不見他們對話，但相隔再遠，也看得出氣氛絕對稱不上和諧。

「他又來想辦法說服院長讓他參觀了。明明用患者不想受打擾的理由拒絕過了。」

菜穗的語氣憤恨。乖巧老實的菜穗氣成這樣，想必他的手段很難看。

「回醫院了……不想再看了。」菜穗低聲說完後站起來。總是很開心的菜穗露出垂頭喪氣的表情實在讓人不忍，雖然很想爲她做什麼，但我連出言安慰都辦不到。我「嗚」地叫一聲，目送菜穗步履蹣跚的背影。確定她進屋後，我蹲在原地。

這時，高大男人似乎死心了，正準備開車離去；而院長板著一張臉回醫院。

庭院裡剩下我一隻黃金獵犬。我享受日光浴，思考接下來的行動。幾十分鐘後，我心意已決。繼續晒太陽也無濟於事。離醫院關門還有一段時間，患者何時蒙主寵召都不稀奇。但要是患者在我從長計議的時候死翹翹又變成地縛靈，我就沒臉面對吾主了。人類有句俗話說得好：「不入虎穴，焉得虎子」。我其實不是很明白這句咒語，但我想應該是「不管三七二十一，先做再說」的意思。

我下定決心地起身，打一個大大的哈欠後走向洋房。燦爛的陽光拂過我後腦勺的頭髮……眞麻煩，拂過我後腦勺的金毛。

我踏進屋裡，確定一樓走廊沒半個人後，利用玄關的腳踏墊把沾在肉球的土蹭掉。以前被護理長目擊過，害她一臉驚訝，現在我會先留意，確定周遭沒人再把腳擦乾淨。

我走向住處，現在是四下無人的走廊。經過敞開大門的交誼廳時，看到南正坐在裡面看書。他枯黃乾燥的臉如今恢復氣血，紅潤多了。南不久就要死了吧？就算從心結中解脫，肉體的壽命也不會有多大的改變。不過，精神會對肉體帶來巨大的影響。擺脫心結能夠有效改善身體狀態。

我哼了一聲，很滿意工作成果。或許聽見我的聲音，南把視線從書上移開，望向我的方向。我們四目相交。南堆起笑容，眼尾刻劃出深深的皺紋，對我點一下頭。我差點就要回禮了，連忙定住脖子，繼續前進。

南那種活像共犯的笑容代表什麼？因爲我在夢裡和他講一堆話，他就以爲我是隻特別的狗吧？如果他分不清夢境和現實，我就有大麻煩了……

算了。南怎麼想是他家的事，不會造成我工作的阻礙。至少從他的態度看來，南似乎還沒把我的事告訴其他人。萬一他眞的向別人透露我是隻特別的狗，應該會讓人以爲是病人臨死前的譫妄。

我把不必要的擔心趕出頭蓋骨，抬頭看著樓梯，我沒感覺到人類的氣息。我迅速跳上樓梯，窺探著護理站。護理長和菜穗都在裡面，菜穗專心準備點滴，護理長在做紀錄。此時不去，更待何時？絕不能放過機會。我衝向二樓的走廊，到最前面的房間。

沒錯，我遲遲無法溜進病房，因爲這裡離護理站最近。要趁護士不注意進房並不容易。然而，我累積了溜進南和金村病房的經驗，完全掌握開門技巧。我趁菜穗她們還沒抬頭，靈活地用肉球推門，塞進隙縫裡。

一切都很順利。我鬆口氣，環看病房。躺在床上的男人身影映入眼簾——非也，不以爲意地擺在牆邊的兩幅畫進入我的眼中。

其中一幅非常巨大，大概高如一人，寬度更是長度的兩倍。我凝視著昏暗房裡的畫，那是一幅風景油畫。

其實我對人類稱爲「藝術」的各種行動、音樂、雕刻、寫作都非常有興趣。這些行爲展現出靈魂封印在肉體的衝動，是受肉體「欲望」支配的人類極少數崇高行爲之一。繪畫是其中一環。我稍微站遠地欣賞畫的全貌。尚未乾透的油性顏料刺激著我的鼻腔。

不值一哂。

我當場打零分。這幅畫描繪從病房看到的庭院風景。應該是春暖花開的季節，因爲畫中庭院開滿五顏六色的花。構圖沒什麼大問題，不是外行人的手筆。但用色太差。姑且不論還沒完成，顏色毫無光澤。油畫是一門透過混合顏料創造出新色的創作，這種用色是致命傷。此外，還有致命的缺失。它完全沒有靈魂可言，感受不到「靈魂的力量」。

空虛。這是我對這幅畫最眞實的感想。

我接著看牆邊的另一幅畫。這幅畫不大，可以輕鬆拿起來帶走。但我不解地歪著脖子。畫的表面髒得不得了，或許尚未乾透時就被碰觸，到處都是顏料暈開的痕跡，已經稱不上是一幅畫。然而，我無法轉開視線。這是一幅宛如亂塗的畫，但散發出靈魂的波動。

我驀地回過神。現在可不是好整以暇暢談藝術的時候，我也不是來這裡看畫。要是發呆時被患者發現，叫來護士就麻煩了。不過，我回頭張望時，床上的男人依舊緊閉雙眼，痛苦地呼吸。我放下心中大石，觀察這個男人。

男人很年輕，頭髮染成淺咖啡色，雖然很瘦，但不像南那樣一看就知道離死期不遠。五官不立體，不容易給人留下印象。年齡大約三十歲上下。在這個時代和國家，這樣年紀算早逝。根據我蒐集到的情報，這個男人叫作「內海直樹」。

我瞇起眼睛，觀察內海的體內。一個巨大的肉瘤從右腳根部的骨頭探出頭，乍看像深褐色花椰菜。我記得那是名爲「骨肉瘤」的腫瘤。我看過好幾個死於相同腫瘤的年輕人。接下來怎麼做呢？我抱頭苦思。內海睡著了，侵入他的夢境絕非難事，但現在是大白天，他可能還沒進入深層睡眠。萬一他在侵入的半途醒來，就前功盡棄了。

而且，侵入夢境會對肉體造成負擔，基於過去兩次經驗，我再清楚不過。可以的話，我想調查清楚他的「依戀」從何而來，再進入他的夢。我只能像過去那樣等內海醒來再催眠，才好問清楚。這時，彷彿就在等這一刻，內海發出「唔」的痛苦呻吟，翻過身去。

太好了，他要醒了。內海發現我時就可以對他催眠……正當我沙盤推演之際，內海突然睜開眼睛。醒來了嗎？我準備對他催眠。萬萬沒想到，內海沒注意到我，他翻了個身伸出手，按下頭上的按鈕。我驚嚇萬分。因爲那玩意正是護士鈴。

「內海先生，怎麼了嗎？」護理長乾澀的聲音從按鈕旁的網狀擴音器裡傳來。

「好痛！痛死我了！還不趕快想點辦法！」內海扭著身體慘叫。

「……我馬上來。」

「妳來有什麼用？叫院長來，止痛藥根本一點用也沒有！」

「……好的。」隔著擴音器也聽得出護理長生硬的語氣，她隨即切斷通話。

內海嘖一聲，緊緊地閉上眼，咬緊牙關忍受腫瘤帶來的痛楚，因此沒注意到我。我手足無措。護理長很快就會跟著冷若冰霜的院長出現。菜穗倒還罷了，若被院長看到，說不定會把我趕出醫院——這也是我遲遲未溜進這間病房的第二個理由。這個男人一天到晚都在找護士麻煩。我手忙腳亂地環視病房。我該立刻離開嗎？可是門一打開，我也許會跟院長碰個正著。這裡有沒有藏身處呢？

這時，我打零分的畫出現在視線一隅。找到了！我後腳蹬一下地板，竄進畫作後方。同一個時間，門開了，院長和護理長一起走進。

「痛嗎？」院長依舊用平板語氣道。

「當然！痛得都快死了！還不趕快想想辦法！」內海撐起上半身咆哮著。

「鎮痛貼布目前的劑量是？」院長問護理長。

「一六．八毫克。」

「應急劑量呢？」

「兩個小時前才服用過止痛藥。不過，最近次數多了點，有嗜睡的傾向……」

護理長皺著眉頭。院長還是一副不曉得在生什麼氣的表情，沉默地點點頭。

「疼痛是一直持續？還是斷斷續續出現強烈的疼痛？」

「一直持續在痛，你們趕快想想辦法！」內海暴跳如雷。院長幫他檢查過一遍後告訴護理長：「再給他吃一次止痛藥。」

「再繼續投藥就有點過量了……」護理長不滿地反駁。

「患者都說會痛了，當然要消除他的疼痛才行。」院長難得表現出強硬的態度。

「……是。」縱使有些不滿，護理長還是走出病房拿藥。

「不舒服隨時按護士鈴，我馬上過來。」院長的語氣透露出少見的溫情。

「比起廢話，趕快給我藥吃！」

「馬上就拿來了。」院長說得沒錯，護理長一下就拿著小小的杯子回房。內海從護理長手中搶走杯子，一口氣喝下藥水。「過幾分鐘就會見效了。」

「我知道啦！你們可以出去了。」內海把空杯推給護理長，悻悻然地把被子拉到頭上，轉身背對大家，在床上縮成一團。護理長字斟句酌地看著內海的背影：

「那個……內海先生，晚上的時候，可以請您不要鎖門嗎？」

沒錯，這就是我無法溜進房間的最後理由——不知何故，這個男人一到晚上就會鎖門，我利用深夜侵入的老招就派不上用場了。

「要妳管！我不鎖門就睡不著！反正你們不是有備用鑰匙嗎？我真的有什麼三長兩短，再用備用鑰匙開門不就好了？這是感覺的問題，感覺的問題。」

「可是……那樣的話，需要採取緊急措施的時候就無法立刻應對了……」

護理長吞吞吐吐說到一半就被內海打斷。

「妳是指病情突然惡化嗎？反正這家醫院也沒辦法有什麼像樣的治療！」

內海轉過臉，挑釁地道。

「所謂治療，並不只是延長患者的生命。讓患者好好過完剩下的時間也是治療的用意。我們不僅要治療身體的痛苦，也希望撫平你內心的創傷。」院長面無表情，曉以大義地道。這個院長也能這樣說話啊？還眞是意外的發現。

「……還有別的事嗎？我睏了，你們都出去。我想聊天會叫你來，這樣總行了吧？」內海刻意不屑地咋舌。

「好的，隨時歡迎你呼叫我。」院長和護理長走出病房。關門聲顯得格外冷清。

「混帳！自以爲了不起。」內海抱怨，又不屑地嘖幾聲。我從畫的後方觀察他，尋找在內海面前現身的機會。「好痛！好痛！好痛！混帳！」內海又開始像和母親耍賴的孩子，在床上掙扎著扭動四肢。我能體會他感受到難以承受的痛苦，但這情景太過難堪。

安寧病房應該是以消除肉體疼痛爲主要目的，可是內海的疼痛一點也沒緩和。院長身爲緩和治療的醫生，技術卻不到家。說著一口冠冕堂皇的大道理，沒想到這麼沒用。

我看著掙扎的內海，不禁嘆氣。要問出內海的「依戀」實在有點難。痛苦會破壞靈魂的平靜。催眠對陷入混亂的靈魂無法達到預期效果。拿他沒辦法。我又嘆口氣，繼續躲在畫的後面，集中精神地凝視內海。我先消除內海體內的疼痛吧！反正這也不難，逆向操作當時讓金村惡化的方法就行了。

我馬上消除你體內的疼痛，這樣性情乖戾的男人也會溫馴得像隻綿羊……

「好痛！可惡！好痛！好痛！」

……並沒有溫馴得像隻綿羊。奇怪。我已經暫時消除男人體內的疼痛了。失敗了嗎？

我再次凝視內海，用念力消除疼痛。

「好痛！好痛！好痛！」

如意算盤落空，內海就像唸咒似地對空無一人的地方喊痛。

……原來如此啊！我恍然大悟。他並不是受到肉體的疼痛折磨。他的痛苦恐怕來自侵蝕到靈魂深處的疼痛。年紀輕輕就要面對死亡的恐懼、自己就快消失的驚慌、以及沒有人理解這種恐懼的憤怒。苦惱侵蝕內海的靈魂，化成疼痛。我也無法消除這樣的疼痛。眞是有夠麻煩。內海再次按下枕邊的按鈕。

「止痛藥一點用也沒有！到底怎麼一回事？」

內海發出撕心裂肺的叫聲。擴音器傳來「我馬上過去」的回答。我連忙塞進畫作後面。門隨即打開。原本瞪著門，好似瞪著殺父仇人的內海突然發出「咕」的一聲。

「內海先生，你沒事吧？」原來是菜穗。

「菜穗小姐……」

「還會痛嗎？我想再過一會兒，藥就會產生作用了……」

內海的音量頓時減弱，變成呻吟。憤怒的神色也變成像挨罵的孩子。

菜穗一臉擔心地注視著內海。

「稍微……好一點了。」內海躲著菜穗。

「眞的嗎？太好了。」菜穗綻放出笑容。

「妳那麼忙，還讓妳跑一趟，眞過意不去。已經不要緊了。」

內海有些不好意思地道，轉身背對菜穗。

「那就好，如果有事再叫我，我會馬上過來。」

菜穗掛著有些困窘的微笑離開病房。我也傻住了。內海怎麼回事？跟對院長和護理長那種好似有血海深仇的態度也差太多。我知道男人基於生物本能，對正值生殖年齡的女人，尤其臉部五官歸類爲「美女」的女人特別沒輒。而菜穗可以歸類爲「美女」應該沒錯。但內海的態度也太明顯。

他該不會愛上菜穗了？我從畫作後面爬出來靠近床，朝內海縮成一團的背部「汪」地低吠一聲。內海跳起來轉向我，眉間擠出皺摺。

「……狗？」內海說出這個字就接不下去，他目光渙散。因爲我開始干預他的靈魂，進行催眠。不曉得何時有人進房，沒閒工夫跟他慢慢耗下去。而且，雖然明白靈魂受到恐懼侵蝕，但內海孩子氣的態度也讓我很不耐煩。

乖，趕快把你的「依戀」告訴我吧！要簡潔一點哦。

「我喜歡畫，也喜歡畫畫……」內海目光茫然，高燒似地囈語。

我依照慣例讓意識與內海同步，窺看記憶中的光景。

來吧，這個男人究竟有著什麼樣的「依戀」呢？

2

我喜歡畫，也喜歡畫畫。

內海直樹握著畫筆，站在半山腰俯瞰小鎮的觀景台上，非常幸福的樣子。顏料掠過鼻腔的刺鼻味道，直樹認為這是玫瑰花的芳香。這座觀景台平常沒有人，他最喜歡這裡。蓊鬱森林下的群山，坐落山坳裡的小鎮，天氣好還看得見遠方的湖泊。這裡有直樹想要的一切。春天色彩繽紛的繁花、夏天清新的綠意、秋天的楓紅、冬天純白的雪景。

他的畫筆在畫布上輕盈滑動。每刷上一筆松節油稀釋的顏料，胸中便充滿喜悅。去年剛從東京的美術大學油畫系畢業，直樹把留在東京找美術老師之類工作的同學拋在腦後，毫不猶豫地回到故鄉——四面群山包圍，沒什麼娛樂，而且人口外移愈來愈嚴重的小鎮。

四年大學生活令直樹明白，自己追求的東西並不在東京。鋼筋水泥林立的都市叢林裡充滿娛樂與刺激，但無法感動他的內心。

四年來，靈魂始終飢渴。為了填滿欲求，直樹畢業後馬上回到故鄉打工糊口，同時將內心深處源源不絕的衝動塗抹於畫布。他想描繪大自然，想把大自然的美麗移上畫布，這就是直樹的衝動。一開始，生活雖然艱苦，但他沒絲毫不滿。就算餓得前胸貼後背，但精神時常滿足。他想永遠在被雄偉大自然籠罩的鎮上畫圖，直到生命盡頭。

直樹微微發抖，趕緊合攏夾克。冬天的太陽總吝於露臉，約兩小時前就沉沒在山的另一側。然而，沉入山坳裡的太陽卻還栩栩如生地留在直樹面前的畫布上，熾熱如火球。直樹停筆閉眼。幾個小時前的天空與群山界線融合成紅色光景，重現在他緊閉的眼中。他接著睜開眼睛，將景像描繪出來。

半年前，直樹在年輕畫家為主，小有名氣的徵稿比賽拿下大獎。此後，他的作品就能賣出好價錢。只要是直樹的作品，鎮上唯一的畫商就願意全數收購。比起打工維持生計的生活，如今自由運用的時間變多了，於是他把所有時間都拿來作畫。

望向畫布，上頭是晝夜重疊的魔幻時分。若賣給畫商，應該有十幾萬的進帳。但他不打算拿給相熟的畫商。對直樹來說，金錢這東西，只要能維持基本生活就夠了。

視線一隅出現一道人影，直樹抬起頭，眼前站著削瘦的少年。

「你來了？」直樹對少年露出一抹微笑。

「……嗯。」少年細聲回應，散發出帶笑的柔和氣息。不過直樹無法確定少年是否真的笑了。因爲少年的臉被大大的太陽眼鏡、口罩和帽子遮住，沒露出半點肌膚。

直樹約一年前見到少年。他跟平常一樣，在冷清的觀景台上畫畫，一個小小人影從黑暗中冒出。看到人影的瞬間，直樹不住尖叫。明明三更半夜，卻還戴著太陽眼鏡和口罩、帽子的少年，簡直就像從恐怖片裡爬出，散發出毛骨悚然的氣息。

「你是什麼人？」

直樹在少年看不到的死角，握緊調色刀恫嚇道。然而，少年無半點怯色地靠近他。

「你……在做什麼？」

少年口齒不清，直樹更提高警覺。握緊調色刀的手心冒著冷汗。

「亮介，你在哪裡？不要自己亂跑。」

路燈照不到的陰暗角落傳出鏗鏘有力的成年男子聲。當下氣氛異常，父親對孩子的尋常呼喚讓直樹感到一陣放心。然而，男人從黑暗中浮出時，安心頓時煙消雲散。高大的男人和少年一樣，整張臉都被口罩和太陽眼鏡遮住。男人找到少年後，小跑步到他身邊，雙眼從深色太陽眼鏡底下打量著直樹。

「不好意思，小犬打擾你了。」男人微微低下頭。即使看見符合常理的行爲，直樹內心還是亮著紅燈。男人的外表予人強大的壓迫感。

直樹想起兩人的身分了。約兩個月前，他打工的咖啡廳店長就在八卦：「吸血鬼」家族搬進觀景台旁山頂上的洋房了。不僅如此，街頭巷尾到處都聽得到傳言。

當時，店長以機關槍掃射速度說起傳言時，他一笑置之：「哪有這種事。」但親眼目睹後，他懷疑「吸血鬼」的傳言不是空穴來風。

直樹注視著二人，慢慢收起沾著顏料的木頭調色板離開，不想再跟古怪的人多相處一分一秒。

「你在做什麼？」少年探頭看描繪著楓紅的群山畫布，重複問題。

「看了就知道……我在畫畫。」直樹絲毫不掩飾戒心，沒好氣地回答。

然而，少年下一句話直搗直樹的心。

「……好美。」少年含糊不清地說著。

「好美……你是說這幅畫嗎？」直樹停止收東西，反問少年。

「嗯，好美好美。」少年不假思索地點點頭。

「……是嗎？很美嗎？」直樹有些錯愕。這孩子令人寒毛直豎，卻觸動他的心弦。

就讀美術大學四年，幾乎沒人讚美過直樹的作品。重視基礎的指導教授一口咬定直樹獨創的用色是「自我陶醉」，想矯正他。直樹沒有接受。他認爲，繪畫就是讓顏料在調色盤上舞動，然後將瞬間孕育出的色彩解放在畫布上。對直樹而言，他自己的用色就是「藝術」本身。

之後，指導教授開始雞蛋裡挑骨頭，刻意找出直樹作品的缺陷，當著眾多學生的面前數落。其他學生對直樹的評價，完全以指導教授的意見爲馬首，直樹從此在學校被貼上壞學生的標籤。因此，直樹才這麼開心有人願意肯定自己，即使對方只是個孩子。

「爲什麼會有這麼多顏色呢？」少年指著畫。

「爲什麼……因爲楓葉變紅了！」

「原來顏色這麼漂亮啊！」少年做夢似地喃喃自語。儘管整張臉覆蓋在太陽眼鏡和口罩下，他還是知道少年臉上浮現笑容。不知不覺，厭惡已消失無蹤。

「請問你是畫家嗎？」父親把手放在少年的頭上。

「呃……算是……」直樹語焉不詳地回答。他不確定自己是否可以自稱畫家。他的確從美術大學畢業，每天都在作畫。但既沒賣出過一張畫，也未在比賽中脫穎而出——我眞的是「畫家」嗎？

男人隔著口罩，溫和地告訴直樹：

「方便的話，可以請你把這幅畫賣給我嗎？」

「咦……這幅畫嗎？」出乎意料的要求令直樹目瞪口呆。

「還沒畫完嗎？那樣的話，可以等你畫好……」

「不，已經畫完了。不過……我的畫還沒賣過……不曉得多少錢……」直樹老實招認。

「我也不是那麼了解……」男人從外套胸前的口袋掏出價值不斐的錢包。「這夠嗎？」

直樹接過鈔票後連忙點張數。「五萬塊！」他不禁高喊，嚇到正在看畫的少年。

「太少嗎？」

「不……夠，非常夠。」直樹在胸前直揮雙手。只要材料費回本，幾千塊也覺得很幸運。五萬塊這麼大的金額足以讓生活輕鬆，減少打工，把時間花在作畫上。

「真的嗎？那就好。小犬也很高興。」

父親喜悅地道。令人不寒而慄的氛圍一掃而空。

那一夜後，直樹每月都會在晚上的觀景台見到父子兩三次，一如今天。

「晚安。」高大的男人不知何時下車，站在他附近。男人和少年一樣，被巨大的太陽眼鏡和口罩包得密不透風。

「晚安。」直樹行禮如儀地打聲招呼。剛認識這位少年的父親時，他覺得很詭異，但現在一點都不覺得不妥。

「我問你哦，這個是太陽嗎？」少年看著畫，口齒不清地道。

「不管從哪一個角度看都是太陽吧。」直樹把嘴巴抿成一條線。

直樹雖然有點不開心，但馬上被少年的下一句話逗樂了。

「好漂亮……」少年近盯著畫稱讚，瀏海幾乎要拂上畫布了。

「真的嗎？很漂亮嗎？」直樹一笑。

「嗯，好像……寶石一樣。」少年搜索枯腸的讚美讓直樹的胸口升起暖意。

「你喜歡嗎？」直樹輕撫少年的頭。

「嗯。」少年點頭，太陽眼鏡後的視線始終不曾離開畫。

「謝謝你，這次的畫他好像也很喜歡。」父親以一貫的溫和語氣告訴直樹。

「聽你這麼說，我也覺得很高興。」

直樹露出發自內心的笑容。父親有些不知所措地搔著太陽穴說：

「那個，我聽說內海先生的作品在市面上其實可以賣出更高的價錢……」

父親所言不假，直樹的作品自從得到能讓畫家出人頭地的獎項後，人們懷著增值的期待，開始以二、三十萬的價格在市面上流通。作品若拿給畫商，肯定不下於十五萬。然而，直樹認爲這不重要。

「畫的價格沒有道理可循。老實說，五萬塊我都覺得是不是太多了。」

這是直樹眞誠無僞的心情。一年前，少年的一句話給了他勇氣，自己身爲藝術家的天分因此開花結果。他甚至想免費送給他們。但這位父親恐怕不肯收下。

「顏料還沒乾，請先放在通風處兩周左右。」

「好，我會記得。」直樹感覺到男人藏在口罩和太陽眼鏡下的臉露出笑容。

這對父子爲什麼要把臉藏起來呢？直樹至今不得其解。一定有什麼逼不得已的苦衷。因爲這種原因，鎭上的人們避他們唯恐不及，甚至侮蔑他們。至少讓自己永遠當這對父子的朋友吧。直樹目送著手牽手回到車上的父子，鄭重地在心裡起誓。

將夕陽染紅群山的畫賣給父子後兩週，直樹前往市郊的畫廊。他這段時間都沒見到父子倆，但並未特別放在心上。畢竟沒約好下次見面時間。他們的關係僅止於偶爾在觀景台上打照面，如果有對方中意的畫就潤飾一下，過幾天再賣給對方。那對父子沒買下的畫，直樹才拿去賣給畫商。

直樹把裱框的畫拿給畫商。臉色紅潤、方頭大耳的畫商瞥一眼畫。

「……畫得還可以。」畫商挺著圓滾滾的肚子，顧左右而言他地說。

「謝謝……」還可以……直樹冷冷勾起唇角。對眼前這個男人而言，畫不過是商品的一種，再崇高的藝術性，只要標上價格，就跟畫在筆記本上的塗鴨沒兩樣。所以他從未特別留意畫商看見自己作品時的反應。

「話說回來，你的作品多半都是夜景，因爲比較擅長暗色系的表現方式嗎？」

畫商兩隻手捧著直樹的畫，喃喃自語。

「啊……對呀。」直樹有一搭沒一搭地回答。他不覺得自己特別著重夜景，他反而善於運用明亮的顏色。不過，眼前的男人不是藝術家，而是商人。他不想跟商人談論藝術。

「那麼，這是這次的費用。請你點收一下，在收據上簽名。」畫商也不積極地與他暢談藝術，將裝了鈔票的咖啡色信封遞給他。

直樹接過信封時，畫廊的門在背後打開。門上風鈴發出清脆聲響。直樹轉身看向聲音來處。一名穿著品質低劣的西裝，體型壯碩卻畏首畏尾的男人佇立門口。

「可以請你幫我看一下這幅畫嗎？」男人扯著嗓門，大步經過直樹走向畫商，身上有著濃烈的香菸味。男人的氛圍和畫廊氣質相差太遠，令直樹不悅。男人粗手粗腳地把夾在腋下，用大方巾包起來的物品扔在櫃台。裡頭如果是一幅畫，他的動作也太粗魯了。畫商臉上也浮出顯而易見的厭惡。

「就是這玩意，你願意花多少錢買下？」

男人正要解開方巾。直樹打算回家了，繼續待在這裡只會不開心。他轉身的瞬間，大方巾終於攤開。

直樹驚愕地瞪大眼，眼前一片模糊，像挨了櫃台上的畫一記悶棍。那是直樹的畫，是他兩週前賣給父子的畫。熊熊燃燒的太陽沉往山坳。但完全失去過往的耀眼光芒。

原本像紅寶石般具透明感的紅色，如今沾滿塵埃，暗淡無光。天空與群山的界線應當淡淡融合，但因爲顏料未乾即被碰觸，糊成一片。

「啊啊……」直樹發出不成聲的呻吟。他按住胸口。當他看到髒兮兮的畫時，靈魂好像被挖空。那幅畫不是應該珍而重之地收藏在那對父子的家裡嗎？爲什麼在這裡？直樹踉踉蹌蹌地走近陌生男人。

「你是在哪裡……從哪裡得到這幅畫的？」他的舌頭僵硬，如同遮臉少年說話般生澀。

「啊？你這傢伙是誰？」男人斜睨著直樹。

「那幅畫……你從哪裡弄到的？」直樹表情扭曲，逼問男人。

「搞什麼，你態度很差。我朋友說他不要送給我的。你有什麼意見嗎？」

或許是被直樹異常的態度嚇到，男人瞥開視線，說出一聽就知道是藉口的回答。直樹站不穩，彷彿整個人被拋到外太空。

「所以呢？你願意花多少錢買？」男人詫異地看著呆立不動的直樹，再次問畫商。

「請問這是誰的作品？」畫商睜大眼睛盯著作品問道。

「啊？我哪知道。」

「畫的價值取決於是什麼人的作品。不知道就無法訂價了。」

「你不是專家嗎？起碼知道這是誰畫的吧？」

「話是這麼說沒錯，可是這幅畫的保存方式太隨便了。你看，顏料還沒乾就被碰觸，簽名也糊掉了。連神都無法分辨這是誰的作品。」畫商故作姿態地聳聳肩。

「喂！你給我看仔細，這幅畫畫得很好，不是嗎？應該可以賣一個好價錢吧！有名的畫不都可以賣好幾億嗎？」男人逼問畫商，帶著眼屎的眼裡閃爍著毫不遮掩的期待。畫商不屑地冷哼一聲，嘲笑男人的無知：「那是知名畫家的偉大作品。恕我直言，這幅畫根本一文不值。」男人粗魯地搔亂髮膠梳整過的頭髮，丟下一句：「可惡！」就把腳步聲踩得震天價響地走向門口。

「啊！這位客人，你忘了把畫帶走。」畫商連忙提醒男人。

「我不要了，隨便你怎麼處置。」男人不耐煩地喊回來，走出畫廊，用力把門甩上。

「搞什麼，眞是的。」畫商喃喃抱怨，打算把畫收到櫃台底下。

「啊！請等一下。」直樹不由自主地伸出手。

「嗯？有什麼問題嗎？」

「可以把那幅畫……讓給我嗎？」

「這幅畫？也好，給你吧！可是都髒成這樣，你打算做什麼？重新塗色，畫些什麼嗎？話說回來，哪個傢伙保管成這樣啊？我覺得原本應該是幅好畫。」

畫商用手背「砰」地拍打畫布。每拍打一下，直樹就覺得靈魂多一道裂痕。

「不是，我有一點想法……」

直樹擠出聲音，把畫布搶在胸前，留下滿頭問號的畫商，然後逃離畫廊。寒徹心扉的北風迎面吹來，直樹拱起背，抱孩子似地緊抱著自己的畫，搖搖晃晃走回家。

全身充滿虛脫感，心臟彷彿被整顆挖出來。

直樹再也畫不出畫了。

並不是他放棄繪畫，而是拿著畫筆，卻始終無法將畫筆刷上畫布。好不容易開始描繪，畫筆也無法隨心所欲地揮灑，彷彿黔驢技窮。還有顏色，他再也調配不出光彩奪目的色調了。直樹甚至想不起來，如何在調色盤上創造出宛如寶石的色彩。不管他如何拚命調色，別說如寶石閃亮，反而愈暗淡無光。

自從看到自己的畫被弄得髒兮兮的那天起，直樹就窩在三坪大的房裡，足不出戶，也不吃飯，一直盯著滿是塵埃，看不出原貌的作品。兩天後，他餓到受不了，出外覓食時才知道，那對父子的洋房發生強盜殺人案，賣珠寶的嫌疑犯被通緝。直樹大吃一驚，前往洋房。他想親眼確認那幅畫是被搶匪偷走，而那對父子還好好地保存著自己的作品。

抵達洋房的直樹不顧警察勸阻，不顧一切地爬進屋裡，期待看見自己的畫。當直樹進屋時，映入眼簾的是淌在壁鐘旁的一灘血跡。地板被大範圍的血跡染成黑色，直樹當下清楚感受到命案現場的眞實。然而，他並未停步，被警察抓住以前，他衝上三樓，然而到處都找不到自己的作品。

直樹被警察從屋裡拖出來，接受偵訊時，又哭又叫地說明來龍去脈，再三強調：「搶匪們把我的畫全偷走了，把畫拿去藝廊賣的男人就是兇手。」然而，警方嗤之以鼻。屋裡的確翻得亂七八糟，但大部分財物並未丟失，更何況是不怎麼有名的畫家作品，更不可能遭竊。事實上，直樹也沒見到牆上留下掛畫的痕跡。

直樹回家後，再次把自己關在房裡，漫無目的地任時間流逝，一幅畫也畫不出來。

藝術界的汰換率很快。無法動筆的新銳畫家，轉眼間就失去容身之處。再也不能用畫畫來賺取生活費的直樹，爲了生活過回打工糊口的日子。這樣的狀態持續幾年，一天，直樹感到右腳根部隱隱作痛，但他以爲是站著工作的關係，所以沒放在心上。

當疼痛愈來愈強烈，變得難以忍受後，直樹終於去看醫生。經過無數次繁瑣的檢查，主治醫師繃著一張陰鬱的臉說，死神在他的大腿埋下定時炸彈。

直樹以抓住最後一根浮木的心情，嘗試過化學療法和放射線治療，兩者皆無法阻止癌細胞精力旺盛地生長。最後，主治醫生將安寧病房推薦給跌落絕望深淵，陷入憂鬱的直樹。因爲降臨到自己身上的淨是一些沒道理的事，直樹甚至覺得自己不再是自己，對他來說，要下任何判斷都變成一件麻煩的苦差事，便聽從建議。此外，這間安寧醫院被大自然圍繞，他心生好感。

當直樹抵達安寧醫院時，不禁懷疑自己的眼睛。這裡是他幾年前爲了尋找自己的畫而待過的命案現場。這是命運的惡作劇，直樹空虛的胸口湧出醜惡的感情。

直樹住進曾經帶給他信心，最後又把他推進深淵的父子洋房，爲了留下自己活在世上的證據，以醜惡的感情爲顏料，再次拿起畫筆。

沒想到……

3

「沒想到，我還是畫不出。構圖勉強可以，但創造不出顏色，無論怎麼試，就是無法調配出以前那種鮮艷靈動的顏色。」

我結束與內海意識同步，睜開眼睛。他抱著頭，一吐胸中塊壘似地吶喊。

他恐怕已經喪失自信，施展不開。我在心裡喊話，但他聽不見我的聲音。然而，聽不見也無所謂。這種事，當事人要比我來得清楚多了。

我不理會抱著頭的內海走向門口。思緒紛雜，解開七年前命案的關鍵就藏在內海的過去中。內海的畫、下落不明的小孩消失到哪裡了？爲什麼那家人要把臉遮起來呢？只差一點，只要找到剩下的線索，一切就水落石出。我會用思路清晰的腦袋解開謎團。

……啊！差點忘了。我踏出病房的前一刻，猛然回頭對內海下暗示：「今晚不要鎖門。」內海睜著渙散的雙眼點點頭。很好。我心滿意足地踏出病房時，那幅放在地上，夕陽髒汙的畫散發出撼動靈魂的火紅色彩。

這次行動也非常順利。當天看過內海的心結，我就趁值夜班的中年護士和做紀錄的菜穗不注意時溜進房間。如同我白天的催眠指示，房門沒鎖。

我有些興奮。明白內海的狀況後，我在院裡晒太陽思考。我必須告訴內海一個說法，因此絞盡腦汁思考到黃昏。這樣就好了。我終於找到一個假設，梳理清楚七年前的命案。

接下來只要進入內海的夢中，確認正確性。倘若一切順利，就能斬斷內海的心結。

室內黑漆漆的。我看清楚內海前，先聽見令人頭皮發麻的聲音，不禁嚴陣以待。然而，當我聽見夾雜其中的嘟囔，終於明白狀況。

「我不想死……可惡……爲什麼是我？」內海一字一句，嗚咽著說。當我的視覺逐漸熟悉黑暗，便在床上捕捉到縮成一團，撲簌發抖的身影。

這就是他鎖門的理由嗎？我恍然大悟。內海不想讓其他人看到他這德性。內海沒發現我，沉溺在死亡的恐懼中。今天月初，少了月色，房裡的黑暗無垠無涯。

我定睛一看，內海似乎不想醒來。他閉著雙眼，言語支離破碎。可能是處於止痛藥所引起的譫妄狀態。再過一會兒就會進入深層睡眠吧？我抬頭望發抖的內海，耐心等待。又過十幾分鐘，內海逐漸冷靜，傳來微弱的呼吸聲。

終於睡著了？接下來就是我的工作時間了。我閉上眼睛，進入他的夢裡。

再度睜開眼睛時，我還在內海的病房。我一時以爲行動失敗，但馬上發現這不是現實，而是夢中。首先，內海坐在窗邊的椅子上，他拿著畫筆，和畫布大眼瞪小眼。現實應該已經深夜，光卻從窗戶照進。此外，有一特點能證明這是內海的夢境。

這個世界沒有色彩。

宛如早期的電影，世界由白與黑及介於其中的灰色構成。窗戶透進的陽光並非金黃，而是淡淡的白色。原來如此，這就是內海眼中的世界。自己的畫受到否定，他不僅喪失自信，就連靈魂的色彩，對於這個男人來說最重要的事物也失去了。

這麼說來，狗好像本來也看不見顏色。我在現實世界能夠分辨顏色，因爲我的本質是死神；就像我感應得到腐臭，這不是靠狗的視覺，而是死神的感覺。

我走近坐在窗邊的內海。內海依舊握筆，猙獰地瞪著畫布。然而，筆文風不動。

「你在幹麼？」我出聲問他。

內海終於注意到我，他瞪大眼睛。我已經習慣這種反應了。

「爲什麼狗……」

「這裡是夢。聽好了，你在做夢。夢裡狗會說話有什麼好奇怪。可以嗎？可以這樣理解嗎？」內海說完「爲什麼狗會說話」的疑問句前，我不住搶白。

「夢？」內海似乎還無法進入狀況，眼睛連眨好幾下。反應遲鈍的男人。

「沒錯。這是夢。我出現在你的夢裡。」

「我又沒見過你這種狗，爲什麼會夢到不認識的狗？」

啊，這麼說來，我白天溜進房時，一直躲在畫作後觀察，與他對上眼的時候已經開始催眠，難怪他沒見過我。但夢裡出現不認識的狗有什麼關係？這傢伙幹麼在這種小地方吹毛求疵。我正想著從何說起，內海「啊」一聲指著我。

「你是我小時候鄰居家的狗嗎？總是追著自己的尾巴繞圈圈……」

「不要把我和那種笨狗相提並論！」

他太過分了，我呲牙咧嘴。內海眼中閃過一絲膽怯，大概以爲我會咬他。眞是的，我要說幾遍才懂？高貴如我不可能做出咬人這種野蠻的攻擊。乾脆趁這個機會昭告天下，我被封印在狗身體的期間，絕對不會爲攻擊而咬人，這樣總行了吧！

「……那你是誰家的狗？」

「我是這家醫院的狗。兩週前，以『寵物』的身分住進這裡。」

我跟人類一樣，挺起長滿金毛的黃金獵犬胸膛。

「哦……我聽菜穗小姐說過。然後？我又沒見過你，你爲何出現在我的夢裡？」

「你從窗戶望向庭院的時候，難道就不曾看到我嗎？」

我有些不耐煩地隨口敷衍。總比直接告訴他我是死神要來得單純多了。不知是接受我的說詞，還是單純失去興趣，內海將視線從我身上移開，重新看著畫布。我故意發出腳步聲，上前看著畫布。

「一片空白。」

「干你什麼事！狗懂些什麼？沒事就快滾。」

雖然不像金村那樣抬起腳就要踢來，但內海的聲音充滿敵意。

「當然有事才來找你。」我以動物不常見的堅定眼神直視內海。

「什、什麼事？」內海被我震懾，身體微微後仰。我瞧一眼純白的巨大畫布。

「請你作畫。」

內海的表情更僵硬了。「不用你這隻狗的幫忙……我也能畫。」

「說得好聽，但你不是什麼也畫不出來嗎？還是這是所謂的前衛藝術？」

我挖苦地說，鼻尖指向畫布。內海用力咬緊下唇，幾乎咬到流血。

「不用你管！」他的怒罵又刺耳響起。

「又要發脾氣嗎？發完脾氣你就畫得出來嗎？」

「少囉嗦！我畫給你看！我這就畫給你看！」

內海對我咆哮，抓起旁邊的顏料軟管，將顏料擠在調色盤上。然而，他擠出來的顏料跟畫布一樣純白。內海眉頭皺起，又抓起另一條軟管，但還是宛如新雪的純白顏料。「可惡！」內海抓住畫筆，粗魯地將顏料混在調色盤上。純白的顏料再怎麼調配，都無法創造出色彩。內海將畫筆用力地按上畫布，一再重覆塗抹。可是白色的顏料一接觸到畫布就消失了。好一會，內海瘋狂揮舞的手臂和頸項一起無力垂下。畫筆從指縫滑落，掉落在地板上。

「鬧夠了嗎？」我從頭到尾冷眼旁觀，終於看不下去問他。

「我……到底該怎麼辦才好？」

內海低著頭，聲音微弱到不豎起耳朵就聽不見。

「我想告訴你答案，才會出現在這裡。」

垂頭喪氣的內海微微抬起頭，眼神裡有著一絲期待。

「你能改變些什麼？」

我對內海抬起下巴。

「總而言之，我們先離開這個陰森森的房間。」

我和內海經過空無一人的護理站走下樓，順著一樓走廊來到玄關。人類的潛意識太了不起了，內海的夢和金村一樣，每個細節都重現出現實世界的模樣。除了沒有色彩。我走到門前，用目光命令內海：「開門。」內海瞪我一眼，隨即將嘴巴抿成一條線，雙手把門推開。

日光燈般慘白的陽光從門縫射進。我瞇起眼睛衝出，扔下失魂落魄拖著步伐的內海，直奔庭院中心，來到山丘上的櫻花樹下。現實中的庭院還是隆冬，看不到一朵花，夢中庭院卻百花盛放，但沒有色彩，比起美麗，更讓人寂寥。再也沒有比灰色的櫻花更掃興的東西。

「來這裡幹麼？外面有什麼重要的東西嗎？」

「很舒服吧？」我問一臉不耐煩望著庭院的內海。

「什麼？」

「我不是說了嗎？離開陰森森的房間。外面舒服多了。」

內海的臉上出現淺灰，下一瞬間突然變成白色，然後變回淺灰，他無力地一屁股坐在長椅上。他的臉色似乎因爲發怒變紅，又因貧血變白，最後變得鐵青。在沒有色彩的世界，察顏觀色還眞不容易。而且居然有人在自己的夢裡貧血……繼續耗下去也不是辦法。開始吧。我對軟弱無力坐在長椅上的內海說：

「住在洋房裡的父子讓你得到自信，可是當你得知那對父子毫不珍惜你的作品，還把你的畫送給別人，大受打擊，再也沒辦法作畫，對吧？」

「對啦，你說的都對。那又怎樣？」內海自暴自棄。

「眞的是那樣嗎？」我意有所指。

「……你想說什麼？」

「雖然是鄉下地方，但那對父子可以住在這種豪宅裡，想必是有錢人。就算是有錢人好了，你認爲有人會出五萬塊買下一點興趣也沒有的畫嗎？」

我知道一般人要相當努力才能賺取五萬圓。

「可是，他們把我的畫弄得那麼……那麼髒，那麼慘不忍睹，還轉送給其他人……我是爲了他們、爲了那個孩子才畫的。沒想到……」

內海悲痛地咬緊牙根。

「如果畫被偷走呢？如果把畫當成垃圾般對待的，不是那對父子，而是偷走畫的人呢？你一開始也這麼想，才衝進來求證不是嗎？」

「沒錯，我這麼想。問題是，我錯了。屋子裡沒半張我的作品，也沒有掛畫的痕跡，出現在那間藝廊裡的男人也不是犯人……」

「那個人是犯人，應該說是犯人之一。」

我打斷內海地斷言。內海一臉訝異地看著我。

「你在說什麼？犯人應該不是那麼年輕的男人，我記得是個五十多歲……」

「五十多歲的珠寶商，他是名爲金村的胖男人。但他不是犯人，他是無辜的。」

順帶一提，那個男人和你住在同一家醫院。

「……你說，那個體格壯碩的男人才是犯人嗎？」

內海不敢置信地喃喃低語，我靜靜點頭。在內海的記憶中看到出現在畫廊中的壯漢時，我驚訝到想放棄工作。那個男人無疑就是金村記憶中自稱鈴木，借他錢又供應槍的男人。

「不，不可能。而且，你怎麼知道這種事？」

「我什麼都知道。」我懶得再解釋給滿嘴歪理的男人，乾脆瞎扯。

「少來了。你是我夢中的產物，我不知道的事情，你怎麼可能知道。」

我搖搖頭，裝模作樣地嘆氣。麻煩的傢伙。

「你是什麼態度？既然如此，你怎麼解釋房裡連一幅畫都沒留下的事實？至少有二十幅以上啊，卻連一幅也沒留下，連掛出來都沒有。」

內海看似洋洋得意，但語氣苦澀。

「真的沒有嗎？」我直視內海的雙眼深處，他的目光游移。

「沒有。沒有畫，也沒掛畫的痕跡。聽說案發後，這裡幾乎沒重新裝潢，我自從住進這家醫院，檢查過走廊和交誼廳好幾次。我連受雇於那家人，常進屋打掃的鐘點女傭都問了，只有把畫帶回去的頭幾天會掛起來裝飾，然後就不曉得消失到哪裡去了。」

「令人佩服的行動力啊。」

「別顧左右而言他，這樣你還敢說那對父子珍惜過我的畫嗎？」

「那個鐘點女傭見過小孩嗎？」

「什麼小孩？」

「沒錯，就是小孩。最懂你畫的那個孩子。你這男人還真無情，滿腦子只有自己的作品，完全沒把孩子放在心上。」

「才不是那樣……我又沒問她有沒有見過小孩這種問題。」

「我想也是……」我翻個身，走在庭院的小徑上。

「你要去哪裡？」

「散步。只有一種顏色的世界索然無味，但天氣這麼好，散步聊天也不錯，不是嗎？」我頭也不回地說。背後響起「等一下」的叫喊，內海隨之跟上。我邊走邊看著小跑步到我身邊的內海說：

「案發後找到的屍體只有兩具，分別是小孩的父母。小孩至今下落不明。你知道嗎？」

「……知道。」

「那你說說看，小孩子消失到哪裡去了？爲什麼找不到？」

「……我怎麼知道。」

「想想看嘛，你的頭殼裡裝豆腐嗎？」

「少囉嗦！連警方都找不到，我又怎麼可能想得出來？可能是被拐走了，再不然就像鎮上的人說得那樣，那個孩子其實是怪物，自己躲起來了……」

「汪！」我轉過身從丹田裡提高音量對內海咆哮。內海被嚇得不敢亂動。

「怎、怎樣啦？突然大叫。」

「你說那孩子是怪物？你瞧不起最愛你作品的少年嗎？」

我咬牙切齒地撂話，再度邁開腳步。

「……有什麼辦法？鎮上的人都這麼說……」

我的質問讓內海吞吞吐吐找藉口。我的脖子轉一百八十度，看著背後的內海。現實世界不可能辦到的動作，嚇得內海不敢動彈，發出「咿」的窩囊叫聲。他還沒理解在夢裡發生什麼事都不奇怪的道理嗎？死腦筋的男人。

「你認為那孩子是被你畫中的什麼吸引？」

「你沒頭沒腦地說什麼？我怎麼會知道？就連那孩子是不是真的喜歡我的畫……」

「少在那邊婆婆媽媽，把話說清楚。聽好了，小孩子沒必要故意說謊稱讚你的畫吧？那孩子真心喜歡你的畫，絕不會錯。」

「那為什麼屋裡沒我的畫……」

「我現在就要說明原因了。記清楚，要以那孩子喜歡你的畫為前提，動一動你的腦！你認為那個孩子被你畫中的什麼吸引？」

「這種問題本人才知道答案。」內海惱羞成怒。

「我就是知道。你只是不想思考。認真回想，仔細思考。」

我終於讓內海閉上嘴巴，他眉間擠出皺紋。

「你最擅長運用『色彩』吧？」我從背後推他一把。一瞬間，內海閃爍著得意的笑容。黑白世界裡，彷彿產生出一瞬的色彩。

「沒錯。美術大學裡沒有像我這麼會用色的人。這是得天獨厚的才能。」

內海沾沾自喜，但自傲的表情一下就洩氣。

「可是……發生那件事之後，我突然創造不出色彩了……」

也對，這種活像黑白電影的靈魂狀態，要是能創造出美麗的色彩才真是見鬼了……受到好奇心的驅使，我脫口而出一個問題：

「你注意到這個世界沒有『色彩』嗎？」

「沒有色彩？你在胡說什麼？」

「沒什麼……當我沒說過。」果然沒有自覺嗎？等一下，什麼時候偏離主題了？我繼續不合常理彎著脖子說：「話說回來，你熟悉的畫商對你引以為傲的用色技巧似乎沒太高的評價，不對，眞要說，是對你本人沒有太高的評價吧？」

「那傢伙俗不可耐，只會用錢來衡量繪畫。那種人對我的評價好或不好，根本無關痛癢。」內海不以為然地搶白。

「眞是這樣嗎？會不會其實是你錯看畫商了？」

「你在說什麼鬼話？那傢伙……」

「你那幅變得破破爛爛的畫，那位畫商說：『我也覺得原本應該是幅好畫。』這不就表示，畫商具有從慘不忍睹的作品中看出你潛力的慧眼嗎？」

「……」內海不甘心地噘起唇，但沒有反駁。

「假設畫商其實獨具慧眼，為什麼對你的評價如此低？你賣給畫商的畫，和髒兮兮但打動畫商的畫到底差在哪裡？」

我觀察內海沉默不語的表情，他如蚊蚋般低聲細語：

「我當時畫了各種作品，除了拿手的風景畫，還有人像畫和靜物畫……我把所有的畫都給那對父子看過。父親從中買下小孩喜歡的，我把剩下的賣給畫商……」

「那對父子買了什麼樣的畫？」

「……都是風景畫。」

「沒買下的作品也有風景畫嗎？」

「這個嘛……應該有。」

「總而言之，那對父子沒有買下的風景畫，就連畫商的評價也不怎麼樣。換句話說，那對父子買下你作品中特別好、藝術價值特別高的作品。你認爲自稱不了解藝術的父親和年紀還小的孩子有這樣的辨識能力嗎？」

內海抿一抿嘴，陷入沉思。區區人類的智慧一時應該想不出來，既然如此……

「話說回來，向你買畫的父子爲什麼要把臉遮起來？」

「幹麼突然改變話題？我怎麼知道。」話題突然轉大彎，內海蹙緊眉頭。

「不，你知道。好好想想。整合你的所見所聞，一定看得到答案。」

「你說我知道他們打扮得那麼怪的理由？」

「沒錯。半夜出門、藏頭蓋臉、還把窗戶封死……這些怪異行爲引起那對父子是『吸血鬼』的傳聞。爲什麼要叫他們吸血鬼呢？他們又沒有眞的吸血。」

「因爲他們的生活就跟吸血鬼一樣……」

「何謂像吸血鬼一樣？」

「就、就是……」內海露出爲難的表情陷入沉思，驀地抬起頭。「隔絕陽光……」

想通了嗎？這點小事希望他不要想那麼久。「沒錯。那對父子徹底隔絕陽光，那個孩子也不是幼兒了，但口齒不清，走路困難。」

「難不成是……生了什麼病……？」

我靜靜地說出從事「引路人」這份工作才知道的病名。

「……著色性乾皮症。」

「著色性？那是什麼？」內海半張著嘴，呆若木雞。

「那是一種先天性的遺傳性疾病。患者對紫外線極端敏感，稍微晒一下太陽，皮膚就會嚴重灼傷，甚至潰爛。一旦晒超過一定程度，就有極高機率罹患皮膚癌。有些患者還會產生神經病變，出現口齒不清、身體左右傾斜等症狀，是很棘手的毛病。」

我過去爲幾個死於這種疾病的小孩帶路。一旦仔細回想，那些孩子的症狀和我在內海記憶中見到的少年不謀而合。

「怎麼會這樣？所以……出門的時候要把臉遮起來嗎……」

「應該是。因爲月光也含有微量紫外線，而少年的病嚴重到連月光都要隔絕。或是皮膚已有潰瘍，要遮起來。不管怎樣肯定很痛苦。無論是本人，還是父母。」

「那位父親也……」

「不，我想父親很可能健康。這種病應是隱性遺傳，通常父母不會發病。可能是覺得讓小孩打扮得怪模怪樣實在太可憐了，乾脆自己也做同樣裝扮。天下父母心，那些人不曉得這一家人正受疾病所苦，還加油添醋散播謠言，眞該羞愧！那種人比這家人還像『怪物』，不是嗎？」

「……可是這跟我的畫有什麼關係？你到底想說什麼？」

還不明白嗎？呆瓜。

「不管那孩子再怎麼渴望，都無法親眼見到太陽。這樣一個孩子在深夜散步的時候，無意中遇見一個畫畫的男人。那幅畫栩栩如生地描繪出少年夢寐以求的事物。」

「你的意思是……」

「沒錯，那對父子買下的畫，都具有你創造的色彩，以最美的方式呈現出來。」

我和內海同時抬起頭，眼前是如絲緞般熠熠生輝的純白太陽。

「走吧。」我丟下仰望天空的內海往前走。

「喂，到底要去哪裡啦？」

我和手忙腳亂跟上來的內海一同在醫院的大門前停步。

「要回去了嗎？搞什麼嘛！又要我幫你開門嗎？你在這個世界不是會說話嗎？既然如此，就好好地拜託我啊！說聲『請幫我開門』。」

「……少說廢話，把門打開，你這個溫吞鬼。」這明明是我有生以來最禮貌的說法了，內海卻生氣似地用力打開門。我不以為意地在走廊上前進。內海走在旁邊。

「事到如今，回來又能改變什麼？」

「我要讓你從『依戀』的桎梏中解脫出來。」

「依戀？什麼意思？」

「你認為自己的畫被那對父子扔掉吧？」

「不然會是誰？雖然你說那孩子很喜歡我的畫，但這棟洋房裡沒有我的畫啊。」

「你認為那一家人為什麼搬進這棟房子？」

「你又在說什麼？」我再次唐突地轉移話題，內海一臉困惑。

「少廢話，用用你的腦。那一家人為什麼要搬到這麼不方便的山上？」

「……這裡和鎮上有段距離，比較不用擔心別人的眼光。」內海沒什麼自信地說。

「這種地方要多少有多少，而且採光非常好，卻刻意從裡面封死，究竟所為何來？明明應該還有其他條件更好的房子。」

「或許是這樣沒錯……」

「來幫這家人打掃的鐘點女傭甚至連孩子都不知情。鐘點女傭說她沒見過孩子，是指連小孩的房間都沒看到。打掃每個房間可是鐘點女傭的工作。那麼小孩的房間到底在哪裡？鐘點女傭在的時候、白天的時候，小孩又在哪裡？」

「你問我，我問誰？」內海皺起眉頭，答不上來。

「他在不會被看到，也不會晒到太陽之處。這麼大一棟房子，有這地方也不奇怪。」

內海突然睜大眼睛，他想到了。「問題是……在哪裡？」

「你仔細回想，當你爲了找畫潛入洋房時，大量血跡分布在哪裡？是父親還是母親，或是兩人一起死在那個地方，你不覺得有點怪嗎？」

「……啊！」內海大聲叫嚷，盯著走廊。沒錯，恐怕就是那裡。

我對發起抖來，愣在原地不動的內海丟下一句：

「該起床了。」

4

「啊啊啊啊！」內海吶喊著，彈簧似地從床上坐起。喂喂，你那麼大聲……我很緊張，而且我緊張的原因馬上就實現了。走廊傳來「叭噠叭噠」的腳步聲，我急忙躲到巨大的畫作後面，可惜慢一步，病房的門比我早一步用力推開。

「內海先生，你沒事吧？」擔憂的聲音迴盪在房裡。平常這道聲音如風彈奏的音樂般歡快，唯獨現在這個節骨眼，我不太想聽見。

菜穗和我的視線撞個正著，她的大眼睛頓時張得更大，接著眨眼，最後吊成三角形。我「汪」一聲，充滿討好、撒嬌，又像找藉口的意思。

「李奧！你在這裡做什麼？」

初次聽見菜穗的怒吼聲。顧慮夜深，她的音量不大，但我如同挨一槍。話雖如此，我這麼高貴的存在，才不會把區區人類的怒吼放在心上……應該是這樣，但尾巴不聽使喚縮進兩腿間。頭和尾巴一同自動低下。

「對不起，李奧嚇到你了。」

「時鐘。沒錯，就是時鐘……」

「內海先生？」菜穗驚訝地望著看著雙手低語的內海。

「走！喂，『狗』，我們走！」需要慌張成那樣嗎？內海宛如滾落似地下床，顫抖地對我招手，朝門外走。喂，狗這稱呼太過分了。人類。我不滿地哼一聲，踩著優雅的腳步跟在內海的背後。

「你要去哪裡？嗯？連李奧也是？」菜穗的視線在內海和我之間游移。

「下樓。時鐘吧？在時鐘的後面。」

內海的回答讓菜穗陷入更深的混亂。可以的話，我想有條有理地解釋，可惜在現實世界裡，我無法發出人類的聲音。

「什麼時鐘？不可以，內海先生。你不好好休息不行。你是在做夢。你睡迷糊了。請回床上躺好。」

的確是做夢，不過內海不是睡迷糊了。

「我才沒有睡迷糊。喂，『狗』，解釋給她聽。」

……都說我只能在夢裡講話。這個男的真的睡迷糊了吧？內海把問題丟給我這隻「狗」，三步併成兩步地離開病房。我忍不住回頭，和愣在原地的菜穗目光相對，我試著流露出同情，然後追上內海。

護理站裡的中年護士看見我們走出病房衝向樓梯，不知道嚷嚷什麼。然而，已經不顧周遭的內海似乎沒聽見（應該是真的沒聽見），快步下樓梯。真難想像這是成天喊痛的癌末病患的行動力。不過這個男人的疼痛原是靈魂的疼痛，只要將精神集中在某個目標上就會忘了痛吧？

內海到一樓，奔至走廊盡頭的巨大壁鐘前。

「這個嗎？就是這個吧？你說話啊！」內海對追上來的我咆哮。要我說幾次，我在現實世界沒辦法講話啊！我點點頭，代替「沒錯」的意思。

「內海先生！」

背後傳來數人的腳步聲。回頭一看菜穗、護士還有院長正衝下樓。不僅如此，大概被吵醒，南和金村也出現在樓梯間，窺看這邊的情況。那兩個人沒事跑出來幹麼？有沒有一點身爲癌末患者的自覺？事情變得好複雜。要是內海被帶回病房，就無法切斷心結了。

喂，內海，磨蹭什麼？還不快打開。

我「汪」地催促內海。那三個醫療人員已經靠近我們了。

「你在做什麼?內海先生。請立刻回病房。」護士對拚命移動時鐘的內海喊話,但無法阻止他。內海失去耐性地抓住時鐘,使出吃奶的力氣向外拉,可惜文風不動。

「內海先生。」從容不迫但有力的聲音從背後響起,內海停下動作。

「院長……」

「你在做什麼?」院長口吻始終冷靜,並沒責怪他的意思。

「這個時鐘……這個時鐘的後面……」內海呑呑吐吐,活像惡作劇被逮住的孩子。

「因爲止痛藥,他陷入譫妄狀態了。打一針鎮定劑,應該可以安靜。」護士在院長耳邊出主意。我敏銳的聽覺一字不漏地捕捉住她的話。院長靠近我們,內海縮著脖子,以爲要挨罵了。

「那個時鐘對你有重要的意義嗎?」院長的聲音聽不出抑揚頓挫,但我覺得他隱隱透著溫度。

「沒錯,非常重要!我認爲,再也沒有比這更重要的了!」

內海凝視著院長眼鏡鏡片後的雙眼。

「既然如此,不用那麼著急,慢慢來,做你想做的事。」

聽見院長出乎意料的一番話,內海發出「咕」的一聲。

「動作可以溫柔一點嗎?這個時鐘雖然不會動了,卻是很漂亮的擺設。」

院長面無表情地說。他該不會打算開緩和氣氛的玩笑?可是從不苟言笑的男人嘴裡說出,怎麼聽都像是在擔心醫院物品受破壞。他臉上的肌肉會不會太偷懶了?

護士看著院長,還有話要說,但院長擺明忽略她。內海點點頭,又跟時鐘搏鬥起來。

巨大的時鐘毫無賞臉移動一下的意思。時間一分一秒流逝。一分鐘、兩分鐘、三分鐘……走廊出現尷尬的氣氛。內海的臉上帶有焦躁。他到底在搞什麼。

我「汪」地吠一聲。內海停下手邊的動作看著我，我用眼神示意。不是教你動腦嗎？說幾遍才記得？這肯定不是用蠻力就可以擺平。

內海似乎理解我了，他打開時鐘前的玻璃蓋，微微顫抖地伸進去。長針、短針……內海依序觸摸內部的零件。他無意識地抓住金屬製的鐘擺，輕輕一拉。一瞬間，空氣中響起零件鬆動的聲響。內海像被熱水燙到似地連忙縮回手，慢慢將壁鐘往旁推。

使盡全力也推不動的壁鐘，如今宛如在冰上滑動似地動起來，張開一個通往地下室的樓梯入口。三名癌末患者和醫療人員——換句話說，除了我以外的人都盯著彷彿通向地底的漆黑大口，動也不動。

「汪！」我大聲吠叫，解除加諸在人類身上的定身咒。該說是意外嗎？還是理所當然呢？最快回神的是內海。

「手電筒！給我手電筒！」

內海望著樓梯深處地大聲嚷嚷。院長猶豫一下，從白袍口袋掏出小型手電筒打開，然後交給內海。內海照亮樓梯深處，光芒射進黑暗。約往下二十個階梯處，隱約見到一道咖啡色的門扇。

內海跨出第一步，接著激動地衝下樓。我丟下混亂的其他人，追上內海的背影。肉球傳來冰冷的觸感，我不禁抖一下。樓梯經過長年封鎖，滿是塵埃，搔得我鼻子好癢。

內海站在樓梯的盡頭，一動也不動地握住門把。我不催他了。畢竟這扇門的背後並非愉快的真相。不曉得如何解讀我的視線，內海吞一口口水後用力點點頭，他轉動門把。門發出哭泣似的傾軋聲，逐漸向內側打開。房裡漆黑一片，手電筒的光線僅能照亮一部分。設計可愛的兒童床、地板上柔軟的地毯……相繼浮現在光線中，旋即又消失。內海空著的另一隻手在牆壁上摸索，伴隨著電流通過的細微聲響，室內頓時滿溢光線。儘管七年來無人聞問，天花板上的一半電燈還是好的。

同時，鮮艷靈動的色彩映入眼簾，宛如七彩霓虹。剛適應黑暗的視覺一時無法處理如此大量光線，尤其眼中滿溢著驚人的色彩，有如萬花筒一般。這眞是太美好的體驗。

我徜徉在色彩的海洋中。

「啊！」內海悲痛的聲音恍惚刺入我耳中。

怎麼了？人家正陶醉其中。

我的雙眼慢慢適應光線，開始分辨屋內狀況。眼前是五坪左右，灰塵密布的磚造房間。地面鋪橘色長毛地毯，帶紫的骨董風小床設置在角落。滿地都是玩具和絨毛娃娃。仔細一看，角落還有大人床。太陽出來後，孩子就是在這裡就寢或玩耍吧？

內海踩著夢遊般的腳步，緩緩走向房間正中央的「物品」。在充滿鮮艷色彩的空間，它愈發沒有眞實感，就像是無數玩具之一。他在正中央跪下抱緊。內海的懷裡發出咯啦咯啦的細微聲響，它碎成一地。

那是小孩的白骨。

我觀察白骨周圍的地毯。入口到白骨間的橘色地毯上有一灘黝黑痕跡。恐怕是受到襲擊的父母，拚盡全力將少年藏進地下室，但少年之前就已身負重傷，力竭而亡。

「嗚啊啊啊啊！」內海抱著帶有大理石光澤的頭蓋骨，聲嘶力竭地痛哭。

聽見他不尋常的喊叫聲，樓梯陸續傳來腳步聲。

「這裡是怎麼回事？」

「請冷靜一點。」

「骨頭？怎麼會有小孩的骨頭……」

「報警……馬上打電話報警！」

七嘴八舌的聲音迴盪在磚牆上，地下室一片嘩然。我把鼻尖擱在還抱著頭蓋骨，蜷縮成一團的內海肩膀。內海緩慢地抬起頭來看著我。我轉動脖子，鼻尖指向牆壁。內海順著我的動作看過去，瞪大眼睛。

裸露著磚塊的四面牆上，掛著讓房間充滿鮮艷色彩的光源。那是好幾幅滿溢生命力色彩的風景畫。這些掛滿牆壁的畫，全裱上精緻外框，綻放出耀眼的光芒，一點也不像塵封在地下室長達七年之久的作品。

內海畏光似地瞇起眼睛，望著過去由自己刷上靈魂的作品。

我猜得果然沒錯。搶匪拿去向畫商兜售的畫，想必是案發當時唯一一幅掛在走廊上的畫。那對父子忠實地遵守著內海說要先風乾幾週的交代。而搶匪們認爲掛在走廊上的畫應該出自名家之手，便偷走了。

我將視線投向少年的骸骨。必須將太陽擋在門外的少年，在不見天日的寢室裡，沉浸在內海創造的彩色海洋中，度過短暫一生。

5

我順著混凝土的冰冷樓梯往下跑。門板迫到眼前，但我沒放慢速度，一頭撞上。我毫髮無傷地穿越門板。藏在壁鐘後的地下室牆面上掛著數幅畫。然而，這些作品全沒有色彩，是黑白的畫。

沒錯，這裡並不是現實，我又被迫侵入夢中了。夢境的主人內海直樹坐在正中央一把小小椅子上，一手拿著畫筆，面向巨大的空白畫布。身邊是少年的白骨。

「……你在這裡做什麼？」我質問縮成一團的背影。

「怎麼？是你啊……」內海嫌麻煩似地頭也不回。

「什麼叫作『是你啊』？你才在這裡幹麼？」

「……我在畫畫啊。」

「畫畫？那張畫布一片空白！你倒是說說你畫了些什麼？」

「與你無關吧！」

「與我無關？告訴你少年死在這裡，而且深愛著你的畫的人可是我。」

然而，不管我怎麼大發雷霆，內海死都不肯把頭轉過來看我。

發現這個地下室的那天，大家在院長的指示下立刻報警，醫院裡亂成一團。那具白骨屍體可以確定就是下落不明的少年。然而，警方對屍體並未表現出太大的反應。他們已經斷定金村就是命案的凶手，就算找到小孩屍體，案情也不會有什麼進展。

因此，發現遺體後三天，警察就撤退了，醫院也逐漸恢復平靜。

我以爲這次的事可以切斷內海的心結，再次描繪出充滿生命力的作品。沒想到，事情出乎預料，任憑我等到地老天荒，內海也不再提筆作畫，只是病懨懨地躺在床上。他身上的腐臭雖然有淡一點，但還是很刺鼻。要是他就這樣嚥下最後一口氣，我敢打賭肯定變成地縛靈。

我陷入混亂。明明工作已完成，爲什麼他還畫不出畫來？爲什麼腐臭沒有消失呢？逼不得已，我體力一恢復就再度溜進內海的病房裡，潛入他的夢境。

「我的人生……究竟算什麼？」內海細如蚊蚋似地喃喃自語。

「你在說什麼傻話？」我不解地反問。

「我在這七年間，因爲一場誤會就畫不出來了。經由這次的事，我知道那孩子很珍惜我的作品，我當然很高興，可是……已經太遲了。」內海不斷吐出痛徹心扉的話語。「七年，七年！這段期間，我一幅畫都畫不好，好不容易知道眞相，但一切都太遲了，我沒時間作畫了，我已經快要死了……明明才活了三十年，我卻馬上就要消失了。在這世上什麼也沒留下……我的人生……一點意義也沒有。」

內海雙手抱住肩膀，全身顫抖。

「你死了嗎？」我喃喃自語說。

「你是……什麼意思？」內海終於轉過臉，雙眼、鼻孔和嘴角都淌著淚水。

「你說你『沒時間作畫了』。你把時間都花到哪裡去了？你什麼時候死掉了？」我連珠砲似說個不停。內海只擠出一句「我……」就再也接不下去了。「你確實會死。可能幾週後，也可能幾天後。但這跟『不能作畫』有什麼關係？活多久你『才能作畫』呢？幾年？幾十年？還是要長生不老？」

我的言靈宛如子彈，把這些話毫不留情地射進內海的心。

「別自以爲是了，『人類』。你們的肉體只不過是『借來暫住』的地方，才能存在世界上。什麼時候得把這個『借來暫住』的地方還回去，不是你們決定的。你們該做的事，不是對剩餘時間多寡長吁短嘆，而要在有限的時間內努力活下去。」

我一口氣說完，閉上嘴巴。寂靜降臨在狹窄的地下室。「聲音」和「色彩」盡皆消失的空間，感覺就連「時間」也銷聲匿跡。內海停下動作，嘴唇微微顫抖。

「我……到底該怎麼做？」

「活著對你來說是什麼？」我反問。

「活著就是……畫畫……」內海沒什麼自信地回答。

答對了，「人類」。我露出笑容。

「這樣……可以嗎？剩下的時間，我眞的可以只做自己喜歡的事嗎？」

「人類一生當中總會留一點東西在這個世界上。有的人留下子孫，有的人留下想法，有的人留下名字，也有人一生執著於賺錢，什麼東西也沒留下，兩腿一伸便一無所有。想要留下什麼，正是你們『人類』存在這個世界上的意義之一。這個過程會擦亮你們的『靈魂』，綻放出美麗的光輝。」

「我的畫……我死後也會留下來嗎？有留下來的價值嗎？」

內海充血的雙眸送出求救的訊息，我不厭其煩地回答：

「你在畫裡注入『靈魂』。音樂、文學、思想、雕刻……用來盛裝『靈魂』的『容器』琳瑯滿目，但眞正注滿靈魂的容器卻稀少，你是能留下靈魂碎片的稀有存在。」

「問題是……時間所剩無幾了。」

「的確，你的作品或許沒有受到世人肯定，得到財富或名聲。但對你而言，『藝術』是爲了得到那些東西的手段嗎？」

「不是！不是這樣！對我而言，『繪畫』就是我的生命。只要能畫畫，我根本不在乎錢，也不用變得有名。」內海口沫橫飛。

「那就畫。善用你剩下的時間。或許時間不多，但你應該可以創造出一般人活了幾十年也無法留下的珍寶。」

內海沉默地凝視我，像死魚般失去光彩的雙眸，隱隱透出鮮活的情緒波動。

「你留下的『靈魂波動』應該能撼動觀者的『靈魂』。他們會繼續傳遞這股波動。你留下的『靈魂』碎片會永遠活在世上。」

內海的呼吸變得粗重，如永凍土般堅硬冰冷的心終於有融化的跡象。那幾幅掛在地下室的畫，宛如產生心跳般陣陣鼓動著。

「你眞的這麼想嗎？不是安慰我……」

我暗罵一聲。他還在說這種話。疑神疑鬼的傢伙，硬要我說出這麼噁心巴拉的話。以爲畫被否定，彷徨無助的七年時間，難道連自信都根除了嗎？傷腦筋。

「你想想那個孩子，那個死在這裡的孩子。」我有些激昂地道。

「那孩子……怎樣了？」

「那孩子從你的畫裡看見太陽。你認爲沒有注入『靈魂』的畫辦得到嗎？」內海咬住下唇，幾乎要咬出血。「對那孩子來說，你的畫就是他眼中的『太陽』。你讓那個莫名其妙地被太陽拒於千里外的孩子，在生命的最後，在你創造出來的太陽簇擁下離世。與你的畫相遇，對那孩子來說一定是件幸福的事。」

內海抿成一條線的唇間流出嗚咽聲，不久，變成掏心掏肺的痛哭。但他的哭聲不再充滿空虛與恐懼，而是內心深處泉湧而出的感情。

「我給了那孩子……『太陽』嗎？」內海泣不成聲地問。

不用我再多說答案了，人類。我輕輕點頭。內海痛哭失聲。一瞬間，房裡充滿光亮。我驚訝得目瞪口呆。那幾幅在牆壁上圍成一圈的畫，彷彿本身就會發光似地，閃耀著鮮活的光芒。滿溢的美麗色彩在昏暗的房裡擴散，牆上的畫全綻放過光芒後，內海手中數種白色顏料的調色盤，紛紛散發出令人睜不開眼睛的光芒。

我瞇起雙眼，望向內海的手邊。白色的調色盤突然換上無數色彩。彼此交融，孕育出新的色彩。內海終於拿回失去七年的寶物。

內海七年前看到的世界，是個鑲滿寶石的世界吧。看著這幅光景，我也啞口無言。曾幾何時，他的哭聲停止了。內海抬頭挺胸，煥然一新地凝視著依舊空白的畫布，再也看不到過去憂鬱的陰影，充滿往前看的人類才有的威嚴。內海舉起右手，宛如纏繞彩虹的畫筆在畫布上飛舞。畫在畫布上的一縷光線淡淡暈開，變化出繽紛的色彩，覆蓋在巨大的畫布上。

「喂，李奧。我能在死前完成最後一幅畫吧？我能留下最後最棒的作品吧？」

內海第一次喊出我的名字，判若兩人似地自信一笑。

「答案你最清楚了不是嗎？內海直樹。」我也揚起一邊的嘴角。

內海滿意地點頭，再次面向畫布盡情揮灑。每畫一筆，星子般燦亮的光束便在空中翩然旋舞。我回味著這如夢似幻（的確也是發生在夢境中）的畫面，雖然有些不捨，但還是慢慢地閉上雙眼。再繼續打擾內海的世界就太不識趣了。

好不容易擺脫苦惱七年的枷鎖，就讓靈魂盡情舞動，不要受到任何人的干擾。等你醒來以後，再對擺在病房裡那幅巨大的畫布，燃盡你的生命吧！我會耐心地等待作品完成，等待那幅足以撼動所有人靈魂的作品誕生。

明艷的光澤在我閉著的眼皮內側飛舞，久久不散。

第四章　死神談情說愛

1

冬日太陽即使靠近正午也不會晒得人皮膚痛，我身上的毛暖烘烘的。泥土的香味輕柔搔著鼻腔，我躺在庭院中央，心滿意足地打哈欠，抬起一隻眼睛的眼皮。

內海一手拿著畫筆，從醫院敞開的二樓窗戶望向這裡。自從取回色彩，這三天來內海一如我的期許，變一個人似地埋首作畫。晚上也不再鎖門，所以我昨夜其實又潛進內海的病房。我聽見他心無罣礙地發出均勻的呼吸聲，以及滿溢著月色，彷彿獲得力量又不失細緻色彩的畫作。短短三天，畫已經成了完全不同的作品。

似乎和內海對上眼，只見他露出笑容。這傢伙到底想幹麼？他如果不認爲出現在他夢裡的我，不過是他大腦創造的幻覺，和我本人一點關係也沒有，我會很頭痛的。畢竟我（雖然外表卓然挺拔）頂多只是一隻狗，一隻再平凡不過的黃金獵犬。

不過，不光是這傢伙，南和金村也會主動攀談，有時還會瞞著菜穗給我貢品（主要是稱爲甜點的奢侈品）。那種甜點眞是人間美味，「幸福」在口中融化……

我最中意一款叫作泡芙的甜點。咬破酥脆的外殼，裡頭滿滿香甜奶油，太銷魂了。我想起南昨天給我的泡芙，那低迴再三的美味，突然湧出唾液滴落嘴角。當我看見下巴下方濡濕的泥土，猛然回神。

糟了。居然受到食慾控制，思考停頓，太丟人了。就算那是至高無上的奢侈品也……我也沒有要一再回味的意思！

我想著有的沒有的，再次望向內海。他輕輕地朝我揮手。

難不成他已經知道我不是普通的動物，而是高貴的靈體？冷汗沿著背脊滴下，我像洗完澡時用力甩身體，把可怕的念頭趕出腦袋。他們都是有常識（至少是身為人類的常識）的大人，應該不會想到夢境和現實的我有關係吧？因為在夢中解救他們的狗，外型和我一樣，所以才會覺得現實的我有一種親切感。

對，沒錯。

我硬生生打住思考，背對內海閉目養神。怎麼想也不可能。就算有些古怪，那三人應該不會想到我的真實身分是死神。別想太多，像平常那樣面對他們就好了。我得出應該開始工作的結論。順帶一提，在風和日麗的陽光下睡午覺，其實也是讓體力恢復的工作。

雖然內海事件告一段落，但因為侵入夢中兩次，我的體力消耗得比之前厲害。前天，我連鼻子都不想動，像破抹布似地躺在走廊上，差點就被帶去動物醫院。

我閉上雙眼，集中精神，皺著鼻子感應。原本覆蓋這家醫院，濃得化不開的腐臭就快感覺不到了。南、金村加上內海，這三人的確是腐臭的主要源頭。我再次皺起鼻子猛聞。土壤、青草、殘雪，以及那三個男人領悟到的生存意義，全散發出柑橘般的香味。但其中有一絲淡淡的甜膩氣味掠過鼻尖，這是不注意就察覺不到的微弱腐臭，屬於尚未打過照面的患者。

基於死神多年經驗，這麼微弱的腐臭不太可能成為地縛靈。不必急著找出第四個人。

我現在只想讓身體好好休息，讓我再睡個午覺吧。這是很重要的工作……真的。不知道為什麼，我感到些許罪惡感，但還是閉起眼睛。睡意馬上來襲。就在意識快要落入黑暗中的前一刻，我突然整個人清醒，睡意消失殆盡，我起身到庭院中央的櫻花樹樹根附近。剛才拂過肌膚的感覺，那是……

「你就在……這裡吧？」我抬頭盯著半空詢問。不是運用嘴巴、舌頭或聲帶，而是發出言靈。風戲謔地在我垂下的耳邊吹拂。隔幾拍，對方回話了。他不是出聲，而是透過「言靈」的力量。

「好久不見。這陣子沒見，你變得眞迷人啊！My friend。」

我罵了一句髒話。我知道對方是誰了。我眉頭深鎖。飄浮在面前的是我同事，他和過去的我一樣都是負責引路的死神。

「……是你啊。」我沒好氣地吐出言靈。負責引路的死神無所不在，但這位同事卻跟我最合不來，也就是所謂的水火不容。我現在是狗，他就是「猴子」（註）。

「沒錯，就是我呦！你封印在那種身體裡居然能注意到我，眞是敏銳的six sense！」

同事的言靈帶有調侃。我身爲死神的視覺捕捉到櫻花樹幹湧出的淡淡霞光，那是相當於靈體的存在。

「Six sense？什麼玩意？」

沒聽過的詞彙。我更皺起眉頭。

「你還是那麼落伍。Six sense就是第六感的意思！不是偶爾有些動物和人類不曉得爲什麼注意到我們嗎？就是那種敏銳的直覺。」

「第六感就第六感，有必要刻意換成洋文嗎？」

「洋文？就知道你會這麼說，所以我才說你跟不上時代嘛！現在是全球化無國界的時代，人類一直在進化，高貴的我們也應該要跟著與時俱進呀！Understand？」

完全聽不懂。像是有一匹馬在我面前說起人生的大道理。

「你來這種地方做什麼？」

「真是笨問題。你才封印在那個身體沒多久，怎麼就忘了以前的工作？My friend。」

的確多此一問。引路的死神降臨人世還能幹麼？我反射性地抬頭看著那家醫院。南、金村、內海及其他沒見過的患者，當中有人要死了嗎？那三個人自從擺脫桎梏以後，病情暫時好轉，甚至精力充沛，足以再撐幾週。這麼說來，是我還沒見過的患者要死了嗎？

「啊！非也非也。我今天不是來引路。Don't worry。我是爲了另一件事來的。」

另一件事？我想一下，馬上反應過來。原來如此，他是來說服他們嗎？我望向洋房角落太陽未及之處。那裡飄盪著三個藏身陰影的魂魄。

「就是這麼回事。」

同事宛如在空中滑行似地飄過。我不由自主地追上。

「怎麼？你要跟我一起來嗎？My friend。」

「就當是打發時間。」

「打發時間啊？眞令人羨慕。我倒是very busy，忙得眼睛都花了。眞羨慕你啊。」

「你根本沒有『眼睛』好嗎？如果你願意，我隨時都可以跟你交換。」

「這就不用了。這只是所謂的場面話。我才不想變成整天不工作，懶洋洋地做日光浴

註：日本人會用「犬猿之仲」來形容水火不容的人。

的懶惰蟲。」

「你身爲靈體也很清楚吧！運動過量就會感到疲勞，要消除疲勞就得好好休息。」

「對，好像有這麼回事。這方面的知識我還是有的。肉體眞麻煩啊！請節哀順變。」

同事半點興趣也沒有。我總有一天會拜託吾主讓他嚐嚐「封印在狗身體裡」的滋味。我在心裡暗暗發願。

同事有如泡泡般輕飄飄地浮起，往屋後前進。

「別躲在那種陰暗潮濕的地方，到我這裡來。別擔心，我不會硬把你們帶去吾主那裡的。」同事發出有些做作的熱情和端著架子的言靈。但魄魂仍舊緊依在陰暗處，不肯靠近半步。

「不要發出那種陰森的氣息嘛！別擔心，到我這裡來。你們自己也知道，再這樣下去是不行的。」同事的言靈裡流露出些許不耐煩。我見他那個樣子，忍不住插嘴（當然不是眞的「開口」）。

「他們不會走到太陽下啦。」

「什麼？不會走到太陽下？Why？」

「Why？……那孩子生前得了不能晒太陽的病。父母煞費苦心。即使此刻已經變成魂魄，也還是躲著陽光。」

同事一臉不可思議地看著我。要是他有肉體的話，現在肯定歪著脖子。

「那是還有肉體的事不是嗎？他們現在已經沒有body了。事到如今，晒不晒得到太陽根本沒差，不是嗎？」

「一點都沒錯，但生前對太陽的恐懼已經烙印在靈魂深處了吧。」

「原來如此。或許是這樣也說不定。Human的確會做出一些不合邏輯的事呢！咦？被他們逃走了？」

如同事所說，魂魄趁我們說話時消失了，可能跑到醫院後面了。

「算了。今天到此爲止，我改天再來。」

同事話還沒說完就飄走了。似乎爲工作移動到別處了。死神很忙碌，不可能一直把時間耗在同一個地方的地縛靈上。冷不防地，我腦中閃過一個疑問，我發出言靈：

「爲何事到如今才來說服那些魂魄？他們綁在這裡七年了，這七年來，你從沒出現過不是嗎？」

我的問題讓同事停止移動。

「那群soul剛變成地縛靈的時候，我勸過他們好幾次了，可是他們完全聽不進去，我才撒手不管的。但不久前，我從這三個soul身上感受到強烈的波動，過來看看情況，他們不再像以前那麼頑固，願意聽我說話了。我才過來try一下的。」

原來如此。地下室裡找到那孩子的白骨，讓「依戀」減弱。這是我的功勞呢。不過，深謀遠慮的我不會高調強調自己的功勞。

「Adieu。」

同事丟下一句怪腔怪調的洋文，開始淡出。

「那群魂魄很快就會煙消雲散了。」

我再次拋出言靈，同事詫異地搖晃一下。

「我知道啊！那又怎樣？」

「如果你有辦法說服他們的話，多花點時間在那群魂魄身上是會怎樣？」死神存在於遠比人類高階的次元，不會受制於時間。時間對死神來說，類似人類對距離的感覺。甚至能在某個程度內玩弄時間。若有心，我們甚至可以同時在這個世界多處出現。即使超過時間範圍，發生在未來的事，我們也可像人類眺望遠方似地看見。可惜我封印在這個身體裡，受到時間束縛，既不能玩弄時間，也無法看見未來……

「給你一個忠告！My friend。」輕薄口吻從同事的言靈裡消失。「不要和soul們……人類們走得太近，那只會造成你的『負擔』。要是你太同情他們，將來回到自己的工作崗位會出問題的。」

高貴的我和低下的人類走得太近？他在說什麼蠢話？

「不過，優秀如你應該不用我來提醒吧！那就改天再會啦！See you soon。」同事又變回輕佻的德性，留下帶有諷刺意味的言靈，消失無蹤。改天再會……嗎？如果這裡是同事負責的管區，往後的確要常常見面（雖然身為死神的同事並沒有臉）。

我懷著莫名所以的挫敗感走向建築後面。這一帶幾乎晒不到太陽，瀰漫著一股霉味。三個魂魄畏首畏尾地飄在正後方的樹幹陰影下。我靠近他們。

「為什麼還留在這裡？」我對魂魄提出質疑。然而，經年累月赤裸裸地在現世遊蕩，傷痕累累的魂魄已經無法回應言靈，只能保持沉默。「要坐以待斃地等待消失嗎？已經找到那孩子的遺骨，也埋葬了。該去吾主身邊報到了吧！」

魂魄粗糙的表面掀起微微波動。上次沒見過這樣的反應，是感到迷惘嗎？

「你們還有什麼心願未了？要怎麼樣，你們才肯去吾主身邊呢？」

已經變成這副德性的魂魄們，沒有從我面前逃走，他們宛如風中殘燭在原地飄搖，像在控訴。到底想幹麼啊……難不成？我猶豫半晌，說出一閃而過的恐怖想法：

「難不成……你們該不會希望我懲罰加害你們的凶手吧？」

魂魄反應令我目瞪口呆。渾濁暗沉的表面宛如爆發，釋放出耀眼光芒。

「你們怎麼會指望我呢？我被封印在動物的身體裡，哪有辦法幫你們找出凶手啊。更何況，你們的負責人是剛才那個死神，又不是我。沒錯，這不是我的工作。」

我拚命找藉口曉以大義，可是他們的光芒非但沒減弱，反而緊迫盯人地步步進逼。

「知道了，我知道了啦！」無言的壓力令我舉白旗投降。「只要不妨礙正事，我會盡我所能，這樣總行了吧？但不要對我抱太高的期待。」

明明都強調不要抱太高的期待了，魂魄卻變得更閃亮，擺明就是充滿期待嘛。我嘆口氣，尾巴對著魂魄們，逃命似地離開。我到底吃錯什麼藥，怎麼會答應這種事呢？我明明沒有義務為那群魂魄做任何事。我頭昏腦脹。我是吾主創造出來的存在。忠實地完成吾主交代的事，這就是我的存在意義。既然如此，我為什麼要對那群跟工作無關的魂魄如此放心不下呢？

降臨人世十來天了，我身上究竟發生什麼變化？

「不要走得太近。」

同事留下的言靈在我的頭蓋骨內迴盪。高貴的我和人類怎麼可能太靠近？別說傻話了。我只是心血來潮。我只是覺得利用工作空檔或閒暇時間，讓那群魂魄順利回到吾主身邊，藉此賣同事一個人情也不錯。才不是爲了那群魂魄呢。
彷彿說服自己，我在心裡默唸好幾遍，然後離開。
因爲肚子餓嗎？還是難掩動搖呢？
我腳步輕飄飄的，好似走在雲端。

2

「啊！李奧，你在這裡啊。」我漫步踱回庭院，耳邊立刻傳來呼喚。我頭也不回地緩緩躺下。不用回頭，我也知道是誰。
「咦？聽不見嗎？吃飯的時間到嘍？」
腳步聲愈來愈靠近，但我還是一聲不吭。寵物也有暫時不想討主人歡心，只想一個人……眞麻煩，一隻狗待著的時刻。我閉著眼睛，動也不動……雖然下垂的大耳一直不安分地抖動，但那是反射動作，我拿自己的耳朵一點辦法也沒有。
「李奧，怎麼啦？你有點沒精神。」
菜穗來到我身邊，有點擔心地低頭看。我微微撐開眼皮望一眼菜穗，但不像平常那樣猛搖尾巴。今天就是沒那個心情。男人……公狗有時候就會這樣。
菜穗並非穿白袍，而是藍色條紋的上衣和淺綠色的裙子。
「我把飯放在走廊上。沒胃口嗎？還是肚子痛？」
菜穗屈著包裹在裙裡的膝蓋，撫摸我的頭和下巴。她的指尖按壓到狗下巴敏感的穴道，舒服的觸感害我差一點發出撒嬌聲，還好我硬生生吞回。

「嗯……果然身體不舒服嗎？平常吃飯時間，你總是滴著口水等在走廊。」

眞沒禮貌！我才不會那樣……應該不會。

「還是心情不好呢？嗯……實在搞不懂。李奧跟普通的狗好像不太一樣，總是在思考複雜的問題。」菜穗凝視著我，說出令我心慌的話。視線壓力讓我坐立難安，我努力地頂住壓力。「李奧聽話，進來吃飯嘛，你乖乖吃飯的話，我就給你泡芙當點心吃。」

泡芙？這個單字讓我心思左右搖擺。甜美記憶控制我的大腦，口中潰堤似地湧出唾液。好想馬上衝進屋裡，但我還在硬撐，而且撐過去了。我眞了不起。那麼美味可口的泡芙當前，高貴如我不可能輸給食慾。

我沉醉在勝利的餘韻裡，菜穗噗哧一聲笑出來。

「李奧，尾巴。」

尾巴？尾巴怎麼了嗎？我慢慢向後轉，望向自己的尾巴。雄糾糾氣昂昂的黃金尾巴正搖擺著，活像隻左右蹦跳的彈簧兔子。因爲速度太快，屁股幾乎痛起來。我連忙想要阻止失控的尾巴，但尾巴彷彿有自主權，完全不聽我這個主人的命令，心無旁鶩地左搖右擺。

沒辦法了，我不甘願地起身，和菜穗一起走向醫院。

「你果然是在裝睡，想要吃泡芙吧！」菜穗得意地說。

別說傻話了。我實在拿自顧自亂搖的尾巴沒辦法，才不是那麼想吃泡芙。我踩著優雅的腳步前進。

幾秒鐘後，不知不覺被我遠遠甩在後面的菜穗追上來，上氣不接下氣地說：

「李奧，你走得太快了。想吃泡芙也別那麼猴急。」

「好吃嗎？」菜穗笑著看我。我十分享受地點頭。「……李奧眞的完全聽得懂人話！簡直太聰明了。」

菜穗講了不太妙的話，但我還沉醉在泡芙的餘韻裡，根本沒把她的話放在心上。菜穗凝視著我恍惚的臉。

「好像也沒有……現在的表情就很呆。」

菜穗又說了失禮到極點的話，但我繼續沉醉，不把她的話放在心上。

我舔著嘴角，菜穗笑著摸我的頭。突然，手停下來。我莫名其妙地抬起頭，菜穗溫和的表情頓時變得僵硬扭曲。我往背後一看，身材頎長的男人穿著漿得筆挺的西裝，站在玄關附近的走廊上，冷冰冰的目光從眼鏡後射來。我見過那張臉好幾次，他是打算買下這家醫院的不動產業者。

「請不要隨便進來。」

菜穗的語氣和表情同樣僵硬。

「啊，不好意思，我想和院長聊聊。」

「請你從停車場打電話給院長。醫院裡有患者。」

「我又不會加害患者。」男人開玩笑地說。

天曉得呢？我在心中嘟噥。這傢伙散發出危險氣息，可能會對年老力衰的患者造成壓迫感。而且他穿的西裝顏色明明不是特別深，看起來卻像喪服。

「如果妳願意幫我請院長來，我會非常感激的。」

男人一臉緊繃地面向菜穗，撇著薄唇，露出不自然的殷勤態度。菜穗面無表情地收緊下顎，用力踩著腳步上樓。

走廊剩下我和這個危險的男人……不，一人一狗。殘留在口中的幸福早就隨著這個男人的出現煙消雲散。我惱火地仰望男人，突然不敢相信自己的眼睛。一瞬間，我還以爲眼前的男人換人了。因爲他的變化實在太劇烈。紳士般的態度蕩然無存，老太婆似地彎腰駝背，眼鏡後面的眼睛布滿血絲，射出咄咄逼人的目光。

「閃一邊去。」男人往我身上踹。我千鈞一髮地翻身，躲開皮鞋攻擊，發出「嗷嗚」的怒吼。要是沒有發誓「絕不做出咬人這麼野蠻的行爲」，我早就一口咬下。

男人不理我呲牙咧嘴，打開交誼廳的門，迅速溜進醫院。這人在幹麼？事有蹊蹺，我想跟上去的瞬間，男人又從溜進去的門衝出，接著打開食堂的門。待在交誼廳裡的時間大概只有十秒。

男人當著我的面在各個房間進進出出，糾纏不休地摸遍走廊家具，行跡可疑。時間大概只有兩、三分鐘。他到底在做什麼？眞傷腦筋，高貴如我，有時眞的很難理解人類低俗的行爲。就在男人把家具摸了一遍後，樓上傳來腳步聲。男人立刻戴回虛僞的面具。他是那個穿著筆挺西裝，薄薄嘴唇掛著似有若無微笑的假紳士。

了不起的變臉絕技。

菜穗和院長從樓梯上現身。

「不好意思，打擾您工作了，院長。」

男人放低姿態向院長打招呼。

「什麼事?你答應過我,不會在有患者的時候進醫院來的。」院長一向缺乏抑揚頓挫的語氣裡,隱含著不耐。

「抱歉。我有無論如何都要確認一下的事,可以聊兩句嗎?當然,可以跟平常一樣出去說。」

男人語氣很卑微,但無懈可擊。院長不發一語地看著男人。

「……在那個房間談好了,請你長話短說。」

思考幾秒鐘,院長打開交誼廳的門,催男人進去。當兩人走進房間,門就要關上的瞬間,院長對茫然地杵在走廊上的菜穗丟下一句:「菜穗,回妳自己的房間。」他的語氣令我有些忿忿不平。我以前就覺得很奇怪,院長對菜穗的態度也太專制。此外,以雇傭關係來說,未免太……太沒有距離了。我在這個國家當這麼多年的死神,對於這種「常識」算有很深厚的造詣。但院長對菜穗的態度遠遠超過常識。若不管雇傭關係,兩人應該毫無關聯……應該沒有關聯吧?

討厭的想像掠過腦海。我這輩子看過太多例子。中年人利用自己的地位,將年輕女性當成性對象包養在身邊。好像叫「金窩藏嬌」來著。院長和菜穗該不會……不,不可能有這種事。不曉得在想什麼的院長姑且不論,但菜穗……那個楚楚可憐的少女,絕不可能和別人產生這種關係。

我搖頭甩開令人作嘔的想像,但一度湧上的念頭,如同路上的口香糖般黏在頭蓋骨內側。

我爲什麼這麼火大？院長和菜穗和我有什麼關係？人類有性慾，因爲要繁衍子孫，提供容器給新的魂魄，而物欲等各式各樣的欲求，有時會產生化學作用，走樣變形。人類是愚蠢低俗的生物，我犯得著大驚小怪嗎？但順著血液流向全身的煩躁感遲遲不退，我悶悶不樂地縮成一圈時，菜穗說：

「走了，李奧。」

走？走去哪裡？

「外面。如果窗戶開著，應該聽得見交誼廳的聲音。」

菜穗像在回答我心裡的問題，逕自往走廊前進。喂喂，等一下。我拿她沒輒，追上菜穗纖細的背影。

「……因爲這個緣故，我們也很爲難。」

我和菜穗躲在醫院後面，交誼廳窗戶下方，傾聽從微開的窗縫傳來的說話聲。順帶一提，我們抵達時，窗戶沒開，當然也聽不見屋裡的對話。然而就在我以爲只能死心的瞬間，菜穗彎下腰跑到窗戶下方，「咻」地一聲把窗戶推開。出乎意料的行動令我目瞪口呆，菜穗語焉不詳地說了一句「mission complete」，對我拋一個不怎麼成功的「媚眼」。

放棄就好了……我如今不就不明不白成了共犯嗎？

「有這麼爲難嗎？」

「沒錯，就這麼爲難。建物裡居然挖出小孩的屍體，價值可能暴跌。因爲太不吉利了。」

自己也沒多吉利的男人，刻意陰沉地表現出「我真的很困擾」的樣子。

「七年前的命案早已讓洋房是不折不扣的凶宅，現在出現屍體，我猜評價不會再壞到哪裡去。」

「不，命案是七年前的事，已經逐漸從世人的記憶中淡去。但這次又讓大家想起悲慘的命案。」

「工藤先生，你拐彎抹角地說這麼多，究竟想說什麼？降低買價嗎？」

院長開門見山地道。我終於知道原來這個可疑的不動產業者叫「工藤」。

「不，我不是這個意思。既然我們要買這裡，就需了解狀況……」

「所以？」

院長顯然被工藤欲言又止的態度惹毛。

「根據小道消息，屍體是在密室般的房間找到。我想看一下。警方已經收工，現場蒐證完成了吧？可以讓我檢查一下，順便估個價嗎？」

「我說過好幾遍，患者在時，我不會讓你們進醫院。」

院長毫無商量餘地。

「但您不可能讓患者住進密室吧？請放心，我很快搞定，不會讓他們發現。」

「患者很敏感，他們對環境遠比你想像得還要敏感。恐怕現在大家也察覺到你在這棟屋裡了。」

「……我又不會接觸患者，一點影響也沒有啊！」院長頑石般的態度讓工藤也流露出不耐。劍拔弩張的氣氛外溢到窗外。

「當然有影響，」院長斬釘截鐵，「患者也知道這家醫院不久就要關門了。」

「那又怎麼樣？」

「你必須等到患者全部離開，醫院關門後，才能買下這裡。這是安寧病院，患者全部離開，就表示患者全部離開人世的意思。」

我身邊的菜穗微微顫抖。

「嗯……的確。」

工藤有些尷尬。

「換句話說，我在這邊跟你討論賣房子的事，在患者看來，等於主治醫生已經考慮到自己死後的事。有些患者可能會解讀成主治醫生希望自己早死。醫病關係會蕩然無存。」

惜字如金的院長突然侃侃而談，口吻激昂。

「想太多了。他們應該不會被害妄想到這個地步。」

「大限將至的患者非常神經質。」

工藤皺起眉頭。數十秒的凝重在兩人之間流過。

「院長大人，請恕我直言。」

工藤討好有禮的口吻一變，寒冷的冬日溫度彷彿驟降。

「蓋在這種窮鄉僻壤的建物本來就毫無價值，我們卻願意出比市價高出好幾倍的金額，因爲這是我們開發計畫相中的土地。不過，我們不是非這裡不可。如果您始終這麼不合作，難保我們不會將計畫拿到別的土地推動。」工藤語氣不善。

「你是說，收購這裡的事就當作沒有說過嗎？」

熱情從院長的口吻裡消失了。

「視情況如此。院長大人，這是一種商業行爲，讓我們在商言商。我只是稍微看一下屋裡，檢查建物狀態。」工藤連哄帶騙道。「您到哪裡再去找像我們願意出這麼好條件的買家呢？」

確信能夠說服院長，工藤的語尾輕佻。我們感受到沉默再度降臨。

「……我明白了。」一、兩分鐘後，院長靜靜地道。菜穗的表情扭曲，流露出悲痛。

「您明白我的意思嗎？太感謝了。」

工藤喜上眉梢。

「……李奧，走吧。」菜穗咬住櫻花色的唇，小聲說。她不想再待在這種地方。然而，聽到院長的下一句話時，她倏然停止。

「我明白了。就當收購沒發生過吧。」拉椅子的聲響傳來。「不好意思，你請回。」

「不是，院長，請等一下！請冷靜一點。」

「我很冷靜，你比較慌張。」

「爲什麼這麼在乎患者的想法？這裡是你名下的財產，不是嗎？」

故作殷勤的糖衣終於從工藤身上剝落，暴戾之氣表露無遺。

「法律上，這裡的確是我名下的財產。但只要還有一位住院患者，這家醫院就是屬於患者的設施。」院長斬釘截鐵，堵住工藤的嘴巴。「請回吧！」

院長又強調一次。椅子被粗魯拉開的聲響傳來。

「……你會後悔的。」

「請回。」

相較於工藤野獸般咬牙切齒的威嚇，院長鎮定地重複第三次。我們聽見一陣敲響地板的大步聲，然後是用力甩門的砰然巨響。我和菜穗不約而同地面面相覷。她哀傷的臉龐浮出一朵笑容。

「李奧，聽見了吧？院長說『請回』的語氣。不覺得帥呆了嗎？」

菜穗還蹲在窗戶底下，卻靈活地學起兔子跳來抓住我的前腳。狗的身體需由四肢支撐，突然剩兩條腿，我差點失去平衡，拚命用肚子使力，免於摔倒的命運。我忽然發現菜穗的眼眶濕濕的。

院長的確非常有男子氣概，以醫生處理人類身心疑難雜症的職業來說，表現得非常傑出。但有必要感動到眼泛淚光嗎？我覺得好沒趣。不過，這跟我剛才覺得菜穗和院長的關係不單純沒有關係，絕對沒有關係。

菜穗抓著我的前腳，小聲歡呼：

「眞不愧是我的爸爸。」

我往旁邊倒下。什麼？爸爸？誰啊……院長是菜穗的爸爸？菜穗和院長的臉同時出現在腦海，但任憑我左看右看，都無法找到相像處。我一片混亂，思緒紛雜。

「怎麼了？李奧。幹麼倒在地上？」

被妳嚇倒啦！被妳的雙手，還有石破天驚的告白嚇到。我依舊倒在地上，消化還無法順利地傳送到腦細胞的事實，嘴巴唸唸有詞。這個事實怎麼咀嚼也嚼不清，我只好保持相同模樣。

「好奇怪。吃飽後睏了嗎？睡著會感冒啊。」菜穗擔心我，但我沒力氣站起來。「眞拿你沒辦法。那你睡一下就要回家。我等一下會去看你。我先去和爸爸講一下話。」

菜穗轉身踩著輕盈的腳步走開。父女啊……我好不容易才把這個事實吞下去，搖搖晃晃地起身。只見三個魂魄在我的四周繞圈。這群地縛靈想幹麼？

「有什麼好看的？離我遠一點。」我發出言靈，亮度明顯增加的魂魄們嘲笑我一般，輕飄飄地在我身邊飄來盪去。

原來他們是父女啊。

我逃離蚊子似纏著不放的魂魄，走到陽光滿溢的庭院櫻花樹下，反芻令我當機的消息。雖然很難接受，但藉此重新審視醫院，一些疑問就迎刃而解。

這說明了年輕但缺乏經驗的菜穗竟然能在安寧醫院工作，以及爲何其他護士開車通勤，唯獨菜穗住在醫院，還有爲何菜穗愛著這家醫院。這都是因爲菜穗是院長的女兒，這間醫院是菜穗的家，一切都說得通了。我嘆口氣，無地自容。菜穗這麼清純善良的女孩，怎麼可能和中年男子有負面關係。

耳邊傳來說話聲。我抬起頭，看見院長和菜穗從門口走出來。她上班時總是謹守護士分際，如今離開工作崗位，她滿是笑容地勾著院長的手臂，不曉得在說些什麼。她如今確實是個和父親撒嬌的女孩，終於讓我產生眞實感。總是將唇抿成一條線的院長，似乎也掛著淡淡的笑意，難道是我的錯覺嗎？

望著兩人和樂融融的身影，我的嘴角自然放鬆。我在不會超出狗的常識範圍內展露笑容。這次的事或許讓院長打消收起醫院的念頭。這麼一來，我就不會流落街頭了，可說是求之不得。事情接下來怎麼發展呢？我被封印在狗的身體裡，無從得知未來。不過，這也挺有意思。不知道未來發展，人類才拚命活在當下。這次我決定向人類看齊。

我仰望醫院，使勁地皺著鼻子猛聞，一股淡淡的腐臭掠過鼻尖。大概是我尚未見到的第四位患者的腐臭。拯救內海時的疲勞消除大半，今夜就找出最後一位患者。下定決心後，我躺在草皮上補充夜晚所需的能量，慢慢閉目養神。

3

爲什麼會這樣？我躲在二樓陰暗走廊的盆栽後，吞回即將出口的吠叫。燈光明亮的護理站在十幾公尺外，值晚班的護理長和傍晚上班的菜穗正在工作。

我將整條走廊逡巡一遍，確定她們沒有看到我。左右各五間房，都是將客房改建成病房。我邊留意護士邊走到房前，把鼻子湊近門縫，尋找腐臭。

我要找出第四名受制於「依戀」的患者。然而，全都聞過一遍，沒一個房間流洩出腐臭。別說「腐臭」，就連普通的狗聞得到的人類體臭，也只有出現在三間房裡，就是南、金村、內海的住處。

這層樓的病房裡只住著我認識的三個病人。怎麼一回事？我躲在盆栽後面絞盡腦汁思考。沒有其他患者了？這不可能。雖然氣味稀薄，但的確瀰漫著腐臭。死期將近，但心中還有心結的人就藏在某處。我望向剛才的樓梯。初來那天跟著菜穗去過院長室，後來就沒到三樓。該不會三樓也有病房吧？

仔細想想，沒人說過病房都在二樓，值得確認一下。我注意著護理長和菜穗都沒看走廊，趕緊穿過護理站前衝上樓梯，溜進三樓。三樓的走廊乍看和二樓差不多，只是稍微矮一點。跟二樓較大的差異，頂多是不會一上樓就看到護理站，而且只有五扇門。

房間比較少，空間應該比較寬敞。以前有錢人和貴賓就住在這層吧。

我聞著味道慢慢前進。院長的味道在最後一間房，我如履薄冰。要是被那個院長逮到，他可能會把我關在外面整晚。我的毛（因爲上司的迷糊）還是夏天的毛，儘管最近多少長出冬毛，身體因此增厚，但我還沒有在零度以下的世界試用新毛皮的勇氣。

我屈著身體匍匐前進，鼻尖湊近最近的一扇門。吸入空氣時，下垂的耳朵動了一下。就是這裡，這個房間沒錯。門縫流出的空氣夾雜著淡淡的腐臭。這就是找半天都找不到的第四位患者房間。

我比照嘗試過無數次的方法，打算將富有彈性的肉球伸進門縫裡。但當我把一隻前腳舉到「握手」的高度時，突然停下動作。不太對勁……面前的門不是二樓病房的拉門。在我的頭上有個半圓形把手，必須往下壓才能把門打開。

幹麼要裝這麼麻煩的裝置啊？用兩條腿走路的人類或許很容易打開，但狗很難把前腳掛到那麼高的把手上……沒辦法。我以兩隻前腳用力蹬地，拚命利用肉球的摩擦力揮動腳，拉長身體，想爬上門板。伸直的前腳不聽使喚地發起抖。肉球終於碰到門把。我將門把往下壓，門往我的方向打開。

辦到了！我在心裡大聲歡呼。然而，門一打開，我也失去平衡。慘了，這實在有點糟糕……我緊緊抓住門把，總算穩住身體，沒想到肉球在金屬上滑了一下，我失去支撐地往後倒。

「嗚……」口中發出窩囊的叫聲。下一瞬間，強烈的衝擊從後腦勺直竄眼球，眼前一片閃亮星星。我咬緊牙關定住幾十秒，靜待疼痛過去。繼續待在走廊上，難保不會被院長發現，處以在冰天雪地罰站的極刑。我甩甩痛得嗡嗡作響的頭，滑進拚老命打開的門裡。

這是病房？非常不對勁。與其說這是病房……更像臥房。畢竟是有錢人的客房，儘管二樓的病房都非常豪華，但這裡完全不一樣。高度頂到天花板的書櫃、上年紀的桌椅、意外看似比二樓廉價的床、隨手披在椅背上的女性衣服，這裡的生活感太過強烈。

我搞錯房間嗎？我嗅聞著味道，的確含有腐臭。淡到快感覺不到的腐臭瀰漫其中。這就是第四位病患的房間。可是……我瞥向床鋪，床上是花紋柔和的被褥，沒人睡在上頭。

不知打哪來的寒意從背脊涼起。這幾週的事陸續掠過腦海。

到底怎麼一回事？整顆頭從額頭開始發熱，彷彿電線短路般停滯。然而，腦裡一部分，眞的只是一小部分，冷靜地判斷現況。腦中響起呼喚聲。

你發什麼呆？這麼明顯的事實應該早就發現了。沒錯。我知道。我早就知道。我的感情始終不願面對事實。感情？高貴如我，竟受制於感情這種低下的存在？怎麼可能……

思緒紛亂，五臟六腑扭成一團，一陣陣反胃侵襲著我。

逃走吧！把在這裡看到的東西全趕出腦袋，就這樣逃走吧！逃去哪裡？哪裡都行。逃得遠遠，把一切忘掉。但連吾主賦予我的任務也忘掉嗎？

兩個我在體內掙扎，靈魂被撕成兩半，痛苦到我滿地打滾。

我踩著東倒西歪的腳步走向門口。我不想再待在房裡。但當我站在離門只有幾步之遙時，門突然打開。突發狀況讓我愣在原地。

月光從背後偌大的窗戶照射進來，將打開門的少女照得明亮美麗。

「咦？李奧，你在我的房間裡做什麼？」

菜穗就是房間的主人，她露出不可思議的神情。

「李奧終於摸到我房間來了嗎？」

進房的菜穗溫柔地撫摸我僵硬的頭。我的前腳發起抖來，接著是全身。

「李奧，怎麼了？會冷嗎？」我實在太不尋常，菜穗擔心地窺看我。

我忘了自己是狗，用力搖頭。「嗚……嗚……」聲音不受控制，從微張的嘴裡發出。

明明是自己的聲音，聽起來心頭卻爲之緊縮。我爲什麼喘不過氣？胸口爲什麼這麼痛？鼻腔爲什麼像是有針在扎？眼前爲什麼一片模糊？

我拚命尋找的第四位患者……竟然是菜穗。

只要仔細回想，這不是明擺在眼前嗎？嚴肅的院長爲什麼讓沒經驗的菜穗在自己的醫院工作？院長又爲什麼決定等到所有患者去世就賣掉醫院？看到什麼就拿什麼出氣的內海，爲什麼唯獨對菜穗言聽計從？爲什麼菜穗在庭院裡會那麼悲傷地說：「我或許看不到這些花盛開的樣子了。」

全都是因爲菜穗的生命即將走到終點。

沒什麼……這有什麼好驚訝的。不過是我眼前的女孩比平常人早一點……不，早很多失去生命而已。只是……這樣而已。

沒錯。人都會死。理由千奇百怪，但隨時會死。菜穗也不例外。肉體灰飛煙滅，成爲魂魄，離開渾濁的世界，前往吾主的身邊。這才是人類的路，根本無須爲肉體生命何時消逝感到傷心……救了我一命，好心地讓我留在這家醫院，每天忙得不可開交還要抽空餵我吃飯，隨時對我露出太陽般溫暖笑容，這名美麗善良的少女也不例外。

我讓陷入恐慌的自己冷靜下來，大大深呼吸。「嗷嗚！」聲帶一陣痙攣，發出我曾經聽過的聲音。那是至今我拯救的三個男人發出過的聲音，那是悲傷的洪流，稱爲嗚咽。愈想阻止自己，嗚咽就愈大。我到底怎麼了？一口氣嗆在氣管裡，咳到喘不過氣，我想要大口呼吸，歇斯底里的悲傷卻先把空氣從肺裡壓出，我氧氣不足，眼前一陣黑。有生以來第一次體驗到如暴風雨的情感，就快淹死了。

「沒事的。」柔軟的觸感包圍著我逐漸模糊的意識。蒲公英般輕柔的聲音掠過我下垂的長耳。「沒事的，你什麼都不用擔心。」

菜穗抱緊我，聲音輕撫著我的耳朵。我不再發抖，氣息逐漸穩定。

「沒錯，慢慢地深呼吸。」

我乖乖地深呼吸，宛如被龍捲風吹到高空的心情終於平靜下來。

「很好，已經沒事了。」

菜穗把額頭貼在我窄小的腦門上。而我把意識集中在嗅覺上，菜穗嫩草般的清新香味掠過鼻尖，同時夾帶著淡淡的甜膩腐臭。

靜謐的哀愁填滿胸口，猶如太陽下山，夜幕密密實實地籠罩著大地。

不承認也不行了。被封印在狗的身體裡，與人類接觸的這段期間，連我也受到「感情」這種無敵麻煩的東西強烈影響。上司說過：「你還不懂人類的『感情』。」但我根本不想懂這種東西。都怪這種精神上的巨大衝擊，害我無法冷靜行動，胸口壓著難以承受的疼痛。

菜穗站起來，開始在衣櫃前脫下白袍。我望著菜穗僅著內衣的背影。菜穗注意到我的視線，回過頭笑著瞪我一眼。「你盯著我看做什麼？小心我告你性騷擾。」菜穗開玩笑地說。性騷擾？那是什麼？我猶豫著是不是該把視線移開，但菜穗倒沒特別在意，繼續換衣服，好像不是眞的斥責我，我也不以爲意地觀察菜穗。

並不是我對菜穗的裸體有興趣。我的確被封印在肉體裡，擁有與生俱來的本能，但我可是黃金獵犬，不可能有非分之想。雖然從藝術的角度來看，菜穗的身材的確非常好……看菜穗看到出神的我連忙搖頭，甩掉亂七八糟的念頭，集中精神。我不是要貪看菜穗，而是要找出在她體內的病灶。

怎麼回事？我愣住。

我找不到像其他三個病人的明顯腫瘤。她心臟、腎臟、肝臟、肌肉……五臟六腑都黏著一層暗紅色的物質，宛如熟透的水蜜桃。菜穗的身體發生什麼事了？等一下，我看過罹患同樣疾病，並且送過那個人最後一程。

塵封的記憶一點一滴甦醒。我記得這種病叫……對，叫作「類澱粉沉積症」。這是名爲「類澱粉蛋白」的異常蛋白質沉澱在全身臟器，剝奪功能的怪病。若是沉澱在心臟，會引起心律不整或心臟衰竭，危及生命。我繼續睜大眼睛地望向她的心臟，上頭早已布滿暗紅色的物質，像群聚在砂糖上的螞蟻。

以一定節奏跳動的心臟，一眨眼的工夫就微微震動三次，然後忘記任務似地停兩、三秒。菜穗的手放在胸口上，似乎不太舒服，微微蹙起眉頭。已經開始出現心律不整的症狀了。外表看不太出來，但菜穗的時間不多了。

我急得如熱鍋螞蟻。我受到菜穗天大的恩惠，可是從來沒報答過她。我能為菜穗做些什麼呢？我該怎麼做才好呢……這種事還用想嗎？當然是找出菜穗的心結，幫助她擺脫「依戀」。我將全力以赴，幫助菜穗從桎梏中走出來。

這是我第一次發自內心想完成工作，而不只是完成上頭交辦的任務。別誤會，這不是因為我對菜穗有特別的「感情」，只是要報答恩情。

「李奧，今天乾脆睡在我房裡吧？這裡可比一樓暖和呢。別擔心，我不會告訴爸爸的。」菜穗換上輕便的睡衣，向我招手。這再好不過了。共度一夜，肯定問得出菜穗心裡的心結。既可以催眠她，也可以偷看她的夢。我在菜穗的身旁坐下。

「李奧果然聽得懂人話。」她莞爾一笑。糟糕，狗是不是裝得笨點比較好啊？

「其實我知道你的祕密，李奧。」

我動一下耳朵後抬起頭。祕密？什麼祕密？我偷吃交誼廳桌上盒裡餅乾的事露餡了？我心驚膽跳地等待下一句話。她緩緩張開形狀好看的唇說：

「李奧你啊……其實不是普通的黃金獵犬吧？你會說話對吧？你聽了住院患者的煩惱，還幫他們解決問題對吧？」

……什麼？彷彿被鐵鎚重重敲一記，我完全當機。

「內海先生、孫先生、南先生都這麼說。說李奧不是普通的狗，是上天派來幫助自己的使者。」

怎麼這樣！我仰望天花板。絕不能讓人類知曉我們死神，這下子全曝光了！怎麼辦？怎麼辦才好？聽起來目前只有菜穗和三名患者知道我不是普通的狗。消除大家與我有關的記憶嗎？若我將能力發揮極致，倒也不見得不可能。

不行，此路不通。要是消除三名患者與我有關的記憶，他們可能連已經擺脫心結的事都忘記，重新散發腐臭。他們的救贖跟我綁在一起。既然如此，還有其他方法嗎？我鞭策著腦細胞，手段只剩一種了。

沒辦法，只能這麼做了。

「……我有個請求。」我緩緩地對菜穗釋放言靈。

「什麼？」第一次聽到言靈，菜穗不安地東張西望。因為不是透過耳朵，而是靈魂接收到我的話，所以覺得怪怪的吧？

「是我啦。狗無法發出人類的聲音，只好直接對妳的靈魂喊話。」

菜穗不再左顧右盼，直視著我。平常眼睛就很大，如今瞪得更大。

「……李奧？」

「沒錯，就是我。」

「李奧你……會說話？」

「我不確定這稱不稱得上『會說話』，因為我直接對妳的靈魂喊話。」

「……」

「……」

不知從何而來的沉默，流淌在我和茱穗之間。過一會兒，茱穗喃喃自語：

「咦？」

「咦？」

「咦咦咦咦咦？！」

「咦什麼咦？」

茱穗提高音量的反應嚇我一跳，言靈不由自主地提高分貝。

「騙人？眞假的？咦？你眞的是李奧嗎？咦？眞的？假的？你眞的不是普通的狗？」

茱穗一口氣重覆兩三次「眞的？」「假的？」這兩種完全相反的詞彙。支離破碎的發言聽得我暈頭轉向。今晚眞是混亂。

「騙妳幹麼……妳不是說妳早就知道我不是普通的狗嗎？」

「患者都這麼說，我只是跟著說說看……沒想到你眞的會說話……」

茱穗露出非常嚴肅的表情，接著沉默不語。

「……那妳爲什麼要做這種不合邏輯的事？這種莫名其妙的行爲算什麼？」

「女孩子經常會這樣，跟玩偶說話……」

「我又不是玩偶！」我沒好氣地抗議。將高貴的我和用布及毛線製成的動物玩偶相提並論，實在太汙辱人了。

「抱歉，我不是那個意思，我是說女孩子有時候會對明明不會說話的東西說話。」

「可是我會說話。」

「嗯……好像是。如果我的腦袋沒有壞掉。可是該怎麼說……呃……請等一下，我冷靜一下，整理思路。」

「說得也是……也讓我冷靜一下。」

我握手似地舉起前腳阻止菜穗，讓腦袋降溫。我們不約而同地皺起眉頭，沉默不語。幾分鐘過去，發熱的腦袋冷靜下來，我發出言靈。

「讓我確認一下情況……也就是說，妳以爲我不會說話，所以才跟我說話。因爲患者都說我是隻特別的狗，所以妳就做出那種沒意義又沒營養的行爲，害我受騙上當，說出不必說出的眞相。是這樣吧？」

我試著發出言靈，順便整理狀況。我要怎麼收拾這混亂的局面。

「……你幹麼話中帶刺？原來李奧的嘴巴這麼毒。」菜穗嘟起嘴巴，精疲力盡喃喃說道。我也很累好嗎？這時，門外傳來敲門聲，門也慢慢打開。

我反射性地衝到桌底躲起來。

「……菜穗。」院長一如往常面無表情，向室內張望。

「呃……那個……爸爸，有什麼事嗎？」菜穗驚慌回話。

「三更半夜發出那麼大的聲音，妳才沒事吧？」

院長的視線來回逡巡，我像貓般縮成一團，盡可能縮得愈小愈好。

「那是……」菜穗斜眼對我發出求救訊號。這種時候怎麼會向狗求救？

「隨便找個理由蒙混就好了，跌倒啊、東西掉了啊、撞到小拇指之類。」

我以言靈提出建議。言靈在這時特別方便，想跟誰說話就跟誰說話。

「那個……我不小心跌倒，把東西弄掉了，還因此撞到小指頭。」

菜穗簡直像在模仿院長，毫無抑揚頓挫，不尋常地說道。演技超乎想像的蹩腳。而且誰要她一次把三個理由全部用上？我的頭好痛。

院長狐疑地看著形跡可疑的菜穗。「……小心一點。」沉默幾秒鐘，院長丟下一句話就離開房間。門關上的瞬間，空氣輕鬆起來，我和菜穗同時大大地呼出一口氣。

「順利蒙混過去了，我說不定很有演戲天分。」

這可是天大的誤會。

「謝謝。」我用言靈道謝。

「謝我什麼？」菜穗異常有女人味地歪頭反問。

「沒把我的事告訴院長。」

「當然呀，要是告訴他『這裡有隻會說話的狗』，反而是我會被懷疑腦袋有問題呢。好一點以爲我睡迷糊了，搞不好可能會被抓去看醫生。」

「這裡不就是醫院了嗎？」

「我指的是另一種醫院。」

「……聽不太懂，算了。言歸正傳，我有件事想拜託妳。」

「拜託我？什麼事？」

「我不是普通的狗這件事……請不要告訴別人，否則我會有大麻煩。」

我會被吾主罵死。我緊張地等待宣判。菜穗摸摸我的頭，舒服的觸感令尾巴不由自主地左右搖擺。

「沒問題，就算你沒拜託我，我也不會告訴別人。」

菜穗答應得十分乾脆，出乎我的意料。她起初很驚訝、困惑，但多虧剛剛一陣混亂，菜穗好像完全接受我是隻特別的狗。這是因為她還年輕，思考比較有彈性嗎？還是因為她頭腦簡單呢？我總覺得答案是後者……

「畢竟這件事要是曝光的話，李奧可能會被政府抓去解剖。」

她那怵目驚心的想像，害我立即將尾巴縮進大腿內側。

菜穗躺在床上，壓在柔軟的棉被上。

「總覺得難以置信。沒想到李奧眞的會說話。雖然覺得你應該不是普通的狗，但沒想到你這麼不普通。會不會其實是我腦筋出了問題啊？」

「菜穗，相信妳想相信的就好了。反正不管妳信不信，事實都不會改變。」

「瞧你說得那麼輕鬆。你的語氣好像上了年紀的人，明明長得那麼可愛，太可惜了。你幾歲了？應該有一百歲了？」

菜穗說道。最後顯然是開玩笑的。這麼說來，我到底活了幾年呢？借用狗的身體才幾週，但身為死神，這個國家幾百年、幾千年來都由我負責。話說回來，對跟人類不同次元的我們而言，「時間」的洪流本來就沒有一定的速度。

「三週左右。」我無計可施，只好告訴她我變成狗之後的「年齡」……不對，「週齡」。

「三週？」菜穗高八度地道，「三週前不就是李奧來這裡的時候嗎？」

「沒錯，就是那天。下著暴風雪的日子，我借用狗的身體降臨到世界上。」

然後差點死在路邊……

「就是那天嗎？你用了『降臨』二字……呃，我可以問一些比較基本的問題嗎？」

「什麼問題？」

「你是……何方神聖？」

「一隻狗。」我的本質是高貴的靈體，但在這個世界上借用狗的身體。換句話說，我是如假包換的狗。

「……就只是狗嗎？」

「不然妳覺得我看起來像什麼？」

「呃，你問我『看起來像什麼？』看起來當然是狗沒錯。可是我知道的狗不會說話，長到這麼大應該要花上好幾年吧。」

「現在我就只是狗。不過，被封印的我，本質其實是高貴的靈體。」

「高貴的靈體？那是什麼？」菜穗探出身子追問。

「人類稱我們為『死神』。」我停頓一下才發出言靈。

下一瞬間，情緒就像退潮似地從菜穗臉上消失。

「……原來如此……李奧是死神啊。」

「……是又怎樣？」菜穗突然的變化令我不解。

「我今晚就要死了嗎？」

菜穗很小聲地囁嚅，臉上又出現情緒。然而，那不再是少女般天真爛漫的神情。

「妳在說什麼傻話？怎麼可能說死就死。」我拚命否定。

「可是，你不是說自己是『死神』？沒關係，不用安慰我……我知道自己隨時會死。」

我發現菜穗誤會了。

「不對，死神的確會見證死亡的那一刻，但不會做出取人性命這麼野蠻的行爲。」

「……你眞的不是來殺我的？」

「殺死妳對我有什麼好處？最重要的是，死神相當於靈體，根本無法接觸人類的身體，要怎麼殺死人類？」

「呃……用手裡的鐮刀輕輕一揮？」

「我手裡又沒有鐮刀。」

「你沒有鐮刀啊？那麼就是突然變成骷髏……」

「才不會！」

爲什麼人類聽到「死神」二字，就會想到那麼恐怖的畫面啊？

「那個……你眞的是死神嗎？你和我印象中的死神不太一樣。」

菜穗低下精緻的下巴，不知不覺間恢復成平常的表情。

「又不是我們想要自稱『死神』，人類擅自這麼叫的。」

「這樣啊……」菜穗微微噘起上唇，點頭說道。但似乎還沒完全接受，不過至少理解我不是來殺她的。「既然如此，李奧爲什麼要變成黃金獵犬，出現在這家醫院？」

「這件事說來話長……」關於這點，我不想解釋得太清楚。畢竟我出現在這裡，是因爲降職這種不名譽的原因。

「沒關係，我明天晚班，聊到三更半夜也無妨。我想知道李奧的事。」

……也罷，她都這麼說了，我就稍微透露一下。

「……既然如此，我就掐頭去尾，長話短說。」

我開始說起自己的工作。考慮到菜穗來日無多，我沒有把工作內容說得太詳細，只說我是爲了拯救內心鬱結難解的人才來到這個世界。至於我截至目前如何用高明的手腕解決患者的苦惱，我只挑非說不可的重點，點到爲止。最後，我躊躇滿志地告訴菜穗：

「菜穗心裡也有牽掛吧？不妨告訴我，我會像幫助那三個人一樣幫妳解決的。」

那一瞬間，始終點頭附和，聽得津津有味的菜穗，臉上表情倏地蒙上一層陰影。

「時間已經這麼晚了嗎？該睡了。」菜穗唐突僵硬地說道。

「哪有？才過一會兒好嗎？而且妳說『聊到三更半夜也無妨』的……」

「我睏了。今天就聊到這邊。我要睡覺了，李奧也回一樓去吧！」

菜穗從床上站起來，兩隻手用力推我。

「咦？等一下……」肚子肉突然受到推擠，我來不及紮穩馬步，只能節節敗退，直到被推出門外。她把我推出房間後，「砰」地一聲用力關門，甚至傳來上鎖的聲響。

「怎麼了？發生什麼事了嗎？」

我搞不清楚狀況，對應該還在門那頭的菜穗發出言靈。

「沒什麼，不要管我！」

菜穗高八度的嗓音隱含著怒氣，我不禁有些退卻。什麼事情讓菜穗失控至此？下一瞬間，走廊深處的房間傳出轉動門把的聲響。我嚇出一身冷汗。我的言靈只有菜穗聽得見，但菜穗的聲音其他人聽得見。院長聽見她的叫聲，又要關心了。

這到底怎麼一回事啊？我百思不得其解地逃向樓梯。

4

溜進菜穗房間的第二天，我等待中年護士打開正門玄關後走到庭院，趴在長椅旁享受日光浴。今天是晴天，冬天早晨空氣清冽，甚至有點冷，但冬毛已經長足，我不以爲苦。這應當是心曠神怡的早晨。然而我的心情卻不像晴空那樣開朗。我懶洋洋地耳朵微動，抬起眼皮，轉動眼珠望向主屋。令我心情不好的人正單手拿著裝滿飼料的碗走過來。

「李奧，那個……吃早飯了。」

身穿便服的菜穗怯生生地開口。平常我都是在走廊吃飯，今天居然特地把飯端到這裡來給我。不過，理由我心知肚明。我一動也不動，假裝沒聽見她說的話。

「李奧，你還在睡嗎？我把飯拿來嘍。」菜穗走到身邊窺探我的臉色，但我還是沒反應。「你該不會是……在鬧彆扭吧？」菜穗發出討好的聲音。

我才沒有鬧彆扭，只是心情不好而已。

「那個……愼重起見，我再問一次好了。昨天的事會不會是我睡迷糊做的夢……」

「不是。」不等菜穗把話說完，我就用言靈打斷她，慢條斯理地坐起來。

「……我想也是。」菜穗嘆口氣，輕輕搖頭，彷彿想要甩掉頭痛。

「我肚子餓了，可以把我的飯放下來嗎？」我帶刺地說道。

「啊！抱歉抱歉。」

我靠近菜穗連忙放下的碗，優雅享用滿滿的狗食。哼，今天的口味是我最喜歡的牛肉味。想必是菜穗爲了討我歡心，特地打開珍藏的狗食。可惜我還沒單純到會被這種東西哄住。我懷著如此心思把碗裡食物全送進五臟廟裡，再把空空如也的碗仔仔細細地舔乾淨，滿足地呼出一口氣。吃飽了。

「我吃飽了。話說回來，接下來是我的自言自語，因爲昨晚被趕出溫暖的房間，不得不睡在寒冷的走廊上，害我有點睡眠不足。」

「眞的很抱歉，我有點心煩意亂，請你原諒我。」菜穗雙手合十地道歉。既然如此就原諒她吧！反正狗食也很好吃。我偷偷地望一眼菜穗。我都吃飽了，她還不回屋裡，看著我的眼神裡似乎有什麼期待。

菜穗也很清楚吧！我並不希望她將心結放在心裡。那麼，接下來就是上工的時間了。我繃緊臉，重新轉向菜穗。或許察覺到我的變化，菜穗的臉上掠過一絲緊張。我嚴肅地送出言靈。

「妳就這麼不想面對妳的依戀嗎？」

「依戀？」

「沒錯。時間不多的人，對人世有什麼後悔之類的事。」

菜穗咬緊櫻花色的唇瓣。「我沒有……那種東西。」菜穗的話一聽就知道是謊言。

「一定有，不希望這座醫院關門嗎？擔心自己不在了，這個充滿回憶的地方就要拱手讓人嗎？」我想起菜穗對那個姓工藤的不動產業者近乎異常的憎惡，以及院長收回賣掉醫院決定時她手舞足蹈的樣子。但菜穗還是將嘴唇抿成一條線，不肯回答我。

「不是嗎？也對，如果跟醫院有關，妳根本不需要保密，應該會告訴我。」

菜穗還是一句話也不說。她很關心醫院的事，但內心深處藏著更重要的「依戀」，我心裡大概有底了。

「是那個年輕的醫生嗎？」菜穗的肩膀劇烈地震一下。

「……你在說什麼？」

都已經不打自招了，菜穗居然還想打馬虎眼。而且她那句話好像外國人講日文，怪腔怪調的。這孩子果然沒有半點演戲的天分。

「妳喜歡那個醫生吧？叫田代……什麼來著？」

「名城！才不是田代，是名城醫生（註）！」菜穗激動地糾正我的錯誤，然後微弱地說：「跟名城醫生……一點關係也沒有。」

好一個木頭演技。

「已經有人幫那個醫生繁衍後代了嗎？」

「繁衍後代？」

「我問他結婚了沒。」

「……還沒有。什麼繁衍後代？不要把人講得跟動物一樣好嗎？」

人類本來就是動物啊。

「那有人願意幫他繁衍後代……我是說像女朋友之類的對象嗎？」

「那種事……我怎麼會知道……」菜穗的音量愈來愈小。

「要是還沒有人幫他繁衍後代，不就沒問題了？妳喜歡那男的就告訴他啊。」

「事情哪有你想得這麼簡單。」菜穗用前所未見的音量嚷嚷，然後馬上賠罪：「對不起，我太大聲了。」

「爲什麼『沒我想得那麼簡單』？」

菜穗又開始沉默。

「妳怕向對方表白，被對方拒絕嗎？」

菜穗繼續行使緘默權。

「不對，不是這樣。應該還有其他理由。」如果只是一般人類都會有的感情，應該不至於產生腐臭。唯有在死亡的前提下產生強烈感情，才會形成禁錮住魂魄的依戀。

「妳打算什麼都不表示，就這樣逃到另一個世界嗎？」

我故意挑釁，菜穗緊握著拳頭，微微顫抖，血管也浮現出來。

然後，她緩慢地張嘴道：

「有什麼辦法！我就要……死掉了啊！」菜穗雙手蒙住臉，將苦惱一吐爲快。「像我這種……我這種馬上就要死掉的人向他表白，只會帶給名城醫生困擾。醫生非常善良，想拒絕也不忍心。我才不要那樣。我只要能常跟名城醫生聊天就心滿意足了。」

我走近低著頭的菜穗腳邊，仰望著她，略顯強硬地發出言靈：

註：名城和田代的日文發音很接近。

「妳憑什麼擅自幫名城做決定？」

「咦？擅自？」菜穗意外地道。

「沒錯。妳爲什麼覺得自己的感情只會帶給名城困擾？難道妳認爲那個男人的善良，是不敢認眞面對女生的眞心，只有在表面上裝出溫柔的態度嗎？眞正的善良，難道不是坦然接受對方的想法，給予誠實的回應嗎？」

菜穗似乎被我義正辭嚴的說詞駁倒，她背過身，吞吞吐吐地說：「……沒錯，如果是名城醫生，可能會好好地回應我的感情。」菜穗說到這裡又陷入沉默。她可能擔心名城不好意思拒絕。不過她想太多了，因爲……

「那個男的也喜歡妳。」

「咦？」菜穗的雙頰瞬間紅起來，她的雙手舉到胸前，神色倉皇地揮動。「騙人騙人騙人。名城醫生怎麼可能喜歡我，不要胡說。」

「誰在胡說？那男人看妳的眼神，完全是看心儀女性的眼神。」

這孩子果然少一根筋。

「騙人……我不相信……」菜穗面紅耳赤地嘟囔，再次露出凝重的表情，不發一語。

唉！眞令人著急。她到底在猶豫什麼？她也想向名城表明心意吧？既然對方也有意思，還有什麼好猶豫的？我無言地等待菜穗下決心，但菜穗無精打采地說：

「可是，就算名城醫生眞的……喜歡我，又有什麼意義？我們頂多在一起幾個月。要是我們眞的交往，我不在的時候，名城醫生一定很傷心。所以……現在這樣最好。」珍珠般的淚水從菜穗的眼裡滴落。她說到後來夾雜著哽咽，「所以……這樣就好了。」

菜穗一臉悲傷，卻還是硬擠出讓人心疼的笑容。

「才不好！」我用言靈怒吼著。

「怎、怎麼了？有必要那麼生氣嗎？」菜穗向我舉手投降，臉上浮出膽怯。

「人類喜歡一個人是有目的的嗎？」

「咦？這什麼問題？」

「人類愛上一個人是為了繁衍後代嗎？是為了生小孩嗎？是為了從對方身上得到什麼嗎？如果得不到，『愛』就毫無意義嗎？」

言靈一發不可收拾。我幹麼這麼激動啊？降臨到人世前，我總認為「愛」這種東西不過是物欲和性慾交織的產物，骯髒又汙穢。然而，和人類相處幾週後，我的想法改變了。愛的起源的確和生物本能欲求有關，但人類就是有本事將這種單純的欲望，昇華成更純粹美好的存在，就像我愛不釋手的藝術作品。

讓我明白這個道理的不是別人，正是眼前心地善良的女孩。她把我這隻流浪犬當成家人對待；她盡心盡力照顧難以取悅的患者，讓我對人類評價產生巨大變化。菜穗從不吝惜把愛散布出去，怎麼可以不讓她有機會得到心上人的「愛」就撒手人寰？

「妳和名城無法長相廝守。但那又怎麼樣？人類總有一天要死，要天各一方。所以不要談『愛』比較好嗎？一起度過的每一分、每一秒才是最重要的，不是嗎？」

我看著菜穗。菜穗低著頭，一句話也不說。沉默凝重得令人喘不過氣。我還無法軟化她固執的想法嗎？不夠理解人類感情的我對愛高談闊論，只是滑天下之大稽嗎？

我感嘆自己的無能為力，而菜穗微微顫抖著說：

「我……還可以喜歡上誰嗎？」

「當然。」我抬起頭，差點就要不假思索地用後腳站起來了。

「……這樣啊。原來可以。」菜穗笑了。雖然淚濕臉頰又雙眼紅腫，但這次的笑容不再那麼悲痛，彷彿充滿陽光。

「死神都這麼說了，應該沒錯。我明白了，我……會試著努力看看。」

「很好，就這麼決定。」我的尾巴興奮地左右搖擺。

同時，一輛車從正前方的馬路出現，是那輛形狀特別的跑車。菜穗回過頭，表情僵硬。啊，這麼說來，今天是假日，也是名城早上就會來醫院上班的日子。還有比這更巧的時機嗎？上天也站在菜穗這邊，今天是表明心跡的好日子。

名城把車子停在停車場裡，下車走來。

「上吧！菜穗，就是現在。把妳的心意告訴那個人。」我死命煽風點火。

「咦？哪有可能？哪這麼突然，我還沒做好心理準備……」

「妳在說什麼？再也沒有比現在更好的機會，你們人類不是說，打鐵要趁熱嗎？」

「可、可是……我才哭過，妝都花了，很難看。」

「不要緊的，妳跟平常沒有什麼差別。」

「跟平常沒什麼差別……這也挺失禮……總而言之，今天到此爲止，改天再……」

「汪汪汪！」我對講喪氣話的菜穗猛吠。

「我知道、我知道了啦！只要向他表明心跡就行了吧？有什麼難的。」

菜穗賭氣地說。就是這樣，最重要的是氣勢。

「那妳努力吧。」

「嗯？等一下，李奧。你要去哪裡？你不留下來陪我嗎？」

菜穗大驚失色地想抓住我的尾巴。我優雅地甩動一下，她的手撲空。

「我還沒不解風情到留下來偷聽妳的告白。」

「怎麼這樣……」

「我會遠遠守護著妳，加油。一定會順利的，相信我。」

菜穗咬緊下唇，沉默不語。一副隨時要逃走的樣子。名城看見我們（主要是菜穗）便朝我們走來。然而，菜穗低著頭，不敢抬頭看他。還是不行嗎？冷不防地，菜穗用雙手拍拍自己的臉頰，發出兩次清脆的聲響。「女人要有膽識！」菜穗宣誓般說著，拳頭伸向我。我領悟到她的意思，將濕濕的鼻尖抵住她小巧的拳頭。

「我會加油的！」

「加油，祝妳好運。」

我和菜穗互相點頭後連忙走開。接下來是他們的時間。我跑到醫院的入口附近，回頭張望。名城帶著有些擔憂的表情走近站在巨大櫻樹下的菜穗。這也難怪，突然拍打自己的臉頰，又對狗伸拳頭，在旁人眼中一定非常怪異。

我注意著菜穗，緊張得像自己要告白。

名城不曉得對菜穗說了些什麼。或許沒有勇氣直視他的臉，菜穗還是低著頭，嘴角微微地動一下。該不會正在表白吧？雖然那樣子怎麼看都像在唸經。名城又憂心忡忡地不曉得說些什麼。因爲菜穗的樣子實在太不尋常，他一定會擔心。只見菜穗一再搖頭。

加油！菜穗。或許接收到我的加持，菜穗突然抬頭望著天空，大大地吸口氣。

「名城醫生！」菜穗的音量大到我都可以聽見。「我從第一次見到你的時候就很喜歡你了，如果……如果……不會對你造成困擾的話，請跟我交往。」

有人這樣表明心意嗎？我眞是不忍心看了。整間醫院都聽見她的話了吧！

不過，菜穗還是做完她該做的事了。接下來只能等名城回答。這個溫柔的男人應該不會拒絕吧？萬一他拒絕，我會用上死神所有能力洗腦他，直到他明白菜穗各項優點爲止。

突如其來的示愛讓名城愣住，反覆眨幾次眼，幾十秒後，名城終於回過神，不曉得說什麼。你到底說什麼？我絕望地叫著。

我沒看錯吧！菜穗的眼裡滾出大顆淚水。這傢伙拒絕菜穗了？他不是也對菜穗有好感嗎？難道我還是無法理解人類的心理嗎？怎麼辦？遭名城拒絕的菜穗，「依戀」可能會更強烈。咦？如果沒有表明心意就迎接死亡是她的心結，那麼現在已經消失了吧？不管怎麼說，我都不會放過害菜穗傷心難過的人。

沒辦法，我只好不擇手段了。就算利用催眠術，我也要讓他接受菜穗的愛。我正打算衝過去的時候，突然覺得有點不太對勁。咦？情況好像有點怪怪的？我屏氣凝神地看著兩人，菜穗雖然一直掉眼淚，但臉上浮現我至今未曾見過，發自內心的幸福微笑。

菜穗一時失去意識似地倒向名城，名城小心翼翼地抱住菜穗纖細的身體。兩人緊緊相擁，時間在他們身邊彷彿靜止了。

咦？這該不會是萬事ＯＫ的意思吧？這麼說來，人類這種生物在喜悅的時候也會流眼淚。菜穗也是如此嗎？嗯，應該是這樣沒錯。所以大功告成了？嗯，沒錯。兩人看起來幸福得不得了。

我望著兩個人一陣子，翻身走進屋裡。心中充滿為栞穗得到幸福的快樂，和一股莫名地悶悶不樂。這難不成就是所謂的「嫉妒」？怎麼可能，我可是高貴的存在，怎麼可能嫉妒人類。

我用力搖頭。無論如何，我還沒白目到打擾兩人世界。沒錯，我強調過好幾次，我可是個懂得察顏觀色的死神。

第五章　死神上街

1

我用力吸氣，樹木的清爽香氣掠過鼻尖。我將意識集中在嗅覺上，然而，我感覺不到一絲一毫的腐臭了。菜穗向名城表白後已過一週。我仰望天空，心情清澈。

我辦到了。我已經完成吾主崇高的使命，成功斬斷所有地縛靈預備軍的心結。背後響起踩在泥地上的腳步聲，菜穗和名城並肩走來，兩人穿著便服，而不是熟悉的白袍。兩人既沒有牽手，也沒有刻意離得太遠，小拇指若有似無地相碰。

「晒太陽？」

菜穗在我身邊蹲下來，摸著我的背。

「嗯，沒錯。妳要去哪裡？」

我用只有菜穗聽得見的言靈問她。

「今天不用上班，所以要去看電影，傍晚就會回來了。」

「這樣啊？那就路上小心。」

「什麼，李奧好像我爸。」

菜穗噗哧一笑。

「院長放假時也會跟牠一樣懶散嗎？真想不到。」名城誤會菜穗的意思，目不轉睛地盯著我。沒禮貌的傢伙。我才沒發懶。我在儲備體力，等待吾主隨時交辦新工作。

「那我走了，要我買什麼禮物回來給你？」菜穗站起來。

「泡芙！」

我忍不住興奮起來，發出言靈時吠了一聲。名城往後退。膽小鬼。

「好，那你就乖乖地看家吧。」

菜穗輕輕揮手，和名城並肩走向停車場。

「包在我身上。所以妳千萬別忘記買泡芙。」

我目送他們離開。兩人散發出花蜜般的香味。那是沉浸在幸福的香味。他們的幸福或許僅能維持數月，甚至只有數週，但又怎麼樣？菜穗此時此刻全力以赴地活著。

人類和死神不一樣，受到時間束縛，抱著死亡的限時炸彈。正因爲不曉得炸彈何時爆炸，才那麼恐懼死亡。因爲時間，人類才在有限的生命中拚命活下去。我已經活過漫長時光，他們就像瞬間的煙花，甚至令我有些羨慕。人類的一生就像煙火嗎……經過這些時光，我對人類的評價也大幅改變。我瞇著眼睛，目送兩人漸行漸遠。

「你幹麼陷入感傷的氛圍啊？My friend。」

「……你來幹麼？」

背後傳來死神的氣息，我懶得回頭。除了那位同事，沒人會用這種輕浮口吻。

「你還沒學會說話時要看著對方的眼睛嗎？」

「你又沒『眼睛』。」

「你還是那麼沒水準。唉。」

同事的言靈裡夾雜著嘆息。沒事這麼舉一反三幹麼？

「今天來爲誰『引路』？」

我救下的那三個人，最近身體好得很，精力充沛得不像病人。然而，他們確實是癌末患者，何時病情惡化都不奇怪。

「No，no。放心吧！My friend，我今天是來當『說客』的。」

我一派輕鬆的說：

「有什麼好不放心的？我對他們並沒有什麼特別的情感。」

「眞的？」

假裝沒聽見同事疑心病超重的言靈，我強硬改變話題。

「話說回來，那些地縛靈還不去『吾主』的身邊嗎？」

「不曉得爲什麼，那群soul突然變得好有精神。看來暫時不用擔心會被消滅，不過還是遲遲不肯去My master的身邊，唉。」

同事再度嘆一口氣，他莫非很喜歡這個行爲嗎？

「他們……希望凶手受到懲罰。」

「嗯？凶手嗎？爲什麼？」

同事打從內心覺得不可思議。

「爲什麼？全家都慘遭殺害，心存怨恨也是當然。」

「怨恨？當然？你在說什麼啊？My friend。怨恨一點意義也沒有。爲了這種毫無意義的『感情』，甘願冒著被消滅的危險，眞是太不合邏輯了。」

經同事這麼一說，我這才回過神。一點都沒錯，他們不該受到怨恨這種無謂的感情左右，應該乖乖地前往吾主的身邊。問題是……「一點也沒錯。但自從我來到世上，看到人類採取過無數次這種不合邏輯的行爲。所以才用『當然』兩字，像人類那種低俗的存在，當然會被『感情』耍得團團轉。」

我想要自圓其說，但我也知道這藉口太弱。

「被殺死的soul的確有相當高的比率變成『地縛靈』呢。」但同事對我的說詞似乎坦然接受了。「可是My friend，你不覺得那群soul很奇怪嗎？就算被殺死，大多經過幾個月，你口中的『怨恨』就會淡去，前往『My master』的身邊。但他們現在被強烈的心結困住，那絕不是單純的死不瞑目。」

「死不瞑目」這四個字用得眞好。我斜眼望醫院，魂魄正從固定位置偷看這邊。

「話說回來My friend，你的工作還眞辛苦。不過，就算失敗也never mind。不管產生多少地縛靈，我都會說服他們，爲他們引路的。」

同事丟下這一句言靈，輕飄飄地前往那群地縛靈在醫院後面的藏身處。

咦？他剛剛說了什麼？

「等一下！」我將言靈的音量提到最高。

「怎樣啦？幹麼突然發出那麼強烈的言靈？振幅太大，差點被你嚇死。」

我沒心情理會同事的抱怨。

「你這句話是什麼意思？」

「嗯？你指哪句話？」

「你說就算我失敗了，產生地縛靈，你也會爲他們帶路是什麼意思？」天氣明明不冷，我卻寒毛倒豎，甚至聽得見自己體內打顫的聲響。同事用半點感情都沒的言靈說：

「我的意思是，再過兩週左右，醫院將會死七、八個人，而且絕大部分都會變成地縛靈。」

什麼？怎麼會這樣？疑問在腦中迴盪。耳鳴停不下來。噁心感向我襲來。

「不要緊吧？My friend。」

同事對站不穩的我，發出感覺不到半點關懷的言靈。

「……別放在心上。話說回來，這裡兩週後會發生什麼？爲什麼變成地縛靈……」

「……你問這個做什麼？」輕薄的口吻和莫名其妙的外來語，同時從同事口中消失。

「我想你應該不至於忘記，我們無法改變人類的『死期』。連擁有肉體，較容易干預物質世界的你也不例外。」

「……我的工作是拯救他們免於變成地縛靈。如果這家醫院的人會變成『地縛靈』，那我的工作就是避免這種事發生……」

「那你就在不會干預他們壽命的情況下，防止他們變成『地縛靈』吧。聽好了，我不打算提供任何情報，幫助你救他們。你怎麼做不關我的事，但我不想受你連累，挨吾主的罵。死亡是人類的宿命。什麼時候？死法是什麼？不是我們在意的事。」

「沒錯……對你而言的確是這樣沒錯。」我提起嘴唇，露出苦笑。就狗的臉來說，我應該做得不錯。同事很正確。沒有更正確理智的論調了。這才是死神的想法。但爲什麼我會產生反感呢？我到底怎麼了？

「我就先告辭了。你千萬別做傻事。」

我沒有挽留。同事如飄落的雪花般消失。

氣溫似乎急速下降，我的身體發起抖。

經過多少時間呢？我的感覺混亂起來。不知不覺間，太陽已經西落。同事離開後，我仰望天空，望著白雲。只要心思飄移，同事的不祥預言就會占據我的意識。背後傳來腳步聲，我立刻知道是誰。她體重已經很輕，又刻意躡手躡腳地放輕步伐。這家醫院只有一人發出這種腳步聲。

「咦？李奧，你還在這裡？氣溫下降了，要在天黑以前進屋來哦。」

菜穗走到我身邊，摸摸我的頭。她和名城看電影應該很開心，不僅腳步聲，語氣也很輕快。我慢吞吞地把臉抬起來，想說些什麼，可是又不曉得該說什麼。菜穗他們再過兩週就要死了，還會變成地縛靈，在人世間徬徨受苦。而我只能置身事外。我的心像受到海風侵蝕，無精打采地垂著脖子。

「李奧怎麼了？身體不舒服嗎？」

「……沒事。我還想再吹吹風，妳先回去。」

嘴裡好苦澀。

「是嗎？那你可不要著涼了。」

菜穗憂心忡忡地看著我，然後走回醫院。

「菜穗。」我不由自主地叫住她。

「嗯？什麼事？」

菜穗澄澈的瞳孔映出我的身影。我看起來萎靡不振，十分窩囊。

「不……沒什麼。」
「沒什麼就好……啊，我買了你愛吃的泡芙回來，要吃嗎？」
「嗯……明天再吃，妳幫我留著。」我有氣無力地回答。
「……好，那你想吃的時候再跟我說。」
菜穗依舊擔憂地回頭看我好幾次才進屋。我蹲坐下來，什麼也不想思考。只想把一切忘掉，離這裡愈遠愈好。
風裡帶有黑夜的氣息，奪走體溫，還有我心裡的溫度。

2

我一口氣衝上陰暗的樓梯跑到三樓，然後站在最前面的門前。這是菜穗的房間，我嚥一口口水，好讓心情平靜。一旦打開這扇門就不能回頭，眞的沒關係嗎？我問我自己。沒關係。我已經決定了。要是在節骨眼上臨陣脫逃，我還算是男人……眞麻煩，還算是公狗嗎？上吧！我下定決心，蹲低身體，準備跳起來搆半圓形的門把時，門瞬間打開。硬梆梆的門板高速撞擊我的腦門，眼前一片滿天星。這已經是第二次了。
「……嗚。」我縮成一團，忍受劇烈的疼痛。
「啊！抱歉。李奧，抱歉。」菜穗探出頭，她看見我的慘狀，不禁捂住嘴巴。不管她怎麼道歉，我始終痛得無法答腔。「那個……要是被爸爸發現就慘了，你還是先進來。」
菜穗抓住我兩隻前腳，拖我進房。

「痛，肚子在地板上磨擦得好痛！」我用言靈大聲抗議。

「抱歉，忍耐一下。」茱穗非但沒放開我，反而更用力。好不容易拖進房間，茱穗「呼」地鬆一口氣。「沒被發現眞是太好了。」茱穗露出無邪的笑容，但我雪亮的眼睛可沒錯過她嘴角快爆笑出聲的壓抑線條。

「……痛死我了。」我投以怨懟的眼神。

「眞對不起，呃……你要吃泡芙嗎？」

茱穗雙手合十，擠眉弄眼地討好我。

「妳以爲給我泡芙吃，我就會原諒妳嗎？高貴如我，才不會受食慾左右。」我毅然決然地道。

「嗯？可是你的尾巴好像不是這麼說的。」

我聞言回頭看尾巴，毛茸茸的金黃長毛尾，活像雨刷似地搖擺。

「這是反射動作……與意志無關。話說回來，妳剛才要去哪裡？」

我拚命轉移話題。

「咦？我沒有要去哪裡啊。聽見外面有聲音，想說應該是你。你從傍晚就怪怪的，我想你會來找我。因爲你連聽到泡芙都沒反應。那可是我特地從名店買回來的。」

眞沒禮貌。我確實很愛吃泡芙，但那是優雅的嗜好……等一下，是有名的泡芙嗎？供日後參考，要我淺嚐一下也未嘗不可……

「李奧，你口水流滿地了。要不要吃一點？」

茱穗笑指我的嘴角，然後走向房間一角的小冰箱。我連忙把唾液呑回去。

「請用。」菜穗將五個可愛的小泡芙裝進紙盤，放在我面前。既然都特地買回來了，我就笑納吧！我優雅地湊近泡芙。「犯不著那麼狼吞虎嚥，又沒人跟你搶。」菜穗摸摸我的頭，又說出失禮的話。我才沒狼吞虎嚥。應該沒有。

幾十秒後，我吃乾抹淨，心滿意足地舔著嘴角。

「好吃嗎？」

「嗯。」我點點頭，閉上雙眼，吐出一口氣。我來這裡可不是爲了吃泡芙。雖然我的確吃了，不過我還有更重要的話要說。有始以來最重要的話。我又吐出一口大氣，直視著菜穗。我心跳加速。

或許是注意到我的嚴肅，菜穗也繃緊表情。我緩緩地送出言靈：

「我就開門見山說了。」

見過同事後十幾個小時以來，我思前想後，苦不堪言。回想起來，自從我來到這個世界，就被迫要在各式各樣的情況下做出抉擇。如今，我將面臨最大的選擇……賭上自身存在的選擇。

我是爲了執行吾主的命令才被創造出來。我可以違逆吾主的意思嗎？當我違背吾主意志的瞬間，我會不會像砂糖溶於水，消失不見呢？問題是，我無法眼睜睜坐視菜穗他們死亡。我降臨到這片土地上，菜穗就給我莫大的恩惠。如今正是我報答她的時候。我做好最壞的打算，發出言靈。

「再這樣下去，兩週後……妳就會死掉。」

菜穗如遭電擊似地跳起。薄薄的櫻色唇瓣顫抖著，她抿成一條線，明亮的大眼睛蒙上一層霧氣，她慢慢地將臉埋在掌心裡，身體縮成一團。

稍微鬆一口氣的感覺在胸口擴散。我的行爲已經明顯超出死神權力範圍，但「我」還存在。我靜靜地望著抖著雙肩的菜穗。

過幾分鐘，菜穗抬起頭。

「這樣啊，這麼快啊。我還以爲能撐到聖誕節……甚至……過年後……還眞有點遺憾。」菜穗堅強地展顏一笑。「不過……沒關係，我做好準備了。我得處理後事了。謝謝你，李奧，謝謝你告訴我。雖然有點受到打擊，不過或許能冷靜地死去了……」

菜穗的表情跟「沒關係」相差十萬八千里。她低頭接著說：

「可以請你讓我一個人靜靜嗎？」

當然不可以。我無視菜穗的請求，繼續往下說：

「不只是菜穗，這家醫院絕大部分的人，都會在同一天死去。」

菜穗的眼睛瞪到不能再大。

「咦？爲什麼？這是怎麼一回事？」菜穗激動萬分。

「我也不清楚。只知道大約再過兩週，這家醫院裡大部分的人都會沒命。」

「怎麼會這樣……你是說，爸爸和其他護士也會死嗎？」

「是的，搞不好名城也難逃此劫。」

菜穗倒抽一口氣，目光六神無主地游移不定。

「李奧，到底怎麼一回事？你突然這樣說，我腦中一片空白。」

菜穗以哽咽的鼻音說完，摟住我的脖子。我感受到她微弱的發抖。

「對不起……我也不知道會發生什麼事。」

「怎麼會這樣……既然如此，該怎麼辦才好？」菜穗的顫抖變得更加劇烈。

「菜穗……」我釋放出鎮定又強而有力的言靈。

「請妳和我一起調查究竟會發生什麼事……讓我幫助你們。」

「呼……」菜穗將茶杯移開嘴邊喘口氣。

「冷靜下來了嗎？」

「還沒，再讓我喝一杯。」她將還冒著熱氣的淺褐色液體倒進杯裡，大口喝下。

「妳在喝什麼？」我對瀰漫著甘醇芳香的液體產生興趣，前腳掛在菜穗坐著的椅子扶手上，窺探杯中物。白色的瓷杯盛著琥珀光澤的液體。

「伯爵茶。李奧要不要也來一杯？」

「好。」

菜穗再拿出一個杯子，倒進紅茶，然後從冷凍庫裡取出冰塊丟進去。

「給你，這樣應該沒那麼燙了。」

我用舌頭舔舔地板上的杯裡物，雖然還有點燙，但不至於燙傷。或許被冰塊稀釋了，沒什麼味道，不過香氣宛如暖爐中溫和的火光，從口腔往鼻腔溢散。我驀地回過神，發現菜穗正凝視著拚命用舌頭舔茶的我。

「怎麼了？幹麼盯著我看？」

「我從以前就這麼覺得了，李奧你啊……其實是個貪吃鬼。」

「什麼？」我一時語塞。貪吃鬼？高貴的我嗎？

「你吃飯時總是狼吞虎嚥，吃泡芙的時候更是。」菜穗揮動著雙手。

「才沒有！我才不是貪吃鬼。我只是不想把時間花在吃飯那種原始的行爲上……」

「那就當成這樣好了。」菜穗惡作劇地眨眼，喝光剩下的紅茶。「我已經好多了，平靜多了。」

雖然我對菜穗的結論有點不服氣，但還是點點頭。

「那個……雖然還是有點亂糟糟的，但讓我把事情整理一下。我再過兩週就要死了。不只是我，其他人也是……到這裡沒錯？」

「嗯，沒錯。」

「所謂的大家，具體是誰呢？不光是所有患者吧？還有爸爸、護士……名城醫生也包括在內嗎？」

「我不知道有誰，我只知道人數大概是七、八個人……」

「這幾乎是醫院所有人了……」菜穗似乎不敢把這句話說出口，聲音小到幾乎聽不見。雖然採取輪班制，但醫院不過就七、八人而已。沉重的安靜籠罩每一個角落。

「到底會發生什麼事？眞的會發生什麼嗎？會不會有誤會？」

承受不住沉默的重擔，菜穗止不住口。

「不會錯的。只是我也不清楚會發生什麼。」

同事不會騙我，他也沒理由騙我。而且死神不像卑劣的人類，我們不會說謊。

「森林大火嗎？還是地震、土石流呢？該不會是隕石？」菜穗彎著手指列舉各種天災。的確，考慮到醫院坐落在山丘上，她講的不無可能……雖然隕石有點不太可能。

「是有這樣的可能性。」

「那麼只要兩週後，大家暫時到別處避難，不就誰也不會死了嗎？患者們現在的情況也還不錯，要移動應該不難。」

「……沒錯，是有這樣的可能性。」我說著同樣的話。

「你幹麼一副話中有話的樣子？」菜穗蹙起眉。

我發出言靈。「我想……恐怕不是天災。」

這十幾個小時以來，我一直在想會出什麼事，最先就想到菜穗剛剛列舉的天災。然而，經過我聰明頭腦的推演，事情恐怕沒這麼簡單。因爲同事說「會產生七、八個地縛靈」。人類是種傲慢的生物，自以爲全世界都圍著自己轉，可是另一方面，卻意外敬畏大自然。死於天災的人，成爲地縛靈的機率並不高。因爲人類具有將它歸咎於「命運」，坦然接受的特性，跟壽終正寢很像。

「你怎麼知道不是地震或火災？」

菜穗一瞬也不瞬地望進我雙眼深處。該怎麼說明才好？解說地縛靈很浪費時間，而且我不想讓菜穗知道得太詳細。不想讓她知道，她死後將在人世彷徨，受苦受罪。

「你們會抱著強烈的心結死去。可是人類死於天災，通常不會出現這種狀況。」

菜穗不太能理解地側著頭。這也難怪，要她接受這麼曖昧的說詞也太強人所難。

「會不會是瓦斯爆炸或電線走火引起火災？……或者飛機從天上掉下來？」

爲什麼最後都會扯到有什麼東西從天上掉下來？

「一樣。人類死於意外時，不會有太強烈的依戀。因爲人類比較容易把意外視爲命運安排。」

「那……究竟會發生什麼事呢？」

菜穗的聲線顫抖。她從我的口吻察覺到危險訊號。我其實已經猜到會發生什麼事。我花費十幾小時絞盡腦汁，得到一個結論：無論我多麼不願面對沙盤推演過的結果，依然只有一種情況會造成同時數人喪命，而且所有人都變成地縛靈。

我盡可能不要刺激到菜穗，緩慢鎮定地放出言靈：

「菜穗，兩週後，你們……會被殺死。」

「……殺死？」菜穗一時無法聽懂，重複我說的話。

「沒錯。兩週後，有人會潛入這家醫院，殺死你們。」我斬釘截鐵地說道。事到如今含糊其詞也於事無補，不如讓菜穗徹底了解嚴重性。

只有人類這種生物，才會帶著惡意殺死別人。而當人類莫名其妙地被殺害，的確會變成地縛靈。要是親近的人同時慘遭殺害，機率更高。我想菜穗他們都會在這家醫院裡慘遭謀殺。屆時，對凶手萌生的恨意將變成荊棘，將他們的魂魄捆綁在人世，而且還會繼續令他們痛苦。

「這家醫院……會發生命案嗎？」

「恐怕是的。」

「是誰？爲什麼……？」

「我也不知道。為了查出凶手，又該怎麼做才能防止悲劇發生，我需要妳的協助。」

「死神也不知道全貌嗎？」

「死神的確遠比人類還要高等，但不是無所不能。尤其我現在被封印在狗的身體裡，能力非常有限。」

「這樣啊……」菜穗明顯流露出失望。

「妳不用那麼擔心，還有兩週，一定會有辦法。」我為菜穗打氣。

「真的嗎？」菜穗的目光裡交織著同等的懷疑和期待，我一下答不上腔。我一看見菜穗垂頭喪氣，就忍不住說出不負責任的話，但我真的有本事改變未來嗎？

我把未來的事告訴菜穗，已經影響世界運行。這真能改變同事看到的未來嗎？還是同事看到的未來早就包含我的行為？我無從分辨。

「有人對醫院心存怨恨嗎？例如患者曾經和院長起過爭執？」我硬生生帶開話題。

「應該沒有。爸爸總是為患者鞠躬盡瘁，仔細治療，患者和他們的家屬都很感謝爸爸。」菜穗傾身肯定地道。

「……這樣啊。」我不曉得菜穗說的是不是真的。但我一路觀察，院長雖然十分冷淡，但似乎很有人情味，醫術也很高明。但不見得就不會招人怨恨。因為人類很特殊，微不足道的芝麻綠豆小事，也能產生劇烈的憤怒能量。

「何況，再怎麼憎恨醫院，有必要連其他患者也全殺光嗎？」

「這倒是……」

我模稜兩可地頷首。菜穗說得合情合理。理論上，再怎麼憎恨醫院，也不太可能瘋狂到把患者一併殺光。但我身爲死神多年，看過不少比起理論，寧願毀掉一切的人類。問題是，陷入瘋狂的人類有辦法一次殺掉七、八個，不放過任何一人嗎？縱火似乎有可能？不對，如果只是縱火，應該不會變成地縛靈吧？因爲根本搞不清楚是失火還是人爲縱火？既然如此，強盜殺人嗎？可是有強盜刻意選這種遠離塵囂，快經營不下去的醫院嗎？

「還是想不出來誰會這麼做。」我哀號。

「李奧認爲凶手大概什麼樣子？」

「這個……」我把我的想像用言靈描繪，「對這家醫院異常執著的人。而且不是一個人，應該還有同夥。他們具有冷靜執行任務的智慧，一方面也具有爲目的不擇手段的凶殘。綜合以上，可能是個外表理性，內心比畜牲還卑劣的人。」

咦？這種感覺是什麼？我描繪時，思緒一陣騷動。好像快要想起來，又想不完全。我猛然回過神，菜穗正注視著我，眼睛眨了一下又一下。

「我臉上有什麼嗎？」泡芙沾到臉上嗎？我舔過嘴巴四周。

菜穗緊盯著我，慢慢張口。

「我……可能知道凶手了。」

3

巨大鐵塊從眼前高速疾駛，驚人的魄力害我忍不住倒退。一股燒焦的惡臭竄進鼻腔，我忍不住咳起。

「李奧，沒事吧？」菜穗憂心忡忡地觀察我。

「怎麼會沒事，這是什麼？」我高聲問。

「什麼？這是卡車啊。你不知道嗎？」

「『卡車』我知道，不就是一面排放毒氣，搬運貨物的巨大鐵塊嗎？」

「什麼毒氣……只是會排放出一些廢氣而已。」

我以前以爲只是會排放出一點白色氣體，但自從我變成這副德性，才知道那是有毒氣體。一輛車還好，但當好幾輛車同時在街上穿梭，街上便充滿難以忍耐的刺激臭味。尤其是卡車，排放出來的毒氣更是強烈。

「廢氣的確不太好聞，但有那麼臭嗎？」

「我的嗅覺可是人類的好幾千倍。」

「……普通的狗明明不會有反應，因爲一直待在山丘上的關係嗎？」

眼前的紅燈變成綠燈。

「李奧走嘍，過馬路。」

菜穗開始過馬路，但是我模糊的視線被廢氣逼出眼淚，一時進退不得。

「啊！等、等等我……」

菜穗聽見我的言靈前，已經拉著狗繩往前走，點綴著玻璃珠的項圈勒住我的喉嚨，害我發出「咕嘰」一聲，活像青蛙被踩扁。

「啊！抱歉。沒事吧？這是我第一次帶狗散步……」

「……以後小心一點。」我低下頭。高貴如我，居然被繩子綁住拖著走……

請求菜穗協助的第二天下午，我和菜穗開車到山腳下的市區。以前身為死神，總是高高地俯瞰人類居住的城市。如今從狗的視線仰望，不禁覺得所有的東西都好巨大。尤其是卡車，根本是鐵打的猛獸。

「李奧，不要再發呆了，快點走吧，就快到了。」

菜穗拉扯著項圈。她對我的態度是不是愈來愈粗魯了？沒辦法，我提心吊膽地穿越馬路。快車道的對面矗立著一棟五層樓建築，那正是目的地。入口處寫著「藏野建設股份有限公司」。走到建築物前，我在入口旁坐下。

「你在幹麼？」

「幹麼？我可是狗，狗應該不能進去吧？」

不是人類的我都明白這麼簡單的道理，這孩子比我還沒常識，不要緊吧？

「別擔心，我有法寶帶你進去。」菜穗抬頭挺胸。她從裙子口袋拿出一副深色眼鏡（我記得好像是叫「太陽眼鏡」來著）。

「這樣眞的就沒問題嗎？」

我釋放出不安的言靈。跟我相反，菜穗絲毫不見不安。

「都說沒問題了。泰然自若就好了。」

無計可施，我走在菜穗前面。明明還沒碰到，眼前的玻璃門就開了。自動門嗎？人類到底要懶到什麼地步啊？不就是開個門，又不用花多少力氣。櫃台就在正前方，妝有點濃的櫃台小姐盯著我們。過於強調睫毛的雙眼露骨地訴說著「可疑分子來了」。我萬般不情願地拖著戴眼鏡的菜穗往櫃台走。

「不好意思，我想找人。」菜穗以恰當的音量說道。

「那個……不好意思，寵物不能進來……」櫃台小姐目不轉睛地盯著我。

我知道，我知道自己不能進來。

「啊，這孩子是導盲犬。」

菜穗臉不紅氣不喘地說謊。這個謊話太爛了。菜穗假裝眼睛看不見，但步伐未免太鎮定，我身上的繩子也不是導盲犬專用的手繩，而是一般散步用的狗繩。想也知道，櫃台小姐的眼裡充滿懷疑。

「導盲犬也不行嗎？這家公司的方針是拒絕導盲犬進入嗎？」

「呃……沒這回事。那個……導盲犬就沒關係。」

被菜穗的氣勢壓倒，櫃台小姐只好放我們進去。

「謝謝。可以請妳幫我叫這位先生出來嗎？」

菜穗再次把手伸進裙子的口袋裡，掏出一張名片。我把視線投向名片正面，上頭印有「藏野建設 營業三課 工藤哲夫」的字樣。沒錯，就是那個男人。那個身高頎長，死纏爛打逼院長賣掉醫院的人。

根據我描繪的形象，菜穗昨晚想到的嫌疑犯就是工藤。外表人模人樣，雙眼卻隱藏著瘋狂因子，而且對醫院有著異於常人的執著。正常人就算買不到地，也不會動起殺人念頭，但當我想起這個男人的眼神，覺得這也不是不可能。

找出最有可能的犯人，我們興奮不已。然而，關於接下來的行動，我和菜穗的意見南轅北轍。我認爲應該要愼重地觀察，確認工藤是否就是犯人。菜穗卻主張從工藤的名片就可以得知公司地點，應該馬上殺去問清楚。

逼問還沒發生的事，我覺得既草率又危險。但菜穗始終堅持「只要讓人看見他和我們起衝突的畫面，他就不敢輕易下手了」，死都不肯退讓。我們僵持不下，最後還是採取菜穗的意見。我根本說不過堅持己見，一步也不肯退讓的菜穗。她平常看似柔順聽話，一旦固執起來，八匹馬都拉不動。

「請問工藤先生在嗎？」菜穗笑容可掬。

「我幫妳問一下。妳和他有約嗎？」

「沒有，請妳告訴他關於丘上醫院的事，他應該就會見我了。」

「好的，請稍等。」櫃台小姐拿起話筒。三分鐘後，她把話筒放回去，用一種複雜的表情開口道：「那個……工藤說他不認識『丘上醫院』的人。」

「那傢伙居然這麼說？」菜穗雙手撐在櫃台的桌面，探出身體。心愛的醫院被推說不知道，她怒火中燒，失去理性。菜穗的目光從眼鏡底下射向櫃台前的樓層平面圖。

喂喂，妳現在可是瞎子！

「營業三課在四樓吧？妳告訴工藤，丘上醫院院長的女兒現在上去找他，請他好好等著！」

菜穗低聲告訴櫃台小姐便丟下我，逕自走向電梯。都說妳現在是瞎子了。

「那、那個……」櫃台小姐一時被菜穗嬌小身體散發出的怒氣震住，根本不敢阻止她，連忙拿起話筒，肯定是警告工藤小心提防。

我跟在菜穗後面走進電梯裡。事情大條了，不過這樣也好，只要在這裡跟工藤大吵一架，他之後若要對醫院出手，的確比較有難度。因爲醫院要是出事，工藤首當其衝受到懷疑。我思考著有的沒有的，一聲不吭地等待電梯抵達樓層。但我其實不敢向盛怒的菜穗搭話，不小心刺激到她就會掃到颱風尾。門一打開，我們走出電梯。寬敞的空間置放了數張桌子，幾十個西裝筆挺的男人正忙著工作。

「工藤先生在哪裡？」菜穗高聲詢問，這層樓所有人的視線都集中在菜穗和我身上。

「我找工藤哲夫先生。我來和他談丘上醫院的事，請他不要躲了，給我出來！」

菜穗繼續嚷嚷，簡直像戰場上指名單挑的武將。靜得連一根針掉在地上都聽得見的公司，一名男人膽戰心驚地站起來走向我們。

「那個……我就是營業三課的工藤哲夫……請問妳是？」我們眼前站著比我認識的「工藤」還要矮小一號，又胖上兩號，頭髮稀疏的中年男子。

「那家公司的工藤居然不是『工藤』，到底怎麼一回事？那傢伙騙我們嗎？難道買下醫院的事也是騙人的？」菜穗坐在駕駛座上，氣呼呼的大罵。

「妳一口氣丟出這麼多問題，我也回答不了。不如先讓我安靜想想。」

我蜷縮在副駕駛座上，微微撐開眼皮，瞥了菜穗一眼。

「李奧，你該不會……睏了吧？」

「才沒有。」

「眞的嗎？」

「眞的。」

這次我是眞的毫無睡意。雖然從窗外灑落的陽光一直催促我聽從睡意的呼喚，但現在不是懶散睡覺的時候。只剩兩週了，我們的線索又落空了。

「李奧，你眞的要認眞想，太懶散的話，小心我不給你飯吃。」

菜穗出氣似地拍打著我，當然不是眞的用力，因此非但不痛，還很舒服。不過我完全無法集中注意力。

「我正在想，不要打擾我。用食物要脅眞是太卑鄙了。」我扭動身體抗議。

「抱歉，可是我眞的很擔心。一想到再這樣下去，大家可能都會被殺死……」

「我知道，可是現在非得冷靜下來。」

「……說得也是……我去買飲料，順便平復心情。你要什麼？」

「泡芙！」我刻不容緩地回答，引起菜穗對我投來不信任的眼神。

「你眞的需要泡芙嗎？」

「那當然。糖分可以讓我大腦思考速度達到平常一倍以上。」

「最好是眞的有『一倍以上』……算了，我去便利商店幫你買。」

菜穗打開駕駛座的門走出去。我終於能安靜思考。我重新啓動被菜穗（舒服到會讓人昏昏欲睡）打斷的思考。

眞正的「工藤哲夫」承認名片是他的，但他每天都發出大量名片，所以誰假冒他的名義，他也毫無頭緒。那個男人不惜利用建設公司員工的名片，僞裝身分也要接近院長，可見兩週後的事和他有關的可能性非常大。

他爲何要這麼做？那個男人不是眞的要買下醫院，要是他有財力，根本不需假冒別人的名義。換句話說，他出現在醫院裡，並不是對洋房或土地有興趣，而有其他目的。他的目的何在？

那傢伙三番兩次想溜進醫院，醫院裡有什麼特別的東西嗎？的確有些陳舊但看起來很高級的家具，但我實在不認爲這値得人大費周章地占有。既然如此，患者才是他的目的嗎？考慮到患者的經歷，只有金村比較有可能吧？逃亡到海外後，金村似乎幹了不少見不得人的勾當。假設這男的溜進醫院，要確認金村住在哪間病房，好襲擊他的話……

不對，這太奇怪了。我搖搖頭，否定自己的想法。如果想要襲擊金村，根本不用繞這麼大一個圈子。金村經常去庭院散步，要攻擊他的話，從外面要比在醫院裡容易得手。何況，沒人會如此大費周章地攻擊一個癌症末期的病人吧？

思考鑽進死胡同裡。這方向也行不通，得再換個角度。我回想著自稱工藤的人。每次見到那個男人，我的思緒都會一陣騷動。我以前見過這個人，但想不起來。在哪裡？到底在哪裡見過他？我還在當引路人，幫魂魄帶路而降臨人世的時候嗎？不，不對。我將魂魄引導到吾主身邊的時候，漠不關心人類的長相。我囚禁於狗的身體以後，開始能夠分辨每個人類。

如果不是在身爲引路人的時候，那剩下……

「久等了，我買回來嘍！」

妨礙我思考的人又出現了。

「夠了！」

我下意識地用言靈發起牢騷。沒想到我也滿靈活的嘛！

「怎麼了？幹麼突然發出那麼大的聲音？」

「我才沒有發出『聲音』，是『言靈』。我差一點就要想通了。」

「什麼，人家還特地幫你買泡芙。那好啊！我自己一個人全部吃光。」

怎麼可以這麼浪費。

「別這樣，是我不好。因爲體內缺糖，有點心浮氣躁。只要吃泡芙，跑掉的靈感就會回來了。」我坐在副駕駛座上，反覆擺出握手的動作。

「讓我考慮一下。」菜穗把泡芙從袋子裡拿出來，挑釁似地在我搆不到的高度晃來晃去。我的頭也晃來晃去，彷彿被一根看不見的線牽著。「拿你沒辦法，好吧，你可以吃了。」

菜穗苦笑著把泡芙送到我嘴邊，我一口咬下泡芙。伴隨著酥脆的聲響，嘴裡充滿幸福滋味。我閉上雙眼，精神都集中在味覺上，心頭一陣暖暖。

「所以呢？你想到什麼了？」

菜穗詢問時，我正咬著一顆泡芙。

「嗯，小顆的泡芙固然不錯，但大顆的咬起來比較過癮……」

「我不是在問你泡芙的感想。」

咦？不是關於泡芙的感想？啊！那件事啊……

「妳是指那個自稱工藤的人嗎？」

「當然。你該不會忘記了……」

「怎麼可能。我有一邊吃一邊想哦。」

「……眞的嗎？」菜穗狐疑地瞇起眼睛看我。我忍不住躲開她的眼神。

「對了，菜穗。醫院裡有什麼値錢的東西嗎？」我轉移話題。

「你是指不惜殺人也想據爲己有的値錢物品嗎？」

「沒錯。」

「要是有那麼値錢的東西，醫院也不會面臨倒閉的命運了。」

「對呀……也是。」我不置可否地附和。我想就算醫院的財務沒問題，等到菜穗死後，院長還是會把醫院收起來吧。即便是那個院長，也無法承受一個人在充滿女兒回憶的醫院裡，繼續陪其他病人走完最後一程的生活吧？話說回來，倘若醫院裡沒値錢的東西，工藤接近醫院究竟有什麼目的？還有什麼是不惜殺人也要得到手的東西？

嗯？不惜殺人也要得到手的東西？七年前……

「鑽石……」我用言靈喃喃自語。

「你說什麼？」

「不，沒什麼，我想太多了。」

在金村的記憶裡，寶石的確有讓貪婪者不惜殺人也要到手的價値，可是應該被當初殺了那一家三口的強匪帶走了……等一下，眞的被帶走了嗎？案發當天，金村擊中其中一名搶匪，他們可能還來不及找出寶石就逃之夭夭。寶石該不會還藏在洋房裡吧？

藏在哪裡？我的思緒又卡住了。假設寶石還藏在屋裡，爲什麼事到如今才翻舊帳？那一家人死後，房子好幾年都沒人住，那段期間愛怎麼找就怎麼找，不是嗎？難道最近才知道寶石還藏在屋裡？他又是從哪裡得知寶石的？除了搶匪、金村以及被殺的一家三口，應該沒人知道屋裡有寶石。

「怎麼了？幹麼突然不說話？」

「安靜，我就快要想出來了。」我厲聲道。菜穗雖然不服氣地噘起嘴巴，但乖乖不再說話。假設七年前，搶匪離開的時候並沒找到寶石，最近才再回來拿……

「菜穗，開車！」我激動地發出命令。

「你發現什麼了？」

「等一下再告訴妳，先開車，帶我去圖書館。」

「圖書館？去幹麼？」

「妳先別管，到了我自然告訴妳。」我十分激動，沒耐心細說從頭，只想趕快知道推測到底正不正確。

「……是嗎？」菜穗不快地嘟噥，一面轉動車鑰匙，車身震動起來。「李奧。」

「嗯？」

「小心點。」

菜穗話還沒說完，車子就往前暴衝。慣性重量迎面而來，我被用力推向椅背。

「汪？」我失去平衡，頭下腳上地倒栽在副駕駛座上。

「我不是說過要你小心一點嗎？」

在上下顛倒的視線範圍內，菜穗壞心眼地笑著。

「所以呢？要查什麼？」菜穗走往圖書館裡面問我。

她的目光充滿好奇，令我全身發癢，縮著身體，亦步亦趨地跟在菜穗身邊。一踏進圖書館，菜穗就大大方方地一句「這是導盲犬。」堵住瞠目結舌想阻止我的圖書館館員。狗出現在這裡太奇怪了，就像太空人跑到歌舞伎的舞台，所有人都用怪異的眼神看著我。相較於一反常態，完全不敢放肆的我，菜穗完全不在乎異樣眼光。

沒想到這少女膽子這麼大？又或者她太遲鈍了，感覺不出異狀？

「我想看報紙。」

「報紙？特地跑來圖書館看報紙？」

「不是這兩天的報紙，是七年前的報紙。應該只有圖書館才有吧？」

「七年前……」菜穗的表情蒙上一層陰影。「你要調查那起命案嗎？那件事果然和這次的事有關嗎？」

「我想……應該有關。不過我要查的不是發生在屋裡的命案。命案發生以後兩、三個月內，這個鎮上應該有放高利貸的人被捕。我要查的是這個。」

殺死那一家三口的，恐怕就是威脅金村的地下錢莊。假設那幫人在命案後因爲別件事被警方逮捕，在監獄裡蹲了幾年……一切說得通了。

「高利貸？關高利貸什麼事？」菜穗不解地側著頭。

「如果沒錯，那群放高利貸的人就是犯人。」

「咦？我聽不懂你在說什麼……」

菜穗浮現出困惑的表情。這也難怪。因爲我知道南、金村、內海的過去，又經過聰明頭腦絞盡腦汁，好不容易得到結論。菜穗不曉得患者的過往，不可能理解。

「這事說來話長，總之圖書館關門以前，我們要把七年前的上百份報紙從頭到尾翻過一遍。動作快，妳找到後我再慢慢解釋。」

「好，那約好嘍！你一定要從頭到尾解釋清楚。」

菜穗丟下這句話便輕快走到旁邊的椅子坐下。桌上有一台四方形機器，那玩意好像叫電視機，是人類的娛樂品。

「妳在幹麼？現在可沒時間讓妳悠哉看電視。」我催促菜穗，可是菜穗像沒聽見，自顧自地看著電視機。

「這不是電視。」菜穗哼著歌說道，右手按著一個小小的機械，發出「咔噠咔噠」聲。一條線從形狀活像老鼠，可以一手掌握的機器延伸到電視機上。

「怎麼看都是電視機。」我再怎麼不熟悉人類的娛樂產品，也認識電視機。我還見證過這台機器剛進入這個國家時被當成寶的時代。

「李奧真的很跟不上時代。這是電腦，不是電視。」

電腦？我好像聽過，但搞不清楚電腦和電視的差別。

「根本不用特地來翻報紙，上網查一下就搞定了。」

菜穗這次改用雙手敲打鑲嵌著一堆按鍵的板子。

上網？她不是才說那是電腦嗎？到底在講什麼啊？

「呃……大約是七年前、地下錢莊、在這附近被捕，對嗎？」

不理會我一頭霧水，菜穗繼續敲打著按鍵，似乎不打算解釋。沒事可做的我只好坐下來仰望菜穗。她在報復我沒好好說明命案的來龍去脈嗎？

「找到了！李奧，你看你看！」菜穗興高采烈地大喊。

「誰有心情看電視啊……」

「別說那麼多，你看了就知道。」菜穗彎下腰，抓起我的前腳。

「好啦！我知道了啦！放開我的腳，我看就是了。我才不要再倒栽蔥一次。」

上個月被興奮的菜穗抓住兩隻前腳放倒的記憶，令我餘悸猶存。

「妳到底想幹麼啊……」我抱怨著，輕巧地蹤身一躍，前腳跨到桌上，不情不願地望向電視機螢幕。原以爲會看到什麼影像，沒想到居然是大量文字。

「話說回來，李奧識字嗎？」

「廢話。」也不想想我在這個國家當了多少年的引路人，古文我也看得懂。

畫面最上方出現斗大的「黑道成員　依綁架罪嫌被捕　被害人死亡」。我一字一句地往下看。那是一件單純至極，愚蠢卑劣的案件。七年前的十一月，經營非法高利貸的三名男子，用車子綁架準備連夜逃亡的男人。車子穿過街巷時，拚命逃跑的被害人，趁他們不注意的空檔，打開行駛中的車門往外跳，結果不幸被後面疾駛的車子輾斃。犯人當場駕車逃逸，但警方鍥而不捨地搜索，三個月後，將三名男子逮捕歸案。

我往下追查更詳細的後續報導。這則報導日期是六年前的一月，案發現場是鎮上通往郊外的幹線道路。就是這個！這就是我要的新聞！我血脈賁張，全身發熱。沒想到這麼輕鬆就找到了。雖然我不曉得電腦是什麼，上網又是什麼，但這太方便。科技的進步倒也不全然是件壞事。

「報導斷掉了，下面呢？」我反覆擺出握手的姿勢。

「來了來了，我馬上幫你翻頁，別那麼激動。」

菜穗移動長得像老鼠的機器，畫面上的文字隨即往上捲動。

「啊！」「汪！」我和菜穗同時驚呼，周圍對我們投以責難的眼光。但現在不是顧及四周眼光的時候。畫面並列著三個男人的大頭照。其中兩張我認識。我在金村的記憶裡看過他們，分別是自稱鈴木——那個虎背熊腰的男人，以及在洋房裡被金村槍擊的高個男人。

兩人的大頭照下分別寫著「嫌犯水木」和「嫌犯近藤」。原來「鈴木」的本名叫水木啊！另一個是我沒見過的年輕男人，照片底下則寫著「嫌犯佐山」。

我猜得沒錯，犯人先在洋房殺了一家三口，後來其中一個同伴被金村擊中，不得不撤退。結果在重回案發現場找出寶石前，就因爲別件案子遭到逮捕。他們恐怕很長一段時間都待在人稱「監獄」的地方，被要求強制勞動。好不容易蹲完苦窯，一夥人又爲了得到寶石而與醫院接觸。

雖然不確定自稱工藤的假紳士，跟這三個地痞流氓有何牽扯，但絕對脫不了關係。咦？等一下！爲何菜穗也大吃一驚？她跟我不同，沒看過金村記憶，當然沒見過那兩人。

我覺得事有蹊蹺，菜穗又動起那個長得很像老鼠的機器。腳底下突然響起機械聲，我嚇得跳開。桌底的機械微微震動，隨即吐出一張紙。我戒愼恐懼地盯著。紙上印著其中一名嫌犯的臉部照片，他是肩膀被金村射穿的男人。哦？還可以這樣啊？這個叫作網路的東西還眞方便，我凝視著眼前印有「嫌犯近藤」的紙。這張臉一看就知道是壞人。剃得短短的頭髮、感覺不到溫度的眼神、利刃般鋒利的嘴唇。

問題是，她把這個男人的臉印出來做什麼？我不明白菜穗的用意。

菜穗把印好的紙放在桌上，拿起一旁的原子筆，粗魯地在紙上亂畫。她到底想做什麼？我再次把前腳跨在桌面，菜穗正在男人的平頭上補畫頭髮。

真不可思議，男人的五官原本散發出一股反社會的氣質，但一把頭髮留長就變得正派多了。同時，我腦中又一陣騷動。菜穗每動一下筆，我的思緒便愈發清晰，而且出現一股難以忍受的焦躁。這不對勁的感覺到底怎麼回事？最後，菜穗將筆尖靠近「嫌犯近藤」的眼角，用四方形把兩隻眼睛框起來，臨時的眼鏡便大功告成。

「果然沒錯……」菜穗喃喃自語，雙手拿起那張紙。

困擾多時的焦躁頓時煙消雲散，換成強烈的自我厭惡。我怎麼就沒想到？線索這麼明顯了，我怎麼沒發現呢？從頭到尾懊悔不已。

那個自稱「工藤」，三番兩次出現在醫院裡的男人，正從紙上盯著我。

4

「……原來是這麼回事。」我用言靈說完這句話，伸個懶腰。言靈和出現在夢裡不同，不會對身體造成太大負擔，但長時間連續使用還是會累。

「你累了？」菜穗靠在駕駛座的方向盤上，微微虛弱地一笑，揉揉我的脖子。我的尾巴因恰到好處的刺激緩緩搖擺。我望向車窗，夜幕籠罩大地，現在過晚上九點。

我們查到自稱工藤的男子就是六年前被逮捕的高利貸商後，便離開圖書館返回醫院。菜穗回程時要求我說明一切。這也難怪，我怎麼會知道六年前在鎮上放高利貸的人遭到逮捕？不覺得這點很奇怪的人才奇怪。不過，我一開始有些猶豫。如果要將我一連串的行為說清楚，就須詳細說明我一直含糊其詞的工作內容，以及魂魄和地縛靈的種種。如果不交代清楚，我沒把握菜穗能接受我的說詞。

我不確定的是，就算是對我有恩的菜穗，我解釋得這麼清楚真的不要緊嗎？然而，當我看著菜穗開車的側臉，不再迷惘。我已經告訴菜穗，再這樣下去，她兩週後就會死亡。我身為死神已經踩線了。我已經有覺悟接受吾主嚴厲的叱責。雖然無法判斷從哪裡說起才好，但我還是先埋下「此事說來話長」的伏筆，從我為什麼降臨在這片土地上，開始對菜穗細說從頭。

如同一開始埋下的伏筆，三言兩語還真的解釋不完。鎮上到醫院有段距離，但開車頂多十五分鐘。當我們回到醫院附近，故事正要開始。菜穗見我一下講不完，便把車停在醫院附近的路肩，靠在方向盤上，一言不發地聽我用言靈繼續說明。

我在面無表情的菜穗身上感到一股無言的壓力，我將一切全盤托出。包括我自己、魂魄、如何拯救患者免於變成地縛靈的命運，以及我在期間發現的事。我不曉得菜穗怎麼消化。儘管人類最想知道自己死後的去向，但也最不想面對這些。

人死後變成魂魄，在死神的引導下前往吾主的身邊。但如果太多遺憾，就會變成地縛靈，陷入消滅的危機。知道這些，對人類而言、對菜穗而言是一種救贖嗎？還是會帶給她恐懼呢？我並非人類，無從得知。

「那個，」菜穗自言自語似地細聲道，「那位吾主是怎樣的存在呢？」

「偉大的。」除此之外，我不知怎麼形容吾主。

「還有，到那位吾主身邊的魂魄……後來怎樣了？」

菜穗夾雜著期待與恐懼地問。我沒料到她有此一問，答不上來。

「這個嘛……我也不清楚。」

「這是只有吾主才知道的事嗎？」

「不是，想知道的話還是可以知道。只是……我沒興趣知道。」

我沒試圖修辭地老實回答。沒錯。我對魂魄的下場、乃至於人類本身，都沒興趣。降臨人世前的我認爲，魂魄只是貨物。搬到目的地後，貨物有什麼下場，不在我的關心中。

然而，正如同以前的我，不會理解自己爲什麼要對魂魄感興趣，現在我也不能理解自己以前爲什麼對魂魄、對人類這麼漠不關心。

「……這樣啊？原來是沒興趣知道。」

菜穗的語氣裡有淡淡的安心，但比起安心，更多的是失望。想必是對我的失望。

「來到地上以前，我在另一個次元，幾乎沒接觸過人類，魂魄也不會對我們說太多。所以……我一點興趣也沒有。」

我找了一個藉口。然而眞的是這樣嗎？難道不是魂魄明明想傳達，但我連聽都不想聽嗎？我機械式地將魂魄運送到吾主的身邊，自以爲是了不起的「引路人」。問題是，這份工作有這麼了不起嗎？我是不是應該更誠實地面對魂魄？不過……劇烈的頭痛朝我襲來。

「再這樣下去，我會變成『地縛靈』嗎？」菜穗僵硬低語。

「……沒錯。」

「李奧現在這麼努力地想幫助我們，也是因為工作嗎？因為那位吾主有交代，不能讓我們變成地縛靈嗎？」

「不是！」我大喊。這次倒可以馬上回答。「一開始拯救那三個人的確是我的工作。勸菜穗勇往直前可能也是工作。可是現在不一樣。我現在……根本在違抗吾主的命令。」

我的存在是為了完成吾主交代的任務，如今違抗他的命令。這件事我早有心理準備，但真正說出口，恐懼還是竄進四肢百骸，胸中滿溢自己快要不存在的失落。我的四肢逐漸發起抖。

「李奧，怎麼了？沒事嗎？」菜穗連忙輕撫我的身體。

「……沒什麼。」我勉強擠出嘶啞的聲音。

「你都抖成這樣了，還說沒什麼。冷嗎？還是哪裡會痛？」

「……我好害怕。」我脫口而出才恍然大悟，沒錯，我在害怕。原來如此，這就是「恐懼」。心臟簡直像被寒冰打造的鎖鏈鎖緊。

「害怕什麼？」

「害怕受到吾主的責罰。」

「責罰？會受到怎樣的責罰呢？那位吾主有這麼恐怖嗎？」

「吾主寬大為懷，但同時很嚴厲。說不定我會……」說到這裡，我不禁嚥一口口水。我的靈魂在發抖，「我可能會消失。」

「消失……是死掉嗎？」菜穗近乎悲鳴地驚呼。

死掉？說不定就是如此。對於死神而言，消失跟人類的死亡同意。原來如此，這是我第一次意識到自己的「死亡」嗎？我一直覺得異常恐懼死亡的人類非常可笑，如今必須更正了。再也沒有比「死亡」更可怕的事。我拚命想逃避這個事實，想將這個事實趕出意識。

「為什麼會這樣？你做了什麼？」菜穗的氣息紊亂，我又回答不上來。「你不說話，我怎麼會知道呢？你告訴我，說不定我可以幫上什麼忙，」

眞是個好女孩。明明還在對自己死後的世界惶惶不安，現在卻更擔心我。人類原來是這麼崇高的存在嗎？我曾經很瞧不起人類這種為了滿足欲望，傷害別人也不當一回事的動物。但我是不是錯了？當然，雖然不能一概而論，但那只是人類的其中一面。

把一切都告訴菜穗吧。她讓我發現人類美好的一面，我不該再對她有隱瞞。

「我想……幫助你們。」我慢慢釋放言靈。

「什麼意思？」

「死神不可以干預人類的壽命，無論縮短還是延長人類的壽命。」

「也就是說，為了幫助我們……李奧可能會死嗎？」

我無力地點頭。菜穗捧住我的臉。

「為什麼你要這麼做？你不是死神嗎？早就看慣人類的死亡不是嗎？」

「菜穗救了快要凍死的我，讓我留在醫院裡，每天餵我吃飯，給我泡芙。所以我……我很喜歡菜穗。」言靈脫口而出，揭穿我不曾察覺到的眞心。

「可是、可是……我就算沒被殺死……也很快就要死了。」

菜穗哭紅眼注視著我，環抱著我的脖子。

「菜穗妳幸福嗎？」我的鼻子蹭著菜穗的脖子。

「……幸福？」菜穗不可思議地喃喃自語。

「沒錯。如願以償地成爲護士，還和名城成爲戀人，現在的妳幸福嗎？」

我感受到菜穗心頭顫抖了一下。

「很幸福……非常幸福。」菜穗放開我，沾著淚水的雙眼注視著我。

「我能報答妳的，就是盡可能讓妳幸福得久一點。高貴如我，絕對不允許自己眼睜睜地看著妳被殺。」我不容置疑地道。曾幾何時，體內的恐懼不翼而飛，我想要幫助菜穗，以及會被殺的大家，使命感在我心頭熊熊燃燒。從未有過的感覺令我有些困惑，我舔舔菜穗的手。

「不用擔心。吾主很慈悲。像我這麼優秀的使者，頂多挨一頓罵，應該不會受到太嚴厲的懲罰。」這句話不僅要減輕菜穗的罪惡感，同時也說給自己聽。「話說回來，現在要傷腦筋的是，如何阻止那個姓近藤的男人和他的同夥。」

菜穗歪著嘴角，雙眸緊盯著我，再三點頭。

「那麼……該怎麼做呢？是不是報警比較好？」

「跟警察說『這個人將來會殺人，請將他繩之以法』，他們會行動嗎？」

「不會……那控告他詐欺如何？假藉他人的名義買下我們家的醫院，所以是詐欺……好像也不成立，畢竟又沒騙錢……」

菜穗拋出一個又一個建議，但愈說愈沒力。

「我認爲警察這種組織實在不適合用來防範犯罪於未然。」

「我知道。那你也想想辦法，不要光說不練。」菜穗噘起唇，鼓起臉頰。

「我正在想。我也想過要報警，不曉得警方會不會有動作，但至少可以牽制近藤他們，算是有備無患。」

「……既然如此，你又何必瞧不起我的建議。」

我沒有瞧不起妳的建議。

「不過，有個比報警還要有效、成功率更高的方法。要不要先試試看再說？我們先把他們要的東西找出來。」

「……你的意思是說，把鑽石找出來？」

「正是。只要交給警方，他們就沒理由攻擊醫院了。」

「話是沒錯，但眞的有鑽石嗎？我住在那裡三年了，從沒看過啊。」

「那對父子說他們找到好幾顆寶石。扣掉金村拿走的那顆，其他應該還在洋房裡。」

「可是七年前和前陣子發現男孩遺體時，警方裡裡外外搜個遍，根本沒找到類似鑽石的東西。」

「警方是蒐證，又不是在找寶石。而且寶石就那麼一丁點大，乍看是玻璃珠也不無可能，本來就沒那麼容易找到吧？」

「嗯，或許沒錯，可是光靠我們要找到什麼時候呢？這家醫院可不小，很多老家具連碰都沒碰過。」

菜穗所言甚是，不過本山人自有妙計。

「向我幫助過的那些人討回這個人情。」

「那些人？」菜穗困惑地歪著頭。

第六章　死神命懸一線

1

「眞的要跟大家說嗎？」

茱穗在交誼廳門口探頭探腦地皺著眉頭問。

「當然要，不就是爲此才把那三個人聚集起來嗎？」我從門縫裡看見南、金村、內海侷促不安地各做各的事。前往圖書館的第二天下午，我拜託茱穗將三人集合到交誼廳裡，而且不能讓院長和其他護士發現。

我接下來要對他們表明身分，請他們幫忙找出寶石，但茱穗不怎麼贊成這個計畫。如果可以，我也不想表明身分啊！可是實在沒別的辦法。再說我對這三個人有恩情，他們知道我的眞實身分，應該不會到處亂講……大概。

「問題是，李奧是那個，呃……死神這件事，對他們來說還是太刺激了。」

「他們早就知道我不是普通的黃金獵犬了。」

「大家只是隱隱約約有那種感覺，並沒有確定……」

「既然都心裡有數，想必不會受到太大的衝擊。」

「嗯……但還是不要提到死神、死後的事比較好。」

說得也是，盡量別讓患者陷入慌亂比較好辦事。

「那就不要把我的工作解釋得太詳細，就說我是來幫大家解決心結好了。反正我們本來就不叫死神，那是人類自己隨便取的。」

「既然如此……」菜穗閉上雙眼，食指貼在額頭上，陷入沉思。「叫你『土地神』如何？這座山的土地神變成狗來解決大家的煩惱？」

土地神？我又沒有被綁在這片土地上……算了。

「都好。我明白了，就這麼辦。」我自暴自棄地用肉球推開門。「要上嘍！」菜穗下定決心地點頭。

我的右前腳用力推門。然而，門板比想像中還要重，推也推不動。

「我來吧。」菜穗看不下去，從我頭上伸手幫我把門推開……眞丟臉。儘管一亮相就碰一鼻子灰，我還是抬頭挺胸走進交誼廳。六隻眼睛盯在我身上。不曉得爲什麼，三人的眼神就像在看老朋友，看得我心裡發毛。

「菜穗小姐，這是什麼惡作劇嗎？爲什麼要把大家集合起來，還把李奧帶來。不能讓妳父親知道的事嗎？」

南代表其他兩人半開玩笑道。

「呃……那個……是這樣的……」菜穗吞吞吐吐，對我投以既像求救又像牽制，很難判斷的眼神。

「我乃『土地神』是也！」

實在太麻煩了，我直接對四人發出言靈。菜穗一手蒙著臉，我假裝沒看見。

「因爲你們的煩惱實在有夠麻煩，沒完沒了，我只好助你們一臂之力，感謝我吧！現在我需要你們報答我，具體的做法是……」

「停，李奧，停。」菜穗抓住我的嘴巴，我又不是用嘴巴發出言靈，要講還是可以繼續講，但我賣她個面子，安靜下來。

「你看，大家都嚇傻了。」

這麼一說，我發現其他三人全呆住，活像被子彈射中的白鴿。

「我有什麼辦法？不這樣做根本無法進入正題。」

「話是這麼說沒錯，但還是要有一點心理準備，你就不能先來段開場白嗎？」

「這麼麻煩的事誰受得了？」

「呃，菜穗小姐，請問這是……」雕像般的三人中，南最早恢復意識，他提心吊膽地插進我和菜穗的爭論。

「剛才那個……該怎麼說呢？好像是直接傳進頭腦裡的聲音，李奧說……」

「那個……呃……就是那個啊……該怎麼說才好呢？」

「沒錯，是我說的。」

我打斷欲語還休的菜穗，發出言靈。

「等一下，真的假的？」

內海搖著頭大喊。

「真的，我最討厭開玩笑了。」

我立刻回答。內海後退一步。沒禮貌的傢伙。再也沒有人開口說話，大家陷入一陣沉默，膠著的氛圍讓人如坐針氈。我用後腳搔搔脖子。整整五分鐘後，空氣好像終於正常流動。三名患者不約而同呼出一口氣，凝視著我。到底想幹麼啦？

「不過，我早就知道了，我早就知道你不是一隻普通的狗。」金村仰望天花板。「只是，該怎麼說呢？該說是沒有心理準備嗎？做夢也沒想到狗會開口跟我說話……」

菜穗用眼神示意：「看，我就說。」

我繼續當做沒看見。

「知道就好辦了。話說回來，你怎麼會發現我不是普通的狗？」

截至目前，我只有在夢中和他們說過話。爲了隱藏眞實身分，我非常小心謹愼。平常就像普通的狗一樣，專心一意地吃飯、在暖和的白天睡午覺、有球扔過來我就拚命去追。沒錯，這都是爲了讓他們以爲我是普通的狗，絕不是自己心甘情願。儘管如此，這三人還是一眼看穿我的特別。

這到底爲什麼？因爲我全身上下都散發出高貴的氣質嗎？

「找到地下室以後，我白天就經常來交誼廳或庭院散步，託你的福，我煥然一新。也在這兩個地方遇到和我有同樣境遇的南叔和孫大哥，三人就聊起來了。」內海指著他的病友說：「一聊之下才發現，李奧竟然出現在所有人的夢裡，還幫了很多忙。而且大家在白天就像中了催眠術，講出以前的事。若說是巧合也太巧了。」

內海條理分明地解說，我一句話也說不出。沒想到他們居然開起小組會議，獨自交換彼此的經驗。南的病情原本惡化到要臥病在床，金村則對任何人都充滿敵意，內海獨自幽禁在自己的世界裡，不跟任何人說話。就算我天縱英才，也萬萬想不到切斷他們的心結以後，患者居然有這麼戲劇性的變化。

「我從夢中醒來，尋找地下室的時候，你的行爲也非常不合常理。我一醒來你就在旁邊，而且完全理解我的話。」

內海來一記致命一擊，我的尾巴像失去水分的青菜，軟軟垂下。

「不過怎麼看都是一隻很普通的狗。」

金村在我身邊走來走去，不停地上上下下打量我。

「你胡說什麼？我高貴的氣質明顯異於普通的狗，你難道感覺不出來嗎？」

「嗯……這個……我可以說實話嗎？」

「……不了，你不用回答。」

這種說法不就等於回答嗎？

「那個，李奧，剛才你說你是『土地神』吧？也就是說，你是這片土地的……呃，該怎麼說呢……神明嗎？」

「人類對於『神明』的概念實在太模稜兩可，我沒辦法明確回答。但至少我是棲息在這個地方的高貴靈體。」

「既然如此……你爲何要幫忙解決我們的煩惱？」

「因爲那是我的工作。我爲此存在。請理解這一點。」

南的臉上浮出不置可否的表情。不曉得他接受了，還是沒接受。

「那我再問最後一個問題：你爲什麼會是狗的樣子？」

「……這個說來話長，請不要追究原因。」鬼才要告訴你我是被降職的。「那好，疑問到此爲止。我可不是因爲想聊天才把你們聚集在這裡的，有件很重要的事一定要告訴你們。再這樣下去，你們兩週後就會被殺掉。」

「我不是告訴過你，要給他們一點心理準備嗎？」

菜穗一掌拍在我的腦門上。

沙發上三名男人用相同姿勢抱著頭，一臉凝重。他們看起來像是前衛雕刻藝術。兩週後的事、犯人、動機以及現在該做的事。隨著我用言靈一一解說，三人的表情愈發凝重扭曲，終至變得蒼白。等我完全講完，他們就像蠟像般保持苦惱的表情和姿勢，動也不動。腦裡塞滿未來的事，我的眞實身分已經一點都不重要了。

「那幫人嗎……」金村呻吟著。腦海大概浮出害自己陷入債務地獄，還謀殺住在這棟洋房一家三口的那群男人。

「那個，孫先生……可以這麼稱呼你嗎？李奧講的是眞的嗎？你是因爲洋館命案而遭到通緝的金村先生嗎？」

金村凝重地對愼重揀選用詞的南點點頭。

「是的……金村是我的本名。一直瞞著大家，對不起。」

「可是孫……金村先生，你並沒有殺死那個孩子吧？」內海在長椅上微微移動。彷彿只要金村承認，他就要撲上去。

「沒有！那孩子不是我殺的！我開槍了，但我是朝進屋搶劫的傢伙開槍。在店裡鑑定鑽石時，我見過那孩子，但後來就不曾見面。」

「這樣嗎？那就好……」內海懷疑地斜睨著金村。畢竟被視爲殺人凶手，一時間很難取得信任。何況，金村潛入這裡的確是要搶劫。雖然沒傷害那一家人，可是如果狀況稍有不同，難保他不會做出和近藤他們同樣的事。

南雖然不像內海那樣直接，但身爲前警官，肯定不想和被通緝的人同處一室。他沉著臉，布滿整臉的皺紋彷彿變得更多。

「也罷。金村的事放到一邊。李奧，我問你，你說兩週後我們都會被殺……這是眞的嗎？」

南的經驗豐富，所以比內海冷靜，他字斟句酌地問。

「你不相信嗎？」

「不，倒不是不相信，但整件事實在太匪夷所思……」南向兩邊的病友投以求助的眼神。兩人也微微頷首。都可以和我對話，卻不相信會被殺是什麼邏輯？比起遇到會講話的狗，被殺的機率顯然大多了。

「儘管想要鑽石，有必要把人都殺光嗎？會不會太超現實了？」內海無奈搖頭。

「那些人爲了寶石已經殺了三個人，我們憑什麼認爲自己可以逃過一劫？我不確定在座的各位是不是都會死，但放任不管，大部分的人都會喪命。」

內海張開嘴巴，但不發一語。金村沉默不語，望著交握在兩腿間的手，突然起身。

「既然如此……我去自首，告訴警方那幫人就是凶手不就好了？這樣他們就會被抓……」

「你可是潛逃七年的嫌犯。警方會輕易相信你的話嗎？」

「就算不相信，應該會傳喚他們說明。他們可能就不敢對這裡出手了。」

「你敢保證兩週內可以確實走到這步嗎？何況，你打算失去自由，爲根本沒做過的事迎接生命的最後一刻？」

而且金村可能又會產生新的心結。他一時無言以對，但馬上擠出聲音。

「……總比坐以待斃好。」

「我不同意。好不容易讓你擺脫依戀的束縛，你要讓我的苦心白費？」

「這也沒辦法。」

「你們到底都聽到哪裡去啦？我何時說要坐以待斃了？我說的是要把藏在這裡的寶石找出來，問題就解決了。」

「你眞的以爲有寶石嗎？那對父子確實說過『不止一個』，但沒有人親眼看到。此外你以爲在那之後過了幾年？七年！有也早就被別人發現，賣掉了。」

金村揮舞著雙手，像在趕蒼蠅。

「案發後，警方介入卻什麼也沒找到。而改建成醫院前，幾乎沒人靠近這裡。幸好院長也沒處理掉家具，反而留下來使用。寶石很可能還在。」

「你這不也是病急亂投醫嗎？跟我的提議有何不同？」

「至少那幫人認爲寶石還在。或許沒根據，但比你去自首要來得好。」

我和金村互瞪，彼此都想說服對方，不願讓步。我甚至無意識地發出低鳴。

「你們都給我差不多一點！」

耳邊傳來要把耳膜震破的怒吼。聲音在腦中彈跳，彷彿一隻巨大的鐵鎚敲打著腦袋。一陣天旋地轉，我往後退兩三步。

「現在是讓你們吵架的時候嗎？」菜穗雙手叉腰，打斷我和金村的爭執，臉頰漲得跟楓葉一樣紅，我們目瞪口呆地看著她。

「李奧和孫……金村先生聽清楚了嗎？」

金村嚇得縮著脖子，小聲說：「清楚了，對不起。」這種小事就嚇成那樣，窩囊廢。附帶一提，我的尾巴雖然夾進兩腿，但不是我的本意，這點不用我再多解釋。

「李奧也聽清楚了嗎？」

茱穗的眼神有一股冰冷的殺氣，我全身發抖。

「對不起！」我四腳朝天躺在地上，露出白肚子。我也不懂自己爲什麼產生這種反應，這種姿勢太丟臉了。

「大家都冷靜一點。李奧講得太快，沒好好說明，造成大家的混亂。請先冷靜下來，好嗎？」

都是我的錯嗎？

我愈來愈火大，乾脆趴下不管好了。

其他三個男人就像被老師訓話的小孩，正襟危坐地點頭稱是。

「總而言之，李奧不是普通的狗，這點可以理解嗎？」

患者們一瞬間窺探彼此的反應，南隨即代表大家開口。「事到如今只能相信了。我們本來就覺得李奧很特別，沒想到這麼『特別』……」

南頭痛似地按著頭。金村和內海也逕自保持沉默。

茱穗將三人環視一遍，接著說：

「第二個問題，大家相信兩週後的事嗎？」

患者又開始窺探彼此，時間比剛才還要長。幾十秒後，南欲言又止，代表大家發言：「關於這件事嘛……還是很不眞實……預測未來已經很不可思議了，再加上所有人都被殺，實在有點……」

還沒跳出這個迴圈嗎？但內海贊同地接在南的後面道：

「我是不曉得那些鑽石多有價值。但爲此就要把所有人殺掉，是不是太荒唐了？正常情況應該會想其他辦法吧？」

「我不是說過了？近藤他們最初打算矇騙院長，混進這家醫院。但因爲失敗了，無計可施，只好採取強硬手段。」

「你確定嗎？你有看到我們被殺的畫面嗎？」

我的臉部肌肉微微地抽動一下。

「呃……那倒沒有。不過兩週後，這裡應該會有好幾個人死去……」

「『應該會有』是什麼意思？這麼模稜兩可的說詞很傷腦筋。再說，如果你眞的是什麼『高貴的靈體』，應該有辦法阻止想要突襲這裡的那幫人吧？」

唔……被戳到痛處了。

「我沒有……直接攻擊人類的能力。」

「那不是一點用處也沒有嗎？話說回來……」

內海勝利般大放厥詞。我脾氣再好，差不多也到極限了。「隨便你們！」我全力拋出言靈，轉身離去。「走了，菜穗。我錯了，居然想請這群死腦筋的傢伙幫忙。我們自己找吧！」

菜穗有些不知所措，視線在我和三名患者間來回。

「妳不來也沒關係。我自己找。你們不要死到臨頭再來後悔。」

我撂下狠話，打算從門縫擠出去。

「……我相信。」

我停下腳步，回頭一望，低頭自語的金村，正抬起眼皮看著我。

「我相信你。」金村沉重地重複。音量雖小，但他的話勾起其他人的意識。金村嘆一口氣，彷彿要把積在胸口的淤泥全部倒出來，他重新看著一旁的南。「我看到的鑽石是我這輩子從未見過的上等貨。南叔，你那個心上人的父親曾經是富可敵國的資產家吧？」

「咦？啊，沒錯。他非常有錢。」

突然被點名，南連忙回答。

「我就知道。不夠有錢的話弄不到那種鑽石。只要兩、三顆，就可以躺著過日子了……那幫人爲了那些鑽石，殺死我們就跟踩死螞蟻一樣，絕對不會手軟的。要是想不到其他辦法，那幫人眞的會這麼做……一定沒錯。」

溫度彷彿瞬間下降數度。和自己同樣都是患者，而且對近藤他們的心狠手辣再清楚不過的金村和我站在同一條陣線，南和內海終於產生一點危機意識。

「喂，李奧。」金村看著我。

「幹麼？」

「不好意思，我太情緒化了。」

「知錯就好，我接受你的道歉。」

心胸寬大的我不可一世地微微頷首，金村卻皺起眉頭。

「怎麼？」

「一般人在這種情況下，應該要說『我也有不對』。」我爲什麼非說這種話不可？而且我又沒有不對。

「誰管人類的常識。」

「也是。」金村語帶譏嘲地撇撇嘴角，看著菜穗。「菜穗小姐，交給妳判斷了。妳是現場最進入狀況，也是最冷靜的人。如果妳覺得我去自首比較好，我很樂意去。剛才雖然有一瞬間的迷惘，但如果要在監獄裡嚥下最後一口氣，我也不會後悔。是我自作自受。人雖然不是我殺的，但我的確偷了一顆鑽石。反正財產的捐贈單位也決定好了，我已經了無遺憾，隨時可以含笑九泉。不過啊……」

金村輪流看著交誼廳裡的眾人。

「內海先生、還有菜穗小姐，你們還不能死。你們還有心願未了吧？內海先生得把作品畫完，菜穗小姐應該再享受好不容易抓住的幸福。南叔，你也是這麼想吧？」

金村又把話題丟給南，南沉默幾秒，重重點頭。

「金村先生，你說得沒錯。所以菜穗小姐，把這個艱難的任務推給妳眞過意不去，請妳決定我們接下來該怎麼做。我活夠了，但妳和內海不一樣。不管妳做出如何荒唐的指示，我這把老骨頭都會全力以赴的。」

最後當然是開玩笑，但讓人喘不過氣的沉重氣氛變得輕鬆了些。菜穗點點頭，緩緩開口：

「我們先來找鑽石吧！」

三名男人看著菜穗用力點頭。

爲什麼這群男人不聽我的話，卻對菜穗千依百順呢？男性的本能比較容易遵從女人的指示吧？沒錯，一定是這樣。我沉溺在自己也搞不太懂的挫敗感裡，在莫名亢奮的人類旁邊縮成小小一團。

2

「如何？有感覺到什麼嗎？」

菜穗的聲音從背後傳來。

「不，什麼也沒有……」我惜字如金，低著身動了動鼻子。

在菜穗的指揮下，我們展開寶石尋找之旅。考慮到寶石不太可能藏在多數患者住的二樓，菜穗要我調查三樓，剩下的三個人主攻一樓。我和菜穗正在搜索三樓。

正對院長室的房間滿是塵埃，每聞一次味道，鼻子就癢得不得了。無數的家具和裝飾置放在這空間裡。

「這房間到底是怎麼回事？」

「三樓有院長室、我的寢室、爸爸的寢室、值班室和這間房間。這裡被當成堆放雜物的儲藏室。改建成醫院的時候，不會用到的東西都塞進這裡。」

難怪灰塵這麼厚一層。

「李奧，你分得出來七年前的味道嗎？」菜穗拉開老舊衣櫥的抽屜說道。

「怎麼可能分得出來？而且七年前的味道早就完全消失了。」

「嗯？那你還猛聞地板？」

「我要找的不是味道，而是『回憶』。」

「回憶？」

「人類的靈魂碎片會嵌入心愛的物品。我要找那個。」

「那個用鼻子聞得出來嗎？」

「嗯……倒也不是用鼻子去聞，而是用死神的本質來感應。只是身為狗，找東西時會像這樣用鼻子去聞，這是本能。」

「嗯……眞奇怪。」

那還眞是不好意思啊。又不是我自己喜歡封印在黃金獵犬裡。我有點不高興，但還是繼續動著鼻子。一抹淡薄，宛如青蘋果的「回憶」掠過鼻尖。這股「回憶」從哪裡來呢？我拚命抽動鼻子，尋找來源。我專心一意地找尋回憶，往深處前進。

就是這裡。我終於找到源頭。深處的窗旁，放著一棵相當人類身高的樹。樹枝叮叮咚咚地掛滿燈泡和玩具。香氣是從樹上散發出來的。

「這棵樹是什麼？」我記得每年到某個季節，這棵樹就會出現在大街小巷，但總覺得這種樹是洋玩意，不曾深入了解。

「這是聖誕樹。你沒見過嗎？」

「『聖誕樹』？好像有些印象……我只知道這是在西洋祭典上使用。」

「李奧，你對人世間的認知實在很狹隘呢。」

「要妳管。」

「聖誕節是基督教的紀念日，大家會在樅樹上掛一些裝飾品以示慶祝。這棵樹原本就在這裡，即使失去主人，好像還是得到最基本的照顧，所以倖存下來。裝飾品也都是本來就有的。既然都是玩具，大概是那個孩子掛上去的吧？」

菜穗愛憐地輕撫樹葉。原來如此，所以才會染上孩子的回憶啊。

「因為很漂亮，我捨不得丟掉，就留了下來，放在曬得到太陽的位置，任其生長。想說等聖誕節再把樹移到交誼廳，跟願意參加的患者和醫院人員開一個小型聖誕派對。對患者們而言……可能是最後一次的聖誕派對了。聖誕節……剛好再兩週就到了。」

菜穗的臉上浮出玻璃藝品般脆弱的神情。我內心深處一陣刺痛。她口中的聖誕節一定很特別。而且兩週後的那一天，對菜穗而言，一定是最後、也最特別的聖誕節。

但如果放任不管，大家能不能活到那天，都還是未知數。

「除了這棵樹以外，再也感受不到少年的『回憶』了，去別的房間找找看吧。」

我假裝未察覺菜穗的表情有異。我不知道這時候該說什麼才好。我因此心煩意亂。而菜穗彷彿沒有聽見我的言靈，依舊愛憐地輕撫樹枝。

「怎麼樣？」

菜穗詢問精疲力盡癱坐在長椅上的患者，看他們的表情就知道答案了。經過四小時的尋覓，我們再度在交誼廳集合。

「什麼也沒找到。房子太大了。光我們找恐怕還是有難度。」南喪氣嘆息，一臉疲憊。雖說斬斷了依戀，身體狀況稍微改善，但他們終究還是癌末病患。

「最初把問題想得太簡單，寶石那麼小，藏匿處多得是，再怎麼找也……」照理說最有體力的內海，聲音也失去活力。

「那……今天就到此爲止。」菜穗看著左手腕的手表。「五點了，再過一個小時就是晚飯時間了……」

沒有人反對她的提議。

我感到大事不妙。才找幾個小時，大家的體力就消耗至此，可見不能再這樣漫無目的地找下去，得把可能藏寶石的地點縮小到一定程度。我在腦內將目前訊息整合起來。只要串連起微小的情報，或許能找出線索。自己好像快看到什麼了，我緊緊地閉上眼，試圖將碎片重組。我慢慢地聚集拼圖，拼成完整的形狀。說不定……

「等一下。」我用言靈阻止依序走出交誼廳的患者。三人不耐煩地看著我。「金村，我有件事想要問你。」

「什麼事？」

金村想趕快回房休息，沒好氣地回答。

「你沒告訴被殺的父子他們找到的寶石是眞的吧？他們以爲那是玻璃珠吧？」

「……我想是的。雖然我的態度很不自然，父親可能覺得怪怪的，不過應該不曉得是那麼有價値的物品。」

「這樣啊……」

「有什麼問題嗎？」

「既然如此，寶石可能不在父母手上，而被小孩拿來當玩具。」

「嗯……有可能。」

如果是這樣的話……我望向通往走廊的門。

「那個地下室！寶石就在那裡。」所有人都順著我的視線往走廊看。

「你在說什麼傻話啊。前陣子警方不是徹底調查過那裡了嗎？」

內海嘆息。他說得不無道理，但我想到另一個可能性。

「當成小孩房以前，你們猜那個房間是做什麼用的？」

「這個……倉庫嗎？後來要讓孩子避開陽光又掩人耳目，才放上那座時鐘。」

「如果是要讓孩子完全避開陽光，地下室的確是最好的選擇。問題是，父母又沒打算要把孩子藏起來，有必要刻意用時鐘當機關嗎？」

患者似乎無法理解我的話，詫異地皺眉。我無奈地嘆氣，繼續說：

「所有看似把孩子藏起來的舉動，其實都是為了隔絕陽光。所以才把窗戶封死，等到太陽下山才出門。或許白天真的是用時鐘把通往地下室的門封起來，所以鐘點女傭才沒看過孩子。但這麼做是怕萬一孩子不小心晒到太陽，不是為了藏起孩子。太陽出來時孩子應該都在地下室睡覺，晚上才活動。要是父母真想把兒子藏起來，晚上就不會帶他出門散步了。換句話說，時鐘不是七年前那家人刻意放上去的，而是原本就有。父母只是剛好拿來利用而已。」

「或許是那樣沒錯……」內海一臉無聊地道。

我將視線轉向南身上。

「你心上人的父親是什麼樣的人？」

「什麼樣的人？再也沒有像葉子姊的父親那麼聰明的人了。」

「那個人預料日本戰敗，以及後來的事，所以把財產全換成寶石，放在手邊。既然如此，那難道不是用來藏匿財產的密室嗎？」

「……啊！的確。」

「問題是，有必要大費周章蓋一間密室來藏鑽石嗎？」金村從旁提出疑問。

「不，我想財產應該不止有寶石。應該有現金、有價證券、藝術品、骨董等各式各樣的物品，只是預料到日本會戰敗，爲了逃到海外，最後換成便於攜帶的鑽石。」

南的說法和我不謀而合。

「他應該很害怕。自己所有的家當都換成能輕易帶走的東西，雖說是逼不得已，但被偷就會變得身無分文，一家人都得流落街頭。所以會藏在絕對不會被發現的地方。」

「你的意思是說，那個地下室原本是個金庫嗎？可是不管怎樣，警方在那裡什麼都沒找到啊。」金村興趣缺缺地說著風涼話。

「警方只是表面上檢查一遍。即便是地下室，主人也一定會將寶石藏在不容易發現之處。後來小孩無意發現，又繼續藏在那個隱密的地方。」

三個大男人面面相覷，憔悴的臉上浮現出淡淡的期待。很好，只差一步。正當我打算發出言靈，菜穗四平八穩的聲音響起，「去找找看吧！」三人用力點頭。我來不及發出言靈，嘴巴微張的僵在那裡。

……不是該由我來說出關鍵台詞嗎？

「到處都找不到。」

十幾分鐘後，內海很快就舉白旗投降，沒耐性的傢伙。不過，只有床和玩具的五坪大空間裡，十幾分鐘已經算是很花時間了。事實上，我以外的四個人也都一副無所事事，不是玩玩具，就是欣賞牆上的內海畫作。

「李奧，好像眞的沒有……」

菜穗難以啓齒。我還在牆邊拚命尋找沒有回答。我可沒有閒工夫理會這些喪氣話。

「或許曾經在這裡沒錯，那孩子不是發現了嗎？會不會移到別處了？」

內海一說完，金村和南就點頭附和，空氣中瀰漫著隨時放棄的氣氛。雖說病人比較沒有體力，但集中力就不能再持久一點嗎？

「前陣子近藤來醫院的時候，曾無所不用其極地想闖入地下室。那傢伙一定有什麼根據，讓他確定寶石就藏在地下室。」我發出言靈的同時，自己也整理一遍。「搶匪們的確把房子翻得亂七八糟。換句話說，遭到金村槍擊前，近藤他們花很長的時間翻箱倒櫃，卻沒找到寶石，只好先撤退。過七年，在地下室發現搶匪闖入時不見蹤影的小孩，他們當然會認爲寶石和小孩都藏在地下室。」

以上是我的結論。一定有的，一定在地下室某處。

我把雙眼睜大到幾乎會痛的地步，將空氣送進鼻腔裡。房間充滿少年的回憶。即使七年過去，回憶還是緊緊依附在每一個角落，特別集中在內海的畫和玩具上。然而我要找的並不是這麼濃烈，而是飄散著淡淡香氣的回憶。慘遭殺害的孩子得到寶石的時間不長，而畫作和玩具可以撫平他始終被太陽拒絕的悲傷，因此寶石的回憶淺淡許多。然而，星子般的寶石，應該也讓孩子產生過不同於繪畫及玩具的感動。

咦？我趴在入口附近的地板上驀地抬起頭。

和主要瀰漫在房裡的味道不同，一股「回憶」從鼻尖掠過。縈繞在內海的畫和玩具上的「回憶」如陽光般溫暖，這一閃而過的「回憶」則帶著清涼。我將精神集中在感覺上，尋找來源，湊近磚塊打造的牆壁，追尋一不小心就會跟丟……不對，聞丟的香味。

就是這裡。找到了。香味從入口牆壁下的磚塊縫隙飄散出來。

「汪！」我興奮到忘記用言靈吠叫。內心半放棄，環顧四周的四人嚇得轉頭看我。

「怎麼了，李奧？幹麼突然大叫？」

「就是這裡！就是這個磚塊！」

我興奮地看著菜穗走到身邊，以「握手」的動作摸其中一個磚塊。

「這個磚塊怎麼了？」

「妳試著扳動。」

「扳動？怎麼可能。磚塊已經牢牢固定了。」

「別說那麼多，試了再說。」

「好吧，你還真像『開花爺爺』裡的那隻狗呢。（註）」雖然不曉得她在講什麼，但

註：「開花爺爺」是日本的民間故事。描述一對心地善良的老夫妻撿到一隻白色的小狗，老夫妻將狗帶回家，並當成自己的孩子般照顧。某天，小狗挖著田裡的土，並發出汪汪的叫聲，老夫妻在小狗挖掘的地方向下深探，發現了為數不少的金幣。

總覺得不太開心。菜穗把手放在磚塊上，輕輕一拉，居然輕易把磚塊拔出來。「咦？」菜穗目瞪口呆地看著磚塊，上下各有一排輪子。

「這是什麼？」

「這就是藏寶處。」

打造房間的主人，除了用時鐘藏起暗門，還改造出一個更隱密之處。眞是謹愼小心的男人。他一定是會把石橋敲壞的那種人（註）。

「看不見裡面，我去拿手電筒。」

「手機的光線就夠了。」

「鑽石就在這裡面嗎？」剛才一副要死不活的態度根本是個幌子，三個男人就像螞蟻看到砂糖般全都圍上來，興奮地說著。菜穗從內海手中接過打開照明的手機，代表眾人一探究竟。

「看到什麼嗎？」

南的語氣裡交織著期待與不安。

「……好像是個保險箱。」

「打得開嗎？」

打不開的話可就一點意義也沒有了。要拿到裡頭的寶石，這一切努力才不算白費。

「嗯，我想應該打得開，鑰匙還插在上面。」

眾人不約而同地開心歡呼。快拿到救命寶石了——這個想法染紅眾人的臉。

「我要打開嘍……」

菜穗緊張地道，她輕輕地將顫抖的手伸進洞裡。

3

「菜穗，晚安。」

剛從玄關進來的名城看到菜穗，開朗地打招呼。

「嗯……晚安。」菜穗卻無精打采。

「怎麼了？妳不舒服嗎？」名城的聲音裡帶著焦急。

「沒什麼，我很好，陪李奧玩得有點累了。」

幹麼推到我頭上。

「這樣啊……沒事就好，不要太勉強。」名城又拍拍我的頭：「不要讓菜穗太累。」

果然怪到我頭上來了。欲加之罪，何患無辭。而且誰准你隨便拍我的頭了？

「我先把東西放到值班室，待會再聊。」

「好的，待會見。」菜穗努力在疲憊的臉上擠出笑容。

「……現在怪我了？」名城消失在走廊盡頭的樓梯時，我提出正當抗議。

「你生氣啦？對不起。」

註：「石橋を叩いて渡る」是日本諺語，原意為乍看堅固的石橋，為求安全，也要敲打之後確認沒問題再過。引申為謹慎再謹慎、小心又小心的意思。

「算了，我不會放在心上。」

菜穗的語氣未免太沒活力，我想也沒想就原諒她了。大約一個小時前，菜穗滿心期待地打開保險箱，想像藏在裡頭的寶石可以幫助大家逃過莫名其妙的死期。然而，保險箱裡……什麼東西都沒有。沒錯，隱密萬分的保險箱裡，一顆寶石也沒有留下。

保險箱裡的確還殘留著「回憶」，少年確實把寶石放在這裡。不過，東西已經不翼而飛。飛去哪裡？我眞的毫無頭緒。孩子父母察覺到寶石的價値，賣掉了嗎？還是案發後其他人侵入這裡，把寶石帶走了？總之寶石還在屋裡的可能性變低了。

菜穗等人凝視著空空如也的保險箱，表情充滿讓人喘不過氣的悲痛。南、金村、內海三人彎腰駝背地走出地下室，回到病房，我和菜穗像兩隻無頭蒼蠅似地繼續探索。

我不由分說地拖著菜穗，嘗試在走廊上聞味道，但心裡始終不太舒坦。

「李奧，今天就到此爲止。」菜穗聽起來眞的累壞了。

「……好。」我的言靈也不再有活力。狗的本能一直在催促我趕快蜷縮到交誼廳的地毯上，好好睡一覺。

「得想其他的辦法……」

「……嗯。」

交換完有氣無力的對話，我們並肩往走廊前進。前方傳來乒荒馬亂的腳步聲。

「原來在這裡啊，菜穗，現在有空嗎？」護理長晃動著肥胖的身軀下樓，看著菜穗說。

「有，什麼事？」

「不好意思，可以拜託妳今天值晚班嗎？」

「咦？發生什麼事了？」菜穗不解地側著頭。

「晚班的酒井打電話來，說有棵樹倒在通往醫院的路中央。她現在還在線上，妳直接用那邊的內線電話跟她說。」

「啊，好的。」菜穗乖巧點頭，拿起走廊牆面的話筒。我將精神集中在遠比人類敏銳的聽覺上。「我是菜穗。」

「啊，菜穗嗎？對不起。」話筒那頭傳來輕鬆的聲音，聽起來像在哼一首荒腔走板的歌。我認得這個聲音。她是在這家醫院上班，人數少得可憐的護士之一。

「嗯，沒關係。發生什麼事了？沒事吧？」

「我一點事情也沒有，可是車子過不去。一棵大樹倒在路中央，聽說到明天早上才能恢復通車。眞的很抱歉，今晚可以請妳代班嗎？護理長說她也回不了家，會跟妳一起值班，患者最近也不可思議地有精神，我想應該滿輕鬆的。」

「嗯，我明白了，完全沒問題。」

明明累翻了，菜穗還逞強地擠出一絲體力，豪爽答應。

「謝謝！眞不好意思。下次一定會補償妳的。」儘管隔著電話，但酒井的聲音讓人想起她雙手合十、低頭道歉的模樣。

「那棵樹什麼時候倒的呀？名城醫生已經來了，廚師也都回去了。」

「什麼？名城醫生到了？這不正好嗎？和男友一起值晚班。不過因爲院長也不能上街，這下子樂趣減半了。」

「妳在說什麼呀。」菜穗紅著臉地駁斥。

「犯不著那麼害羞。不過，名城醫生都到了，真的只是前後腳的差別呢。現在有個虎背熊腰的大叔擋在路中間，路障似地禁止大家通行……」

酒井講到這裡，聲音突然斷了。

「咦？喂？喂？」菜穗喊好幾聲，但沒有回音。她大惑不解地把話筒放回機子。

「菜穗，講完了嗎？」

「嗯。總之要我幫她值晚班。我馬上換衣服。」

「不好意思啊。不過名城醫生也要值班，就當約會吧。大家都還算穩定，應該不會有什麼工作。」

「怎麼連護理長也跟著胡鬧。」菜穗掩飾害臊高聲說著。

「在吵什麼？」和菜穗剛好是對照組的低沉嗓音響起。西裝筆挺的院長從樓上下來。大概打算去鎮上的診所。

「院長，請留步。今天沒辦法上街了。」護理長揮著雙手。

「怎麼回事？」

「酒井剛才打來，說一棵樹倒在要道上。如果不能開車，走夜路實在太危險了。今天還是請人代班比較好。」

「……我打電話問一下。」院長挑起一邊眉毛，但若不仔細看絕對看不出來。他下樓拿起話筒貼到耳邊。眉頭挑得更明顯。

「……故障嗎？」院長搖晃著話筒。人類似乎有碰到機械故障時，不管三七二十一先搖搖看再說的本能，但這究竟有何意義呢？

「剛才我和酒井小姐講到一半電話就突然斷掉了，可能是那時故障的。」

「這樣……」明白再怎麼搖也修不好，院長放下話筒，從口袋裡掏出行動電話。

「……手機也收不到訊號。」

「這就奇怪了。雖然訊號一向不太好，但很少完全收不到。」

「咦？我的手機也收不到訊號……怎麼會這樣？」

走廊瀰漫起非比尋常的氣氛。

我雖不清楚眼前的情況多麼不尋常，但也感受到他們的緊張。

「酒井說是因爲樹倒了才禁止通行，對吧？」

「是的，酒井是這麼說的，說樹倒在山路入口那邊。」

「……我看看狀況。走到那邊或許手機就收得到訊號了。」

院長披上手裡的外套，走向玄關打開門離開。被院長打開的門又緩慢關上。下一瞬間，我用肉球在地毯上用力一蹬，從快關的門縫裡竄出，追上正要穿過庭院，走向停車場的院長。

我不曉得爲什麼要這麼做，但不安蠢蠢欲動，逼得我不得不行動。

我穿過庭院走進停車場，好不容易追上小跑步的院長。院長不可思議地瞥一眼跑得氣喘吁吁的我，手放在車門上。然後突然停止動作，往腳邊看。我一時無法理解院長一連串動作的意思，待我追上院長的視線，立刻搞清楚整個狀況。

橡膠製成的輪胎破了，而且不止一個，四個輪胎都破了。正常情況下不可能發生這種巧合。分明就是故意戳破的。我和院長同時將整個停車場看一遍。除了院長的車，停車場裡還停著菜穗、名城、護理長三人的車子。在路燈微弱的照明下，三輛車的輪胎全軟趴趴，宛如撒鹽的蛞蝓。

顯然有什麼不好的事正在發生。那已經不是預感，而是確信了。

野獸的臭味混在夜晚森林釋放的清香中，掠過鼻尖。電流自脊椎竄過。我在降臨人世前，多次在特殊情況下產生這種感覺。那就是戰場。

這是「殺氣」。人類想殺害對方時會發出這種氣息。我還來不及思考，院長的膝蓋內側便撞上我的身體。他整個人失去平衡。下一瞬間，院長前方的玻璃窗砰然粉碎。四周迴盪起爆竹般的聲響。我也記得這個聲響。是槍聲。得快逃才行。

「汪！」我從丹田發出警告的咆哮。

院長立刻意會到我想說什麼，馬上壓低身體，往醫院拔足狂奔。我也馬上跟在院長身後，全力在庭院裡衝刺。槍聲響數次，打中腳邊的泥土。攻擊從背後來的。我們沒餘力回頭，一路衝到醫院大門。再這樣下去，門一打開就可能被擊中。

「菜穗，把門打開！」我對應該在門內側的菜穗發出言靈。就在我們即將抵達玄關時，醫院沉重的門板開始打開。門縫裡可以窺見菜穗和護理長的臉。我和院長幾乎同時衝進微微敞開的門縫裡。

「把門鎖好！走廊的窗簾也要拉上！」院長雖然氣喘如牛，但語氣鎮定。明明才從槍口下撿回一條命，眞是了不起的膽識。

「這到底怎麼一回事？」護理長遵照指示，拉上走廊的窗簾，尖叫著問。

「我也不知道。」院長的額頭擠出深深的皺紋。

菜穗蹲在我旁邊，用院長和護理長聽不見的音量道：「發生什麼事了？」

我知道發生什麼事了。我優異的嗅覺完全掌握現狀。我用言靈慢慢地把最糟糕的情況告訴她。「……是近藤。」

菜穗喉嚨裡發出倒抽一口涼氣，哨音般的聲響。

「騙人……眞的？你確定嗎？」

「我聞到那個男人的味道了，不會錯的。」

菜穗的表情充滿恐懼。「怎麼會？不是還有兩週嗎？」她的語氣帶有一絲責備我的意味。我無言以對，保持沉默。同事的確說兩週後，這究竟怎麼回事？我馬上歸納出兩種可能：

一是同事搞錯了。因爲死神的世界和這個世界的時間概念有相當大的歧異。同事說兩週左右，或許誤差遠比我想像得還要大；還有一個可能性……原因可能出在我身上。我聽見同事的預言，企圖改變未來。而我的行動的確也改變未來，往壞的方向……

「發生什麼事？」

聽見騷動，穿著白袍的名城和患者陸續下樓。

「不曉得。電話突然不通，院長一出去就發出好大聲響……」護理長上氣不接下氣，斷斷續續說著。光靠這些根本搞不清楚狀況，只是變得更混亂，陷入惡性循環。

「近藤他們來了，就埋伏在外面。」我發出患者聽得見的言靈。他們頓時停止動作，浮現夾雜著恐懼與厭惡的表情。

「不知道對方是誰，但我一出去就受到槍擊，車子的輪胎也全被刺破了，我們被困在這裡。得想辦法和外界取得聯繫才行。」

院長以和平常無異的平淡語調，簡單扼要地交代狀況和接下來該做的事。

走廊沸騰似的混亂氣氛終於冷卻下來。

「槍擊？有沒有受傷？」名城關心著戀人的父親。

「沒打中。」

全是我的功勞。

「為什麼？誰會做這種事……」名城反覆深呼吸地問。

「我也沒頭緒。大家檢查一下手機，有沒有人收得到訊號？」

院長一句話就打發掉名城的問題，迅速地對在場所有人做出指示。除了南，大家幾乎同時拿出一手就能掌握的小巧機器，然後露出失望的神色。

「怎麼會這樣？平常都還好好的。為什麼？」

護理長最六神無主，她舉起胖胖的手臂，差點失去理智地把機器扔向牆壁。

「妳冷靜一點。」院長的音量不大，但比平常低沉，他具有重量的發言響徹五臟六腑。這股壓力讓所有人都閉上嘴。「驚慌失措只會增加危險。如果手機不能用，再想想其他辦法。」

院長說完這句話，整個世界突然掉進黑暗裡。

「什麼？」「停電？」「電線被切斷了！」「什麼都看不見！」

冷卻的氣氛又開始沸騰。

人類身爲晝行性動物，異常恐懼黑暗。或許是靈魂深處還殘留著祖先在黑暗中受襲的記憶。不管怎樣，重要的視覺被奪走，害怕也是理所當然。近藤他們可能會利用黑暗展開攻擊。我用嗅覺和聽覺代替視覺，努力掌握周圍動靜。然而，出乎我的預料，沒有近藤他們侵入醫院的氣息。

「立刻切換到備用電源。」

彷彿就在等院長一聲令下，走廊亮起跟平常不能比的微弱燈光，頂多勉強認出彼此，照出每個人不安的神色。

「爲什麼要做到這種地步……究竟是誰？」

「不知道。這裡應該沒值得偷的東西，我也不記得做過讓人懷恨至此的事。」院長井井有條地回答名城的疑問。

「……是那個男人，想要買下這裡的男人。」菜穗沉重低喃。

「……工藤？」院長不明所以地看著女兒。

「那個男人其實不叫工藤，本名叫近藤，在監獄裡至少待五年以上。是那個男人幹的！」菜穗激動萬分，一口氣將目前的狀況傾倒而出。我不曉得告訴他們攻擊者的背景是不是正確判斷。如果好好說清楚，的確會讓狀況變得明朗，減少混亂。但短時間內「好好」說清楚可是難如登天。

「妳怎麼知道這些事？」

「這是因爲……」

院長對女兒提出理所當然的問題，但菜穗也答不出來。事已至此，我是不是該痛下決心，向所有人表明眞實身分？但這會不會讓事情更混亂？我猶豫不決時，有人挺身而出。

「……我來解釋。」

「孫先生？」院長意外地望著金村。

「院長，我不姓孫，我姓金村。隱瞞這麼久，眞的非常抱歉。」金村深深低頭。

「金村？」護理長注視著金村在陰暗燈光下瘦骨嶙峋的臉。

「是的。我是被視爲七年前命案的凶手，受到通緝的珠寶商。」

知曉金村眞實身分，院長、護理長、名城的眼神驚疑不已。思考速度跟不上金村唐突跳躍的自白。幾秒鐘後，護理長從喉嚨深處發出壓抑的悲鳴，遠離金村。死到臨頭的癌末病人有什麼好怕的？

「不過，請各位相信我。七年前我的確潛入洋房，可是當時住在這裡的一家三口早已遇害，眞凶就是現在守在外面，名叫近藤的男子。」

金村拚命向想要逃跑的護理長解釋，但護理長還是往後退，用力搖頭。金村將厚唇緊抿成一條線，低頭不語。

「……請你說得詳細一點。」院長以一如往常的平板語氣說道。

「好的……但這裡非常危險。他們殺進來就會被逮個正著。換個地方再說吧。」

金村的提議沒有人反對。

「到二樓的病房。那裡可以上鎖，也可以看見外面情況。而且房間比較多，應該不會馬上被找到。」

一行人上到二樓，躲進從盡頭數來的第二間病房，從裡頭反鎖門。

「有看到什麼人嗎？」院長詢問從窗簾縫隙窺探的名城。

名城蹲低，以免被外面的人看見。「沒有，至少這邊看來半個人也沒有。」

院長微微頷首，表情凝重地望向病房一隅。

「那麼……金村先生……是嗎？請你繼續剛才的話題。」

「院長，現在最重要的是要想辦法和外界取得聯絡！」

護理長提出抗議，氣息因恐懼而變得紊亂，但還是死命地降低音量。

「電話線被切斷了，手機也不通，連用無線電干擾的手段都用上了。剩下的方法只有直接到鎮上討救兵，但是不能開車，一出去可能就會受到攻擊，這招也行不通。現在唯一可以做的，就只有搞清楚狀況了。」

院長脈絡分明地分析，護理長終於安靜下來。院長用視線催促金村往下說。

「二戰時，洋房所有人在屋裡留下一些鑽石，後來被少年發現，委託曾經是珠寶商的我鑑定。當時我被債務逼得走投無路，為了將鑽石據為己有，便拿著手槍潛入這裡。可是我潛入時，那家人早被同樣知道鑽石的那幫人殺死了。」

「鑽石……」聽見意外的名詞，院長的語氣裡帶著困惑。

護理長瞇起眼睛，眼神中毫不掩飾「少來了，肯定是你殺的」的控訴。或許是感應到她的視線，金村對護理長深深低下頭。「妳不相信我也是應該的，這件事告一段落，就算妳要把我交給警察，我也毫無怨言。但現在請妳相信我。」

「院長，七年前的新聞說凶手就是叫金村的珠寶商，我記得很清楚。」

護理長顫抖地指著金村。院長對她嚴厲的一瞥，緩緩開口：

「這個人的日子所剩無幾了。」

護理長的表情僵住。金村艱苦地扯著嘴角。

「妳認爲他有必要到這個時候還要說謊嗎？聽他把話說完，可以嗎？」

「……可以。」護理長不甘願地點頭。

「謝謝你，院長，眞的……」

「麻煩你接下去說。」院長打斷金村的感謝，催促他繼續未完的說明。

「好的……我潛入這棟房子後，下意識地對攻擊我的近藤開槍，然後搶走他手中的鑽石，潛逃到國外。」

「也就是說，那幫人是來找你報仇的？」

護理長的語氣裡充滿赤裸的責難。

「不，應該不是。我已經完全變了個人，回到日本以後也從未和近藤打過照面……前幾天從病房的窗戶偶然看到近藤，發現他就是當時那個人。」

金村說到最後，夾雜了一些謊言。要跳過我的存在，又要解釋清楚，這也是沒辦法的事。可見如果有必要，人類即使死到臨頭還是會說謊。

「那他們爲何要攻擊這家醫院？」

名城還在偷看窗外的狀況。

「我猜，大概是爲了搶奪還在這裡的鑽石。」

「鑽石不是被你拿走了嗎……」

「我只拿了一顆。照那對父子的說法，應該還有很多。原本以爲那幫人已經把剩下的鑽石偷走了。沒想到那傢伙因爲被我擊中，來不及把鑽石找出來。或許本來要再來找第二次，但因爲犯下其他案子，被關進監獄裡。」

「所以才千方百計地要我讓他進屋檢查嗎？」院長的手臂環抱在胸前道。

「可是不是已經買下這裡了嗎？怎麼忽然那麼急？」

「我沒答應，賣房子的事吹了。」院長像處理事務性工作，回答護理長的高喊。護理長瞪大帶血絲的眼睛，雙手捂住臉，坐倒在地。

「就算是這樣……就算是這樣……也沒必要殺人啊……」

沒錯，近藤爲何突然使出下下策？應該還有很多方法。這時，腦袋裡又出現一陣騷動。這是什麼感覺？我好像忽略重要的事。我小心翼翼地撿拾起記憶的吉光片羽，找出不對勁的源頭。恐怕是「那個時候」。近藤溜進屋裡來的那個時候。那一天，近藤和我兩個人……眞麻煩，是一個人和一隻狗……後腦勺彷彿受到重擊。不會吧！我連忙靠近門口，用後腳站立，拚命地想用肉球打開門。好不容易打開一條縫，我立刻往外衝。

「李奧！」菜穗驚慌的叫聲從背後響起，但我不能停下腳步。衝過走廊，連滾帶爬地下樓，我終於抵達一樓。緊急照明的微光，在長長走廊上拉出一道令人毛骨悚然的陰影。近藤溜進房子的那天，馬不停蹄地在各個房間進進出出，一下子又在走廊東摸西摸。當時我不曉得他在幹麼。

我怎麼會這麼笨？要是我早點留意到他舉動背後的意思，事情就不會演變成這樣了。伴著心急如焚的後悔，我在走廊拚命抽動鼻子，回想起那一天。

盆栽張望。

「李奧！」菜穗、名城以及院長都下樓了。「怎麼了？李奧。這裡很危險。趕快回樓上。」菜穗抱起我的身體，硬把我往後拖。但我拚命扭動身子，掙脫開來，往走廊一角的盆栽張望。

我記得那個男人確實在這一帶……一個異物映入眼簾。啊！果然……絕望乘著血液流遍全身。我咬住混在盆栽泥土裡的小玩意。泥土令人作嘔的苦澀在舌尖擴散，我反射性地把那東西吐出。菜穗用手接住掉落的機器。

「這是什麼？」菜穗從各種不同的角度端詳拇指大小的機器。

「……竊聽器。一樓應該到處都有。」

「竊聽器……」菜穗的表情浮現出嫌惡。

「我們的對話都被竊聽了。即使聽不見言靈，也聽得見人類的話。因爲這個……近藤知道他們的眞實身分曝光了。」

明明已經把土吐出來，口中的苦澀卻未曾消失，反而更加強烈。

「……都是我的錯。」

我被菜穗連拖帶拉地回到二樓。南、金村、內海見我那副德性，一臉有話想問，但不能直接開口，我也沒心情用言靈回答。於是菜穗代替我往前跨出一步。

「醫院被裝了竊聽器。」菜穗讓大家看她掌心裡的東西。患者臉色無比難看。想也知道他們的話對近藤等人造成多大刺激。

「可是他們不殺進來，會不會已經撤退了？」內海悄悄地瞥窗口一眼，樂觀地說。

別傻了，怎麼可能，恐怕是……

「他們在等……」金村一句話駁回內海樂觀的想法。

「你說他們在等，等什麼？」

「等同伴到齊。爲了不讓閒雜人等闖進來壞了他們的好事，應該至少有一個同伴還在封鎖通往這裡的路。」

他說的應該沒錯。

「醫院四周現在大概只有一兩個人，就算殺進來，難保不會有人逃出去求救。這麼一來，他們就沒足夠的時間裡裡外外地搜尋。那幫人眞的打算殺光所有的人。」

屋內氣氛一片死寂。眾人無比恐懼，也許幾十分鐘後……不對，想到可能幾分鐘後就會降臨的不幸，每個人都說不出話。空氣緊繃到彷彿一碰就會斷裂的繩索。

「你是說，再過一會兒，他們就會衝進來殺死我們？」

唯一鎭定如常的院長盡量不刺激大家地冷靜詢問。

「沒錯。我很了解那個男人，那傢伙絕對不會手軟。」

千金重的沉默滿溢病房。受不了這股一不小心就會被吞噬的沉重，護理長開口：「院長，逃走吧！只剩這條路了。從後門逃走的話……」

「丟下患者嗎？」院長靜靜說道。護理長張著嘴巴，找不到接下去的話。「大家都不是可以奔跑逃命的狀態。當醫院陷入危機時，醫療人員留到最後是不變的定律。」

院長看一眼女兒的男友。名城臉色蒼白，但還是用力點頭，他的手放在菜穗的肩上。

菜穗的表情一下子放鬆了。相較之下，院長連槍擊時也面不改色的表情微微一變。果然天下父母心。

「既然如此，就只剩下正面迎戰嗎？」

南以與現場氣氛極不相襯的緩慢語調道。

「……請各位躲在這裡，我和院長到一樓想辦法處理。」

名城握緊微微顫抖的拳頭。一聽就知道逞強，但清楚感覺到他是認真的。

「名城醫生，不行。」南不動聲色地否決名城帶著決心的發言。「就算是在菜穗的面前，也不能只讓你一個人出鋒頭。」

「咦？不是……可是……」名城向院長投以求救的眼神。

「大家都是這家醫院的患者，不能讓你們陷入危險。」院長的語氣充滿堅定意志。

「現在不是說這些的時候。和外面的人比起來，人數是我們唯一的優勢，你不覺得應該要將這個優勢做最有效的運用嗎？」

南的提議合情合理，院長雖然一臉不贊成，卻沒再說話。

「我雖然已經是一把老骨頭，但以前是警察，劍道功力還沒完全退化。而且金村很清楚那幫人的底細，內海老弟也還有體力，沒道理把我們踢到一旁。」

南望向兩位病友。金村露出有所覺悟的表情，內海臉色蒼白，但都用力點點頭。

「可是……」院長不解地輪流看著三位患者，磐石般堅固的意志出現一小道裂縫。

「倘若只讓兩位醫生對付那些人，萬一失敗，我們還是難逃一死。既然如此，不如從開始就採取成功機率最高的方法。」南有條不紊的說服，終於在堅硬的岩盤上鑿出一個洞。院長從喉嚨深處發出一聲細微嘆息，簡直像在鬧脾氣地低語：「我明白了……拜託你們了。」能夠成功說服院長，南這把年紀眞不是白活的。

「他們殺進來以前，趕快蒐集可以拿來當武器的物品，同時擬訂作戰策略。已經沒有時間了。」不愧是退休員警，南的指示明確，而且蘊藏著讓大家信服的力量。

不過，無論人數如何占優勢，畢竟對方是壞事做盡的老手，還有手槍。一般作戰策略絕對沒有贏面，必須有反敗爲勝的奇想。我方還有對地形瞭若指掌的優勢，得好好利用才行。

當眾人還在夸夸其談地討論時，我集中精神，找出置死地而後生的方法。什麼方法危險性最低，又能將醫院現有物資做最有效運用，成功擊退那幫人……

「……聽我說。」我對知道我眞實身分的人發出言靈。四人轉身看我，其他人全一臉不可思議。

我坐正姿勢。事情演變成這樣，有一部分……不對，我須負起大部分的責任也不爲過。我虛心反省後認爲自己必須發揮人類不能及的智慧，幫助他們脫離困境，這是我唯一的補償。因此我須盡可能謙虛地提出作戰策略。

於是我擺出最謙卑的態度，發出言靈：

「我有個了不起的建議，要我告訴你們也不是不行！」

4

屋外微微響起汽車引擎聲，我下垂的大耳朵警覺地動一下。

……來了嗎？充斥在四肢百骸的緊張溶解在空氣裡，我從口中慢慢吐出一口氣。

自從退守到屋裡，過了約三十分鐘，這家醫院變成戰場的時刻終於到來。

「車子來了，那幫人很快就會殺進來了。」

我用言靈傳遞著訊息。當然沒人回答。然而，不需要確認，我知道那四個人應該聽見警告，在各自的地盤準備戰鬥。我的策略已經透過南轉告院長他們，大家也接受了。這是當然，畢竟是我想出來的完美作戰計畫。順利的話，或許不會犧牲任何人就能化險爲夷。不過，要是不順利的話……我打了一個冷顫。

我是多麼脆弱啊！第一次感到無能爲力的焦躁。

寂靜塡滿角落，彷彿聲音在世間消失。時間一分一秒流逝，慢得像在對我施以火刑。背上突然竄過一陣搔癢難耐的詭異感。我從眼前的障礙物後面探出頭，望向陰暗的走廊……那是什麼？只見走廊的中間似乎有一道淡淡霞光。我閉上眼，反覆搖頭，再把眼睛睜開。霞光還是飄浮在走廊半空。我屏息凝神張眼一看。不是用狗的眼睛，而是死神的靈魂之窗。那道霞光果然是我認識的死神。

起初，我以爲是同事，應該是負責這個地區的同事。沒想到……

「哇……」驚叫聲差點脫口而出，我連忙呑回。的確是我的同事，問題是，不是只有那位同事。怡然自得地飄浮在同事旁邊的……是我的上司。沒錯，就是把我封印在黃金獵犬的身體裡，只給我一身夏裝，把我扔進冰天雪地的上司。

「請問你在這種地方做什麼？」我方寸大亂，向上司發出言靈。然而……上司和同事一語不發，像沒聽見我的言靈。我又打一個更大的冷顫。

上司來向我傳達什麼訊息？不對，如果是那樣，他不會不回答我的問題。既然如此……他是來引路的嗎？他是要親自爲被我提早死期的魂魄引路，順便向吾主報告事情的前因後果。他也是爲了處罰我。

「他們果然還是會在今天死去嗎？我又會受到什麼懲罰？」我請教上司，但依舊得不到答案。原來如此，要是他決定繼續保持沉默，我也有我的想法。我在言靈裡增加一些力道。「如果這就是吾主的意旨，我會心甘情願地領受。但請等到這個夜晚結束再來收拾我。我不惜任何代價也要保護這裡的人類，就算那會……就算那會違背吾主的意旨。」

我的決心宣告到這裡，上司和同事無聲地消失在牆壁裡。下一瞬間，驚心動魄的槍聲劃破寂靜。玄關的鎖被射破，沉重的門慢慢向外側打開。

正面進攻嗎？進入備戰狀態的我竊笑。我想像從各個角度進攻的可能性。不止是玄關，交誼廳、食堂、廚房及走廊等等，有窗戶的地方都可能是敵人入侵的目標。他們不拐彎抹腳地從正面進攻，這種手段也比較好應付，但根本沒把我們放在眼裡。

我小心不要被對方發現，觀察拿著手槍的男人從玄關潛入。男人很年輕，大概三十歲左右。我記得此人的長相，我和菜穗在圖書館找到的報導照片裡，他和近藤及水木站在一起，叫「佐山」來著。

佐山舉起手槍，神經質地左右張望，一步步往走廊前進。照我看來，他的膽子似乎沒近藤那麼大。外面的人應該不會全闖進來，因爲若有人逃出醫院，他們會追趕不及。果然不出我所料。

「一個男人在走廊上，還不要出來。」我用言靈發出指示。

「這是什麼玩意?」佐山來到我們躲藏的走廊盡頭,他站在巨大畫作前,發出不解的呢喃。原本放著壁鐘之處,如今立著內海的畫作。男人潛入前,我們先從內海的房間將畫搬過來。

沒錯,我現在就躲在這幅畫後。我深呼吸,下定決心——

作戰開始!我故意在畫的後方踩出腳步聲。

「誰?別動!乖乖給我滾出來。」

佐山尖叫著發出自相矛盾的命令,槍口對準畫。

千萬別開槍啊!我避免刺激佐山,慢慢從畫後爬出。

「嗚……」我發出撒嬌的叫聲,吐出舌頭,開始「哈」地喘氣。我不是在討饒,只是緊張令體溫上升,這麼做才能降低體溫。就算只是狗,還是有被射殺的可能。要是可以,我還眞想用肉球握住一面白旗,揮著走出來給他看。

佐山連忙將左輪手槍的槍口對著我,瞪大眼睛。他會開槍嗎?恐懼和緊張令我喘不過氣。佐山的食指扣住扳機。失敗了嗎?我緊緊閉上雙眼,靜待子彈射進身體。然而,我再怎麼耐心等待,劃破耳膜的槍聲也不曾響起。我戰戰兢兢地抬起眼皮。

「什麼嘛,原來是隻狗。」

佐山一臉放心,槍口朝下。我也鬆一口氣。「還滿可愛的嘛。」佐山走過來,沒拿槍的另一隻手摸摸我的頭。嘿嘿,看樣子拜倒在我的可愛下了。一切按計畫進行。我還刻意搖搖尾巴。因爲不是自然地搖,屁股的肌肉好痛。眞是的,再也沒有比對沒要給我泡芙吃的傢伙示好更不划算了。

「告訴我吧，這家醫院的人都躲在哪裡？」

白癡，誰要告訴你啊。廢話少說……看著我的眼睛！

我以「坐下」的姿勢仰望佐山。佐山和我的視線交會，我便干預他的靈魂。和被疾病打倒的患者們比起來，佐山的靈魂強韌太多，實在很難干預。我咬緊牙關，將能力發揮到極致。趕快臣服在我的腳下吧。剎那間，佐山的瞳孔搖晃，焦點渙散，身體跟著僵硬。

「就是現在！」我用言靈對另一個人——躲在畫後的南大喊。「喝！」隨著一點也不像病人、發自丹田的氣息聲，一根撥火棒冷不防從畫後伸出，打在佐山的肚子上。肋骨折斷的刺耳噪音撞擊在耳膜上。

「哇啊啊！」佐山發出野獸受傷般的痛苦呻吟，當場倒下。劇痛讓他從催眠中甦醒。佐山舉起拿槍的手，朝向那幅畫。然而，他還來不及扣下扳機，南已從畫後縱身而出，以不遜於劍道家的優美姿勢，將撥火棒砍向佐山手腕。佐山上臂往難以置信的方向扭曲，手槍應聲掉地。

「趁現在！」南踢開掉在腳邊的槍大喊。同一瞬間，廚房和食堂的門同時打開，院長、名城、金村、內海衝出來，撲到佐山身上。佐山陷入混亂，忘記手臂骨折，猛烈反抗。

「名城醫生！快注射舒可樂和氟哌啶醇！（註）」院長拚命按住掉進陷阱般躁動不已的佐山，大聲吩咐。名城從白袍口袋裡拿出注射器，咬掉針頭外的透明保護筒，將針頭扎

註：舒可樂和氟哌啶醇都是精神鎮定劑。

進佐山的臀部，把針筒裡的液體全推進去。

針頭扎進去的瞬間，佐山抵抗得更劇烈，但接下來像電池耗盡般逐漸遲緩下來。

「……鎮定劑似乎生效了。」

院長大大吐出一口氣起身，低頭看著發出均勻鼻息聲的佐山。金村和內海提心吊膽地放開壓制佐山的手。佐山動也不動。金村眼明手快地用封箱膠帶把他的手腳綁起來。

小小的勝利在我們之間掀起一陣騷動，我也志得意滿地「汪」叫。

「內海老弟，把你的畫弄破了，不好意思。」南手足無措輕撫著被鑿穿的小洞。

「別放在心上，這點小洞很快就能修補好。」

內海笑著拍拍南的肩膀。從窮途末路的狀態殺出一條血路，我們都很亢奮。然而下一秒鐘，勝利的喜悅一下就煙消雲散。玻璃破碎聲在走廊響起。有人打破窗戶闖進屋裡。佐山守在外面的同夥眼看情況不對，突然進攻了。

「快躲起來！」院長壓低聲音道。大家頓時慌亂地尋找藏身處，但走廊幾乎沒地方可以躲人。腳步聲從交誼廳的方向迫近。金村情急之下，打算撿被踢飛的槍，卻被院長抓住肩膀阻止。腳步聲同時來到身邊。眼下只有一個藏身處，我們手忙腳亂地躲進畫作後面。

同一時間，門被推開。雖然是一幅巨大的畫，但躲五個人和一隻狗還是非常侷促。我們緊挨著彼此，屏住呼吸。

「佐山！」走廊響起渾厚的叫聲。「喂，你睡個屁啊！別開玩笑了。」

耳邊傳來踢打佐山身體的聲響。我趴在地上，從畫的陰影處窺探外面。有個肌肉莫名發達的彪形大漢，一手拿著槍，毫不留情地猛踹無力昏倒在地的佐山。

那是金村記憶裡自稱「鈴木」的傢伙，他的本名叫作水木。水木繼續將佐山往死裡踹，下手狠得一點也不像對待同伴。告一個段落後，水木宛如橡木桶般厚實的胸膛被怒氣脹滿。

「混蛋！誰把佐山變成這樣的？快給我滾出來！」

不就是你嗎？聽見水木野獸般的咆哮，我在心裡不留情面地反駁。

水木握著手槍，在走廊四下張望。看到他眼裡失去理智的光芒，我全身寒毛倒豎。藏在畫後面的我們全拚命屏住呼吸。隔著薄薄的畫布，持槍男子就站在幾步外，而且還是壯到根本不需要武器的傢伙。但我們的武器頂多只有撥火棒，被發現的話鐵定逃不掉。

「這幅畫怎麼回事？」

水木和佐山一樣，都對這幅擺明有鬼的畫提高警覺。但水木不像佐山那麼好對付。他壓根不管畫後，舉起手裡的槍就對準畫布。他打算直接用子彈確認後面有沒有人，不是靠雙眼。

「菜穗，拜託妳了。」我拚命發出言靈。

水木把食指扣在扳機上，準備開槍。這時，樓上發出匡啷匡啷的巨響。水木跳起來，面向樓梯，移動槍口。「誰在那裡？」他的音量大到幾乎撼動牆壁，他慢慢上樓。我壓低身體，慎重觀察他的姿勢。水木的腳一階一階地踩在樓梯上。

「還沒。」我用言靈對看不見水木的菜穗做出指示。「還沒。」水木站在一樓和二樓間的樓梯平台，窺看黑漆漆的二樓。下一秒，水木戒慎恐懼地踩上通往二樓的第一階。

「就是現在！」我對菜穗發出暗示。

「啊啊啊！」栞穗和護理長的叫聲響徹雲霄，緊接著一臺機器從籠罩在黑暗中的二樓出現，然後順著樓梯滾落。那是「移動型X光機」，它具有長頸鹿般的長手臂，可以透視人體。

「唔！」水木張開雙手，想要接住朝自己滾下的機器。

不過，肌肉再怎麼發達的彪形大漢，也不可能接得住重量是人類好幾倍，而且正以加速度往身上撞的鐵塊。水木和機器一起撞向樓梯口的牆壁，發出果實被壓爛的聲響。空氣中響起「咚」一聲悶響，我們膽戰心驚地來到走廊。

搞定了嗎？只見水木動彈不得。

成功了。我們又成功了！我激動地搖晃尾巴，「汪」地吠叫。

「太好了！活該。」內海大呼過癮時，一陣風從臉頰掠過，後方牆壁頓時出現一道彈孔。冷汗順著我的背脊往下流。

「王八蛋……居敢這樣對我。」

被X光機壓倒在地，水木的臉被從頭湧出的鮮血染紅，他火冒三丈地舉著槍，眼神瘋狂地瞪著我們。我目瞪口呆。他居然還能動？這傢伙的身體到底是什麼做的？鋼鐵人嗎？

水木將槍口朝向我們，慢慢地爬出來。接著，好不容易掙脫的水木靠在牆上，他應該有哪裡受到重創。

「我要殺光你們所有人，一個都不放過！」

水木呲牙咧嘴，滿腔憤恨地怒吼，活像從地獄爬出的惡鬼。狗的本能拚命地催促我逃離現場，我拚命停住想逃之夭夭的腳。鬼氣逼人的水木，把在場的人全嚇得動彈不得，我們活像被巨型肉食動物逼到牆角的動物。他的手指緩緩扣動扳機。

會被擊中。

我這麼想的瞬間，突然從天而降的液體，淋了水木一身。強烈臭味刺激著鼻腔，我反射性地把臉轉開。

「混蛋！這是什麼？」水木咆哮著往上看。菜穗拿著水桶，臉色蒼白，顫抖地佇立在樓梯上。「妳這傢伙！」水木的槍口對準菜穗。

「開槍的話你也會死！」

菜穗顫抖著尖叫。水木扣到一半的手指硬生生停住。

「你身上是汽油。要是開槍的話，你會變成一團火球！」

水木的臉抽搐一下，聞聞袖子上的味道，牙齒咬得鏗鏘作響。彷彿想用目光將我們千刀萬剮，他狠狠地瞪著菜穗和樓下的我們，把槍收進懷裡。

這也是我想到的作戰策略。利用緊急發電用的汽油阻止對方開槍。這麼一來，就能讓最可怕的武器無用武之地。接下來再來想辦法。但萬萬沒想到，水木將手繞到背後，拿出插在褲腰的開山刀。揮舞著長度相當人類手臂的刀子，水木愈來愈像惡鬼。我們原本意氣昂揚，轉眼間就像抽光空氣的氣球，萎靡不振。

水木頂著一頭被汽油淋濕的亂髮下樓。打算解決我們，再料理菜穗。

「就算沒有槍，把你們全部殺光也是小菜一碟。」

被水木充滿殺氣的聲調嚇住，我們節節敗退。但已經沒路可退了。曾幾何時被我夾在兩腿中間的尾巴已經碰到畫布表面。怎麼辦？我絞盡腦汁如何突破眼前的危機，而且得馬上想出來。愈著急，腦袋愈一片發熱，思緒也更混亂。

當初的計畫是利用二樓的重壓攻擊，至少擺平一個人、甚至兩個人，沒想到居然有人受到那麼沉重的一擊還能動，完全出乎意料。咦？視線一隅的金村，搖搖晃晃地走到畫後面又走出來。我發現金村手裡的東西時，不禁瞪大眼睛。他拿著水桶，汽油幾乎快要滿出來。

我們事先把汽油裝在有蓋子的水桶裡，分別放在護理站、交誼廳、食堂、畫後面等好幾個地方備用。現在把汽油拿出來做什麼？水木已經渾身汽油了。

不理會我的詫異，金村不慌不忙走近下樓的水木。我想阻止金村，然而看到他氣定神閒地往前走的側臉時，到嘴邊的言靈便吞回去。情緒已從他臉上流失，面無表情的金村好似戴上一層面具，不光是我，所有人都說不出話。

金村走到水木伸長手臂也無法將開山刀砍到他身上的距離，停下腳步。

「好久不見了，『鈴木』。你還記得我嗎？」金村表情鎮定。

「哦……你就是金村吧？聽到你的名字時，我不敢相信自己的耳朵。盜聽器的性能不是很好，我以爲聽錯了。沒想到那隻肥豬居然變成現在這副乾癟模樣。怎麼，你想先死嗎？」

水木說到這裡，厚唇突然不再喋喋不休。不曉得是因爲被汽油刺痛，還是因爲憤怒而充滿血絲的眼睛突然瞪大。金村手裡的東西是「打火機」，那是用來手動點火的裝置。水木嚇得往後退一步。

「你想幹麼？那種百圓打火機，你一丟過來，火早就熄滅了。想要燒死我，你得再靠近一點才行。你有這個膽子嗎？你再靠近試試看，我馬上把你的頭砍下來！」

水木大聲叫嚷，高舉著開山刀亂揮。然而已經感覺不到全身上下每一個毛孔散發出來的瘋狂。他甚至有些畏縮。膠著數次眨眼的瞬間，金村緩緩抓起水桶，將汽油往自己身上倒。

走廊上的汽油味密度更高了。鼻腔裡猶如有針在扎，我忍不住流淚，視線一片模糊。

「你、你這傢伙，知不知道自己在做什麼？」

金村超乎預期的行為，讓水木皺起眉頭。

「丟掉那把開山刀，趴在地上。」

金村不帶一絲情感，彷彿機器人朗誦文章的平板語調命令。

「別開玩笑了！你這個混帳！」

「不肯的話我就自己點火，這麼多的汽油，一定可以燒到你。」

終於理解金村想做什麼，水木發出「咿」的驚叫聲。

「……辦得到嗎？要是這麼做的話，你也會死的。」

水木一步一步往後退，不住咆哮。

「那又怎樣？」水木退後幾步，金村就往前走幾步，一派雲淡風輕。

「什麼怎樣……」水木被堵得啞口無言。

「你不知道嗎？我就算什麼都不做，再過幾週也要死了。跟現在就死在這裡有什麼差別嗎？比起這個……」金村宛如戴著面具的臉終於浮現表情。那是般若的表情。「如果拖著把我的人生搞得亂七八糟的你一起下地獄，也算了卻我一樁心事。」

金村放在打火機上的大拇指突然動了，只要再往下滑落，烈焰就會熱情地擁抱兩人。

「住手！」

水木嘶喊的同時也扔掉刀。金村一臉無趣地停止動作。

「……趴在地上，手繞到後面。你要是敢輕舉妄動，我就點火了。」

金村輕描淡寫地道。水木一點也沒有要違抗的意思。

「我知道了、我知道了。你冷靜一點。」

勝負已分。水木已經沒有對抗金村的力氣了。他慢吞吞地把龐大身軀趴在滿是汽油的地板上，手交叉在背後。內海這才回過神，撿起掉在地上的封箱膠帶，把水木交叉在背後的手綁起來。接著名城拿出注射器，在水木身上扎一針。

針頭刺進臀部時，水木一動也不動，只低聲慘叫。

「真是有魄力的虛張聲勢。」我用言靈對把打火機放回口袋的金村說。

「虛張聲勢？」金村抹去臉上的汽油，不可思議地反問。

「……不，沒什麼。」這傢伙……認真的嗎？

「大家沒事吧？」

一直在樓上觀察情況的菜穗和護理長一起下樓。醫院成員都圍著水木，他因鎮定劑生效而緩緩閉上紅腫的雙眼。每個人臉上浮現疲勞，但都露出笑容。

這麼一來，大概只剩下一個人——集團的老大近藤。接下來再想辦法擺平近藤，就能平安無事地迎接黎明曙光。剩下一個人了。我重新打起精神。就在這時，背後傳來腳步聲。我沒想太多，轉身望向身後的走廊，思考瞬間劃下休止符。

「了不起的團隊合作啊，諸君。」

最後的一人站在走廊的中央，槍口對著我們，樂不可支地說道。

第七章　死神的聖誕節

1

「各位，請不要動。別看我這樣，我對射擊技術很有自信的。」

猝不及防的突發狀況令我們呆若木雞，近藤環視我們後調侃地道。手槍在昏暗的緊急照明燈下，反射出怵目驚心的寒光。

「什麼時候……」

名城發出呻吟。

我們把水木綁起來的時候，近藤一定從玄關察看內部狀況，等我們集合起來，他便大搖大擺地從門口進來。當我們因制伏水木而歡天喜地時，他就神不知鬼不覺地來到我們身邊。

我們束手無策地呆立當場。僅有金村一點點地往前動。佐山遺落的手槍就掉在幾步外。金村弓著身子，打算衝過去撿起槍。下一瞬，撼動牆壁的巨響傳遍走廊。金村發出幾不成聲的悲鳴，當場跌倒在地，抱著自己的腳。

「如何？我的技術不賴吧。」

近藤手裡的槍還在冒煙，狀甚愉悅地說。

「沒有傷到骨頭，但動脈可能斷了。」

「得壓迫止血才行！把手帕給我！」

院長和名城快步走向金村，緊急處理腿部傷口。

「金村，你可要感謝我。就算你把槍撿起來，滿身是油的你膽敢開槍，所有人都要陪你一起下地獄了。」近藤扯著薄唇笑了。看見金村散發殺氣的眼神，近藤裝模作樣地說：「哇，我好怕。」便將視線轉向拚命爲金村止血的院長。

「院長大人，都是你不好。要是你肯乖乖地把醫院交給我，我也不用使出這麼亂來的手段了。」

近藤打從心裡感到遺憾似地道，再望著菜穗。

「小姑娘，不好意思，可以請妳用那邊的封箱膠帶把其他人的手綁起來嗎？其他人請靠在牆邊排排坐好。」

近藤晃著槍，極爲殷勤地道。一副隨時單膝跪下、伏首稱臣的乖順模樣。表面上的紳士風度著實令人作嘔。菜穗不知所措地看著大家。近藤平和的語氣彷彿在說「妳的肩膀上有灰塵」。菜穗無可奈何地撿起封箱膠帶，抱歉地捆綁大家輪流伸出的雙手。

「請在三分鐘內把所有人綁起來，時間一到我就要對沒綁起來的人開槍。」

「醫生們也是。」遵照近藤的指示，菜穗猶豫不決地靠近父親和戀人。兩人點頭示意地伸出雙手。菜穗用封箱膠帶在兩人手上繞幾圈。「話說回來，既然你們都把那兩個人抓住了，就要給致命的一擊。這麼一來，我也可以分到多一點鑽石。」近藤盯著菜穗把所有人的手綁起來，撿起走廊上和水木懷裡的手槍，然後塞進西裝口袋裡說道。語氣像在開玩笑，但雙眼冷漠。他說的是眞心話，認眞遺憾同伴沒死。水木全身帶著熊熊燃燒的顚狂之氣，這個男人則籠罩在寒冰刺骨般的瘋狂裡。

我試圖和近藤四目相交。這傢伙的靈魂肯定比佐山強韌許多！但只要我拿出眞本事……「汪！」我試著拿捏不會挨子彈的範圍小聲吠叫。近藤轉向我。我和近藤的視線對上了。趁現在！沒道理放過千載難逢的機會。我全力干預近藤的靈魂。

只要催眠，控制他的行動，一切就解決了。

「嗚……」但我發出微弱的悲鳴。像是腦震盪，我腿一軟倒在地上。全身就像泡在冰水裡，一股惡寒流竄至四肢百骸。

怎麼回事？我一頭霧水地望著近藤。不是靈魂強不強韌的問題。這個人的靈魂……太骯髒了。試圖接觸這傢伙靈魂的瞬間，毒液般的汙穢彷彿逆流而來。我無法接觸這樣的靈魂。一個搞不好，反而是我會被對方的情緒附身。

「這傢伙根本一點用也沒有嘛。」近藤有些不解地將視線從我身上移開，揚起利刃般單薄的嘴角，接著把槍口朝向軟弱無力，呼呼大睡的佐山。大家都明白，他眞的會扣下扳機。近藤的瘋狂讓空氣凍結。

「綁好了。」近藤扣下扳機前一刻，菜穗終於把咬緊牙關、忍受痛苦的金村雙手綁好，拚命大聲說。她的音量讓近藤抬起頭，表情就像對壞掉的玩具失去興趣，瞬間把倒在地上的佐山忘得一乾二淨。

「辛苦妳了，小姑娘。接下來有點事情想請教妳……」近藤的眼神裡掠過野獸般的欲望。

「妳找到鑽石了嗎？」

菜穗偷偷地向我投來求救一瞥。我腦中一片空白。該怎麼做？該怎麼回答才好？老實說「這裡根本沒有寶石」，近藤也不會相信。「……你這句話是什麼意思？」最後，菜穗以小到幾乎聽不見的音量回答，額頭冒出汗珠。

「請不要跟我打馬虎眼了，我從竊聽器裡聽到了。雖然性能不太好，聽不清楚，但我的確聽到你們在討論鑽石。你們還提到什麼『土地神』來著，不曉得在說什麼，是奇怪的宗教嗎？」

近藤挖苦似地說道，搖晃著手裡的槍。

「我們的確在找鑽石，可是……沒找到，鑽石根本不在這裡。」

「不可能。我很仔細調查過。這棟洋房裡的大富豪在二戰結束前把所有財產都換成鑽石，打算逃到國外。可是出發前，房子受到空襲，大富豪死了，大家以爲鑽石跟著燒光了。但是，鑽石並沒有眞的燒光，被那個小鬼找到了。而且不止一顆，是一大堆。」

近藤心情大好地大放厥詞。他調查得很仔細。要查到這麼詳細，肯定花不少工夫。近藤的執著令我咋舌。

「那是你……誤會了。」

金村艱難地將衣服按在腿上止血，擠出聲音。

「你在說什麼，金村？」

近藤冷若冰霜地望向金村。

「其實只有一顆鑽石，其他都燒掉了。僅有的一顆也被我在香港賣掉了，你長達七年的偉大計畫最終還是落得一場空。」

金村痛得表情扭曲，但還是從喉嚨裡發出難聽的笑聲。

「你就只得到一顆我送的子彈。雖然沒那麼値錢，但也不容易到手。」

「金村，你太油嘴滑舌。」

近藤瞇細利刃般的雙眼，大步走向金村，一腳踹向他的嘴巴。隨著一聲鈍響，金村的頭撞到身後的牆壁。他靠在牆壁上，軟弱無力地往下滑。

「謝謝你啊！託你的福，我想起來了。自己的肩膀是被誰射中的。拜你所賜，現在只要天氣一冷，就痛得不得了。」

近藤把槍口對準金村，鬆開保險裝置。

「住手！」

金村旁邊的名城下意識地想要站起來。

「不准動！」近藤大聲咆哮地移動槍口，扣下扳機。子彈擦過名城的手臂，把背後的牆壁射出碎片。菜穗發出一聲尖叫。名城白袍上的手臂逐漸染紅。「給我坐好。再吵就打爆你的頭。」

近藤將槍口貼在名城的眉心，再次把手指放在扳機上。

「我帶你去放鑽石的地方！」菜穗大叫。

「……妳剛剛說什麼？」近藤轉向菜穗，換上殷勤的態度。不過，血絲像縱橫交錯的蜘蛛網滿布雙眼，惡劣的本性表露無遺。

「我知道鑽石藏在哪裡。我這就帶你過去……所以請別開槍。」

菜穗低下頭，嘴裡無比苦澀。菜穗當然不知道鑽石藏在哪，這只是爭取時間的虛張聲勢。她想必也不知道接下來該如何是好。

「鑽石在哪裡？」

近藤露出貪婪的神情，興奮得滿臉通紅。

「……在地下室裡。」

菜穗打算利用近藤想要的答案爭取時間。

「果然沒錯，我也覺得在地下室裡。」近藤呲牙咧嘴地展顏一笑。「妳馬上就把鑽石拿來，馬上！」

菜穗求助地看著我們。

「請放心，小姑娘。我的目的只是鑽石。拿到鑽石，我對你們就沒興趣了。我會自動消失，不會傷害任何人。當然還不能讓你們鬆綁，不過等到明天早上，自然會有人發現你們。這麼一來，誰也不會送命。」

近藤誤解菜穗眼中不安的原因，笑嘻嘻地安撫。狡猾的混蛋。居然利用這種微薄的希望巧妙操縱別人。這擺明是有毒的誘餌。無論結果，近藤都會殺死所有人。他連自己的同伴都不放過了。

我絞盡腦汁地思考對策，即使腦子已經十分疲勞。我一定要好好動用我聰明的腦袋。突然，我注意到一件事。走廊半空飄浮著淡淡霞光。是上司和同事。直到剛才都還不見蹤影的兩位死神，現在跑來湊什麼熱鬧？再仔細一看，不止是我的上司和同事，還有三個魂魄亦步亦趨地依偎在上司身邊。

他們是以前被近藤殺死的一家人。

我愈來愈摸不透上司的葫蘆裡賣什麼藥。不過也沒閒工夫思考他來幹麼。得先想辦法解決眼前的困境。該怎麼做才能幫助菜穗？現在最能打破僵局的方法是什麼？我的大腦以前所未有的速度飛快運轉著。眼下正是發揮實力的最佳時機。下一瞬間，一道強光閃過。

就是這個！只能這麼做了！

「菜穗，帶近藤去地下室。」我發出言靈，菜穗驚訝地看著我。「別擔心，我有妙計。而且……我也會一起下去。妳就放心地把一切交給我。」

「李奧……」菜穗緊繃的表情微微放鬆。

「準備好了嗎？仔細聽清楚……」我拋出這樣的開場白，對菜穗和其他三名患者發出言靈。南、金村、內海以及菜穗的視線雖然還是望著近藤，但注意力卻集中在我身上。我透過言靈，靜靜說出最後的作戰計畫。

「妳在發什麼呆啊？」

近藤尖銳的語氣刺向注意力集中在言靈上的菜穗。

「啊，抱歉。」

菜穗連忙把背挺直。

「快點把鑽石交給我。小姑娘。我們之後就會撤退了。這對彼此都有利不是嗎？」

這個男人臉皮到底多厚啊？近藤實在太下流了，我有股想吐的衝動。

「……我知道了。我這就帶你去地下室。樓梯就藏在那幅畫的後面，下去就是地下室了。我來帶路，請跟我來。」菜穗吞吞吐吐地說明。近藤銳利地望向那幅畫，對菜穗說：「妳拿上來給我。」他又把槍口瞄準院長等人：「把那幅礙眼的畫移開。」

可惡！這傢伙不打算跟來嗎？他不來，計畫就泡湯了。近藤以爲走廊上的人會趁他去地下室時逃走。菜穗求救地看著我。別擔心，我有辦法。

「告訴他地下室有可以逃到外面的祕密通道。」

不明白我的用意，菜穗小小地「咦」一聲。

「別管那麼多了，照我說的話做！」

「那個……那個……地下室裡……有可以逃出去的祕密通道。」菜穗沒頭沒腦，像唸台詞般重述我的指示。

傷腦筋，就不能先來段開場白嗎？算了，事到如今隨便怎樣都好……

果然不出我所料，近藤出現明顯反應，他表情呆滯。這個人在想什麼再清楚不過。他擔心菜穗進到地下室後，拿了寶石就逃之夭夭。菜穗怎麼可能只顧自己逃走。但近藤可不這麼認爲。他的觀念裡，人類爲了自己，什麼事都做得出來。

在近藤的槍口下，院長他們努力用綁著封箱膠帶的手，把畫推到一邊，露出壁鐘。

「往地下室的方向前進。」

「咦？」

我的指示又讓菜穗發出困惑的聲音。

「相信我。現在馬上往地下室的方向前進。」

菜穗的視線在我和壁鐘間來回幾次。她下定決心似地將嘴唇抿成一線，並把壁鐘往旁邊推。巨大的時鐘順勢滑開，露出通往地下室的樓梯。

看到菜穗準備下樓，近藤發出「啊」的驚呼。

「別回頭，就那樣往下走。」我穿過近藤腳邊到菜穗身邊。菜穗不再猶豫地遵照指示，一步一步走下樓。

趕快出聲阻止啊！不然就太遲了！菜穗可能會帶著寶石逃跑！我把所有的注意力都集

中在背後的近藤身上，和菜穗一起下樓。一階、兩階、三階……背後還是無聲無息。行不通嗎？我失敗了嗎？心臟像被緊緊握住，喘不過氣。

「等一下。」

我幾乎放棄時，近藤焦慮地從背後追上。

「汪！」上勾了！太過高興，我不小心吠一聲。菜穗和我同時停下腳步。

「……我也去。」近藤瞪著我們，臉色難看得像是吃壞肚子。事情只要不在自己的掌握中，他就會火冒三丈。眉飛色舞的態度宛如幻影般消失無蹤。

院長想站起來，立即被近藤用槍口嚇阻。讓女兒和搶匪一起進地下室，父親一定不安得心臟快要停止。院長恨恨地咬緊牙關。

「請不要企圖逃跑。我上來的時候發現少了任何一個人，令千金就沒命了。院長大人，請幫我好好監視大家。」近藤遷怒似地威脅院長。這根本不用叮嚀，誰也不會扔下菜穗。何況，他們接下來還有更重要的任務。

近藤又轉過來瞪著我：「這隻狗又是怎麼回事？」

怎樣？連我也要遷怒嗎？

「他和我形影不離，是我很重要的……朋友。」

菜穗想要保護我，站在我和近藤中間。我自己也不明白爲什麼，但菜穗稱我爲「朋友」的瞬間，胸口突然點亮一盞溫暖的燭火。

我對上菜穗的視線，不約而同地用力點頭。

「不行，狗很礙事，讓牠在走廊上等……」

「菜穗，我先下去等你們。」

不等近藤說完，我留下言靈走向陰暗樓梯，接著一股作氣地衝到最底，從微開的門縫鑽進地下室。接下來的作戰策略少了我可不行。何況……菜穗都說我是朋友了，我怎麼可以丟下她不管。充塞在心中的不安，如今像被冷風吹散的塵埃，消失無蹤。

2

地下室冰冷的空氣奪去熱度，腦細胞也冷到清醒過來。我吐出一口氣，冷靜到連自己也吃驚的地步。在烏漆墨黑的地下室裡，我抬頭看天花板。有人比菜穗和近藤先進到地下室。宛如從牆壁暈染出來的淡淡霞光乍現眼前，他們是上司和同事。旁邊則飄著三個人的魂魄。

眞是的，目的到底是什麼？

我還是搞不懂上司，但已經沒有焦躁的感覺了。

「要是你們眞的那麼想看到最後，就待在那邊看仔細。我知道自己將會受到吾主的叱責。但現在請不要妨礙我，靜靜看到最後吧。」

我把自己的決心寄託在言靈上。被我的熱情打動了嗎？還是對我失去興趣了？上司他們一點反應也沒有。我把注意力從上司他們身上移開，集中精神。因爲我和菜穗接下來要執行的作戰計畫，是不折不扣的賭命行爲。皮鞋敲打在樓梯上的聲音逐漸逼近，門發出傾軋聲地打開。

終於到這一刻了。菜穗走進地下室，手伸向電燈的開關。

「不要全部打開。稍微暗一點比較好辦事。」

菜穗察覺到我的意圖，只按下三個電燈開關中最下面的按鈕。深處的電燈亮起，照亮室內。或許因爲切換成緊急電源，光線比想像中還微弱許多。

「……好暗。」近藤抱怨。

「因爲切換成緊急備用電源的關係。」菜穗輕聲回答，繼續前進。近藤也跟著進房。很好，目前都跟計畫一樣。

「這個房間幹麼用的？」近藤摸了摸兒童床，自言自語地道。

「這裡是……小孩房，」菜穗平板地回答，「你殺死的那個孩子的房間。他在這裡去世。」

「那個噁心小鬼的房間嗎？原來如此，原來當時他就是逃進這裡？」

近藤一點也不內疚，打量著每一個角落。

「是你……打中那個孩子嗎？」

菜穗隱隱帶著怒氣。

「我沒故意瞄準他。他看到我們從窗戶闖進來，連忙和母親一起逃跑。我只是開槍嚇唬他，好像還是不小心射中了。沒想到他會躲在這個地下室。對了，這麼說來，那個母親臨死前，的確緊抓著壁鐘不放。」

受到攻擊，母親連忙把孩子藏進這個密室嗎？但已經被子彈打中，重傷的孩子獨自嚥下最後一口氣。母親則在壁鐘前被射殺，因此留有彈痕。

「爲什麼……你只要拿到鑽石不就好了嗎？」菜穗的聲線不住顫抖。

「當時我看到小鬼手裡拿著鑽石，因爲我開槍，小鬼才丟下鑽石逃走。就結果來說是正確的判斷。」

「正確的判斷？」菜穗隱含的怒氣不斷升高。「殺害小孩算什麼正確判斷？」

「別說了！別再刺激他了！」

我努力讓菜穗冷靜。這時刺激近藤一點好處也沒有。

「我跟妳到這裡並不是要和妳討論這個問題。」近藤不耐煩地啐一聲，槍口指著菜穗的眉心。「所以呢？鑽石在哪裡？」

菜穗並未將視線從槍口移開。這麼嬌小的女孩毫不退讓地望著大家都害怕的武器，讓近藤的嘴唇醜惡地扭曲。

「鑽石在哪裡？」

近藤的怒吼彷彿震動了磚牆。

「菜穗……」時間彷彿凍結。我連呼吸都忘了，屏氣凝神地注意進展。近藤扣扳機的食指愈來愈用力。失敗了嗎？我不禁閉上眼睛。然而，槍聲沒有響起。我提心吊膽地睜開眼睛。近藤放下手槍，呼出一口氣，展顏一笑。

「小姑娘，再僵持下去對彼此都沒好處，不是嗎？對妳來說，最重要的是這家醫院裡的人命，不是嗎？請妳趕快把鑽石交給我。我也趕快從醫院消失。誰也不會受到傷害。」

近藤諂媚地勸說。

「……我知道了。我現在就拿出來，請你在這裡等一下。」

菜穗依舊以缺乏抑揚頓挫的語氣說道，她走向靠近入口，藏著保險箱之處。菜穗跪下來把當障眼法的磚塊拔出來。近藤「哦」地發出期待的叫聲。

「嗚……」我湊到菜穗身邊，發出細細的叫聲。

「不要緊的，李奧。你別擔心，很快就結束了。」菜穗的雙手繞在我的脖子上，溫柔地輕聲細語。我清晰感受到菜穗的體溫。

沒錯，不要緊的，一切都按照計畫進行。

「動作快一點。」近藤不耐煩地催促菜穗。

「……好。」菜穗鬆開我的脖子，凝視著我的瞳眸深處。

「上吧！我們一定能成功的。」

菜穗用力點頭回應我。她的雙手彷彿被吸進磚塊的縫隙裡摸索著。幾十秒後，她抽回手，雙手緊緊地交握著。「就是這個。」菜穗把合十的雙手攤開在近藤眼前。在宛如花蕾綻放的掌心裡，十來個透明結晶在燈光下微微反射光芒。

近藤一把抓住結晶。

「就是它！就是這個！我終於找到了！花了七年……終於……」

近藤注視著透明結晶，露出恍惚的表情。就是現在！現在是唯一的機會！

「快跑！」我的言靈就像起跑的槍聲，菜穗轉身衝向樓梯。我也迅速地跟在她背後。被手中光芒迷得心蕩神馳的近藤倏地抬頭，不過慢一步，我們已經衝上樓梯。近藤想要追擊我們時，一個結晶從手中滑落，他連忙彎腰撿。

「慢著！」他的聲音從背後傳來。哪個笨蛋會因爲這樣就停下來。

「關門！」「開始把門關上！」當我們跑到樓梯一半時，菜穗的叫聲和我的言靈同時響起，樓梯入口處的壁鐘也開始移動。那是留在走廊上的大家一起推的。如果順利，就可以只有我和菜穗逃出去，把近藤關在地下室。這就是我的作戰計畫。這個地下室原本就是一個隱密的金庫。只要從外面用力關緊，應該可以把近藤困在裡面。我和菜穗專心一意地衝上樓梯。

剩一點點了。

「啊！」剩下幾階時，菜穗突然按著胸口，屈膝跪倒在台階上，臉色痛苦扭曲。我連忙緊急煞車，走近菜穗的身邊。心臟痛嗎？偏偏在這個時候嗎？

「汪！汪！汪！」我用盡吃奶力氣狂吠。槍聲在狹窄的地下室裡迴盪。子彈彈跳在我身邊的牆壁上。再這樣下去，同事的預言就會成眞。絕望在我體內放肆地蠶食。

「都給我站住！」近藤的怒吼和踩得聲響大作的腳步聲傳來。已經沒救了嗎？作戰失敗了？正當我感到絕望時，一道人影從關上一半的入口探進。

「菜穗！」名城衝下樓梯，將被封箱膠帶綁住的雙手伸進菜穗的身底，輕易把她抬起來。他看似弱不禁風，竟然藏著這麼強大的力量。這就是所謂的腎上腺素爆發嗎？

我跟在滿臉漲紅的名城後面爬上樓。近藤的腳步聲已經逼近，我連回頭的餘力也沒有。名城抱著菜穗衝出去，我也緊跟著。壁鐘慢慢地移動，準備把出口封閉起來。我滑進只能勉強把身體擠進去的空隙，視野一陣開闊。見我也衝出來，把手放在壁鐘上的院長、南、內海，打算一口氣將出口關起。

成功了！我辦到了！正打算喜悅地吠叫時，我的頭撞上一堵肉眼看不見的牆壁，暫停在半空中，然後被猛力地往後拉扯。菜穗睜大眼睛，向我伸出雙手。

然而，她的指尖終究沒能碰到我。

啊……壁鐘發出沉重聲響，出口在我茫然自失的眼前關上。

「王八蛋！」近藤嘶啞著聲音咆哮，手裡緊緊地拽著我的尾巴。

啊啊，原來如此。最後關頭，近藤抓住我的尾巴，硬把我扯回地下室。近藤放開我，撲向出口。我冷冷地欣賞近藤死命抓著門扇，想要把門打開的樣子。那裡有個小小門把，但院長他們一定從外側拚命壓住。要把沉重門板推開不是件容易的事。近藤的指尖已經微微地滲出血。

……算了，結果還不賴不是嗎？我擺動被拉扯得疼痛不已的尾巴。確實，如果我也逃出去，計畫才算大成功。可是至少保住菜穗他們那麼多條命的目的達成了，若說作戰策略成功九成也不為過。不愧是我想出來的作戰計畫，縝密又周詳。再過幾個小時，關在這裡的近藤就會被警方逮捕。這家醫院的人也可以從近藤手中撿回一條命，可喜可賀，還有比這更完美的結局嗎？

什麼？我嗎？我嘛……大概會被殺掉吧。

自己的計畫因為一瞬間的大意而全盤皆輸，近藤大概會殺死我以洩心頭之恨。我沒有對抗他的手段了。或許咬近藤一口可以稍微報個一箭之仇，但那是無謂的抵抗。與其做出咬人這麼野蠻的行為，高貴的我寧願死亡。

「混帳！混帳！混帳！」近藤發狂似地對著緊閉的門狂敲猛踹，可惜門板文風不動。地下室本身就是蓋來保護身家財產的金庫，哪這麼輕易破壞。

近藤向門板舉槍，他連續扣好幾下扳機。槍聲在狹窄的地下室裡迴盪著，硝煙的味道瀰漫。然而，子彈雖然陷進門板，終究未能射穿。這扇門比想像得堅固。

儘管射光所有子彈，近藤還繼續扣著扳機，發出「咔嚓咔嚓」的空響。

咔嚓！咔嚓！咔嚓！咔嚓！咔嚓……

空響的間隔拉得愈來愈長，近藤持槍的手終於無力垂下。

「可惡！好不容易拿到鑽石了……」近藤緩慢地將子彈填入射空的彈匣裡，憎恨地喃喃自語，然後將一雙手伸進口袋裡，拿出透明結晶。注視著結晶微弱反射出透進地下室的昏暗光線，近藤的表情放鬆了。對他來說，那些結晶似乎具有安定神經的效果。

還眞有用呢，這玩意兒。我都快要笑出來了。不對，要是我有人類的聲帶，此刻肯定已經哈哈大笑了。因爲近藤視若珍寶緊盯不放的透明結晶，根本不是寶石。

那是我項圈的玻璃珠。沒錯，就是鑲在菜穗買給我的沒品味項圈上的玻璃珠。

菜穗在地下室把手繞到我脖子後面時，解下項圈偷偷藏著，再把手伸進保險箱，把玻璃珠拆下來，假裝剛從保箱裡拿出來。只要仔細一看，近藤或許會發現那僅是便宜的玻璃珠。但地下室燈光昏暗，他幾年來殺紅眼尋找的寶物終於出現，這種亢奮心情蒙蔽了他的雙眼。

「只要有這個，我就可以爲所欲爲了……好不容易終於弄到手……」

近藤閉上雙眼，愛憐地將玻璃珠捧到臉頰上摩蹭。

「噗！」我終於忍不住發出嘲笑。原來狗也會噗哧一笑啊！近藤充滿殺氣的眼神狠狠地瞪著我。雖然不同於人類的嘲笑，但他似乎發現我在嘲笑他。下一瞬間，皮鞋尖銳的楦頭陷進我的側腹，體內響起肋骨被折斷的噁心聲響。一口氣喘不過來，胃酸逆流到口中。近藤對倒在地上的我補上第二腳。鐵鏽味在嘴裡擴散，踢斷的牙齒順著階梯滾下樓。

「嗚……」我發出難為情的呻吟。不行不行。我身為高貴的存在，怎麼可以發出這麼丟臉的哀號？我用力閉緊嘴巴。近藤繼續對我狂踢猛踹。一腳、一腳、又一腳……

他每踢一下，我就承受一次椎心難耐的痛楚。我已經搞不清楚自己是否發出痛苦的哀鳴。血液流進眼睛裡，原本就很朦朧的視線染上紅色。

微微的霞光映入幾乎失去視力的眼裡。是上司他們。為什麼？他們還在這裡做什麼？我承受著近藤的暴力，思考這個問題……原來如此。

我終於明白上司特地降臨人間的理由了。

上司肯定是來當「引路人」的，引導對象不是人類，而是我。

過去從未有過封印著死神的生物死掉這種事吧？上司正是為了處理這種沒前例可循的狀況親臨現場，不是嗎？我就要死在這裡嗎？當狗的肉體走到生命終點，我就會解除封印了。而上司就是來這裡將我帶去吾主身邊接受責罰吧！我會受到什麼處罰呢？我會灰飛煙滅嗎？還是只給我一點小懲罰呢？我居然沒有半點不安，不可思議。

我還是完成我的任務了。

完成吾主命令我防止這群人變成地縛靈的工作，以及由我自己的意志決定要從近藤手中救出菜穗他們的使命。

溫暖的滿足感從折斷的肋骨間湧出，全身的疼痛竟彷彿不藥而癒。

倘若吾主願意法外開恩，准許我重回引路人的工作崗位，我想拜託他讓我在幾個月後回來迎接菜穗的魂魄。這個女孩不僅救了我的命、照顧我、還稱我爲「朋友」。我會用我最大的誠意爲她引路，而不像以前那樣制式地帶路。對了，既然如此，乾脆就連其他三個人也由我帶路吧！

「聽見了嗎？」近藤痛毆我一頓後，氣喘如牛對著門口咆哮。「現在馬上把門打開！否則我就把這條狗剁成肉醬！」

說什麼蠢話？我是條狗，爲了救一隻狗，要拿七條人類的性命來交換，這麼不划算的交易怎麼可能成立？這用膝蓋想想就明白。毫無反應讓近藤失去耐性，他從口袋裡拿出小刀。透進地下室的幽微光線，在刀身上反射出妖異的光芒。

原來如此，要用那個把我剁成肉醬啊？我沒有被刀子割過的經驗，一定很痛。

「限你們十秒內把門打開，否則我就先切下這條狗的尾巴，再剖開牠的肚子。」

近藤將刀鋒靠近我的尾巴。我已經沒力氣逃跑了。金屬冷冰冰的觸感連我內臟的溫度都被奪走。

「一、二、三……」近藤開始數起行刑時間。

唉……砍幾刀才會死透呢？我能忍住不叫出聲嗎？爲了不讓門外的人產生不必要的罪惡感，我想安靜地死去。

「……七、八、九、十。時間到！」

不用喊成這樣吧？門哪可能打開。你剩下的人生就跟這座地下室一樣，墜入沒有出口的黑暗裡。你就拿我的身體盡情洩憤好了，我做好心理準備了。

近藤低咒一聲，握著刀的手開始使勁，尾巴的皮膚破裂，與被踢時截然不同的尖銳疼痛刺入我的大腦。為了不發出哀號，我咬牙忍耐，幾乎要把牙齒咬斷。反正所謂的「疼痛」只是將身體的危機傳送給大腦知道的訊號而已，高貴如我應該撐得住。沒錯，應該撐得住的……

我全身僵直地等待劇痛撕裂大腦知覺。然而，我一等再等，電擊般的疼痛不曾刺穿我。我睜開緊閉的雙眼，眼前畫面難以置信，我目瞪口呆。

我以為是幻覺，多麼希望是死前的幻覺。可是當我看見近藤勾起薄如利刃的嘴角時，我的希望粉碎了。雖然有些遲疑，但門確實在我眼前打開。到底在搞什麼啊？

「汪！」我驚異地吠叫。

「很好、很好。」近藤把小刀收進口袋裡，槍拿在手上低語。

「住手！不准開門！」我連忙用言靈送出制止的話。「我不是說我本來就是靈體的存在嗎？就算狗的身體死掉，我也只是回到原來的地方而已，趕快把門關上！不用管我！」

菜穗和患者應該都有接收到我的言靈，可是門還繼續打開。「我叫你們住手！沒聽見嗎？也不想想我到底為誰這麼努力地完成計畫！」我拚命地送出言靈。

「不可以……」金村細如蚊蚋的聲音傳來。「要是對你見死不救，我永遠不會原諒自己的。」

「你知不知道你……在說什麼啊？」

我錯愕地低語。這太不合邏輯了。我自己都說沒關係了……

「所剩無幾的人生，我不想再後悔了。而且李奧，我還沒報答你的恩情啊。」南的聲音接下去道。

「那是我的『工作』，你不需要覺得欠我什麼。」

「眼睜睜看你被殺，我又創造不出色彩了，絕對不可以死啊。」這次是內海。

「你們到底在說什麼啊？一點邏輯也沒有！」

「有沒有邏輯根本不重要好嗎？」

菜穗堅定的聲音一路傳到樓梯。

「我只是來救我的朋友。幫助朋友還需要什麼理由嗎？」

門完全打開。菜穗站在門口，臉上浮現笑容。

我一句話都說不出來。菜穗他們的話一點邏輯也沒有，但為何完全無法反駁呢？他們的行為是錯的，是我最討厭的那種人類經常會出現的不合邏輯行為。然而，儘管如此，為何我會高興得渾身打顫呢？我到底吃錯什麼藥了？

「你們在嘟嘟囔囔地說些什麼？少廢話，全給我退開。」

近藤將手槍對著菜穗，語帶威脅。或許害怕門再度關上，這次他沒開槍。菜穗依言後退。近藤握著槍，一步一步上樓，消失在門外。

我拖著痛不欲生的身體，拚命爬上樓梯。菜穗、南、金村、內海、院長、名城……六個人直挺挺地站著，唯獨不見護理長，而且所有人都鬆綁了。近藤把槍口對準他們。

「那個護士跑哪裡去了？」

近藤望向走廊，紳士面具已然剝落，露出野獸般赤裸的本性。

「開門之前，我們先讓她逃走了。」

院長沉穩回答。近藤頓時不悅地嘖一下嘴，看著院長。

「……院長，你爲什麼要把門打開？我其實不抱希望。」

「這是菜穗和患者的心願。」院長以一如往常的語氣回答。

「你不是醫生嗎？保護患者的安全不是你的工作嗎？就算他們要求也不開門才是專業判斷吧？」

沒錯，正是如此。院長應該要阻止菜穗他們。

「這裡不是一般醫院，是爲了讓患者平靜度過最後一段時光的醫院。我萬一對黃金獵犬見死不救，患者接下來可能會過得很痛苦。」

「哈，還眞是偉大呢！」近藤無法理解地大搖其頭。我也有同感。這位院長至今總能做出理性判斷，不是嗎？爲什麼這次偏偏……「更何況……」院長看了從地下室爬上來的我一眼。「這隻狗也算是本醫院重要的成員。」

連院長也……這位幾乎不曾表露情緒的院長也這麼看待我嗎？我覺得人類的感情危險又無聊，眞的有夠無聊的，可是胸口逐漸溫熱起來。

「爲難你了，居然被捲進這種事裡。你一定很想把門關起來吧？」近藤對名城潑冷水。

「我也是這家醫院的醫生。如果菜穗希望，我會尊重她的意思。」

「什麼，原來你們是這種關係啊？還眞是羨慕死我了。」近藤對名城充滿正義感的回答嗤之以鼻，玩弄眾人似地搖晃著手槍，被槍口輪番對準的人無不全身僵硬。

「你想要的東西不是已經到手了嗎？應該不需要再繼續留在這裡了吧？快滾出去。」

院長有魄力地對逕自搖著手槍的近藤大聲喝斥。近藤忍俊不禁地笑著。

「我最初打算這麼做，但……我改變主意了。敢把我關在那種不見天日的地下室裡，這個仇不報怎麼行？」近藤快意地說：「我要你們所有人都去死。」

果然還是變成這樣嗎？同事看到的未來果然不可逆嗎？絕望從全身細胞冒出來。我緊緊閉上雙眼，不想看見接下來的悲慘畫面。

「怎麼啦？My friend？你要放棄了嗎？」

突如其來的言靈，令我驚訝地抬起頭來，只見同事浮在半空中看著我。

「爲何事到如今你才出聲？」

「出聲問候同伴，有什麼好奇怪呢？」

這次是同事旁邊的上司對我發出言靈。現在是怎樣？上司和同事不是爲了見證我和菜穗他們的死亡，將我們引領到吾主身邊才來嗎？

「我一直跟你說話，是你一直不理我好嗎？」

「我可是特地降臨到人世間來看你新工作做得如何呢！要是我一直給建議，不是很掃興嗎？也怕讓你心裡不舒服。」

出乎意料的回答令我瞬間忘了肉體的疼痛。

「你不是來等我肉體死去，封印解除後，把我帶去吾主身邊嗎？」

上司一臉不以爲然地飄著。要是他有肉體，或許還會大大嘆氣。「你說什麼啊？爲何當你解除封印時，我還得特地來迎接你不可？你不會自己回去嗎？」

「既然如此，你現在爲什麼又開口說話？」

「因爲你實在是太沒用啦！My friend。眞令人看不下去。」同事代替上司回答。

「眞是的，虧你還是我的部下，怎麼這麼輕易放棄？」上司和同事一個鼻孔出氣。「那你認爲在這種狀況下，我還能怎麼樣呢？我們不能直接攻擊人類，不是嗎？」

我有些不耐煩，沒好氣地拋出言靈。

「你不會自己想嗎？我可不是來幫助人類的。人類的死活又不關我們的事。」

上司說道。沒錯，這才是死神正確的立場。可是我……

「可是你不一樣吧？你想救這些人吧？既然如此就給我努力到最後一刻！」

上司對我當頭棒喝，然後就像掙脫掌握的氣球般輕飄飄地飄走了。

我還能做什麼？我轉回正前方，用力睜開雙眼。

「首先從騙了我的妳開始吧！小姑娘。」

槍口對準菜穗的胸口。近藤的眼神滿溢著深沉的殺人欲望，手指扣動扳機。院長和名城要保護菜穗，搶著挺身擋在她前面，菜穗拚命地阻止他們。

如果說還有什麼是我現在可以做的事……是這個嗎？

我搖搖晃晃地走到近藤腳邊。近藤陷入深不見底的衝動裡，並未留意到我靠近。我把力量蓄積在四肢。一陣劇痛襲來，我懷疑身體要四分五裂了，但我還是咬緊牙關忍耐。下一個瞬間，我瞄準近藤的手臂，用盡全身力量飛撲上去。

就把他的手臂想像成泡芙好了！我告訴自己，湊近近藤持槍的手。

「嗚！」我全神貫注地咬住近藤。同一時間，近藤扣下扳機。但因爲我飛撲上去，失了準頭，只射中走廊上的盆栽。

「哇啊啊啊！」近藤發出野獸般的嚎叫。

唉，我終於還是走到這一步了。高貴如我，居然採取卑劣到極點的攻擊……但實在沒辦法。我如果不這麼做的話，菜穗就要被殺了。正所謂一不做、二不休，我把全身力量集中在下顎，尖銳的牙齒穿破衣袖，刺進肉裡，腥羶的鐵鏽味在口中擴散。

我忍住欲嘔的衝動，死命咬下去。牙齒的尖端碰到某種堅硬的物體，似乎咬到骨頭了。或許是疼痛難耐，也或許是神經被我的牙齒咬斷，近藤丟下手槍。

「放開我！」近藤左手握拳，一拳搥向我的眼角。眼前頓時滿天星光，下一瞬間，視線一片白茫，嘴角不禁失去力氣，用牙齒掛在近藤身上的我頓時失去著力點，重重摔在地上。底下響起「啪嚓！」的怪聲。

啪嚓？什麼聲音？身體底下濕濕的？我意識朦朧地抽動鼻子，嗅聞著沾到的液體。利刃般的刺激臭味直衝腦門，讓原本籠罩在一層薄霧裡的意識清明過來。是剛才金村潑灑的汽油。我猛然發現手槍就掉落在我面前，連忙重新調整姿勢，打算把槍叼走。只要搶下這玩意，近藤就無法傷害任何人了。不過，近藤貌似還有兩把槍來著？不管了，把眼前的槍搶下來再說。

我張嘴靠近手槍。差一點點了，我以爲成功的瞬間，眼前又冒出一堆星星。

「不過是一隻狗，別小看我！」

聽見他的聲音，我才明白自己被近藤踢飛了。近藤的力道不小，我往後跌落三個台階。血的味道在口中不斷散開，到底是近藤的血？還是我的？我再次接近近藤，拚命對四肢用力，但已經完全不聽我的指揮，光是拖著幾乎失去知覺的腳爬上樓梯，就耗盡我的力氣。我精疲力竭地倒在樓梯和走廊的交界處。

「李奧！」

菜穗下意識地想要衝向我，其他人一臉茫然地呆站原地。喂喂，你們看到我咬住近藤，都不會過來幫忙嗎？

「不許動！」近藤蹲下去撿起槍，他單膝跪地怒吼著。菜穗硬生生地停下腳步。「你們居然敢小看我，我要殺了你們，我要把你們所有人碎屍萬段！」

近藤將準心瞄準菜穗，毫不猶豫地扣下扳機。

「菜穗！」

「菜穗！」

我的言靈和另一個聲音同時響起，名城飛身擋在菜穗前面。

近藤扣下扳機，走廊槍聲大作，名城向後彈開。

然而，比起受到槍擊的名城，我被其他東西吸引。彈匣飛濺而出的火花閃爍著落在近藤腳邊那灘汽油上的光景，如播放慢動作影片般，烙印在我的視網膜上。

接著……世界變成一片紅海。

我注視著眼前的畫面，發不出聲音。已經看不見近藤的身影了，取而代之的是巨大火柱。汽油因爲火花引爆，蓄勢待發的熱量化爲紅蓮火蛇，不斷昂首吐信。

火柱中隱隱約約一道人影。人影張開嘴巴，不曉得在咆哮什麼，火蛇毫不留情地竄進他的口腔。化爲一團火球，近藤彷彿跳著彎腳的舞蹈，搖搖晃晃地靠過來，嚇得我連忙閃開。因爲我身上也沾到少許燃料，受到池魚之殃就太倒楣了。近藤從我旁邊晃過，一腳在台階上踩空，一團巨大的火球從樓梯上滾下。近藤一路滾到地下室才停止，一動也不動。

現在的他還算是一個人類嗎？我不是很確定。

近藤像地下室的柴火，照亮長年棄置著少年遺體的陰暗地下室。

「名城醫生，你沒事吧？」

耳邊傳來菜穗高八度的尖叫。定睛一看，菜穗雙手環繞著名城的脖子，溫柔地把他扶起來。這眞是太沒意思了……我也受了重傷！比那個男人還嚴重的傷。

「還好，我沒事。」果然跟我說得一樣，名城掀起白袍，底下是藍色肚兜似的玩意。那是病人拍「X光」時穿的，裡頭灌鉛的防護衣。他胸口位置卡著一顆子彈。這也是我的建議，感謝我吧！

「這件防護衣比想像中還堅固，不止X光，子彈也打不穿。」名城半開玩笑地說，然後「唔！」地捂著胸口。誰叫你得意忘形。子彈的衝擊讓肋骨斷個一兩根也不足爲奇。算了，就當是英雄式的受傷。

南拿起放在走廊上的滅火器，眼明手快地撲滅延燒到地毯的火苗。直到最後，這個男人還是所有人當中最冷靜的……

等到火撲滅，菜穗和名城以外的人全衝向我這邊，注視還在燃燒的近藤。每個人都浮現交織著放心、憎恨、憐憫的表情，只是比例不同。近藤死狀的確悽慘，但他作惡多端，居然還能讓人感到憐憫，人類這種生物果然難以理解。

不過算了，這一切都結束了。

我仰望天花板鬆一口氣。同事早神不知鬼不覺地飄在天花板上，還跟著那三個魂魄。

「你是來帶這個名叫近藤的魂魄去吾主身邊嗎？」

「你認爲有可能嗎？My friend。」同事事不關己地搖頭。

我瞥一眼還在燃燒的近藤，跟著搖頭。

「不，應該不可能。」

「沒錯，已經沒有我們出手的餘地了。」

火焰威力逐漸減弱，終至消失。死神的視覺捕捉到彷彿從燒成焦炭的近藤身體裡，爭相湧出的球狀靈體，不禁眉頭深鎖。近藤的魂魄……太醜陋了。原本應該散發著淡淡光芒的表面，沾滿黝黑暗沉的黏性液體，發出作嘔的油光。內部則宛如內臟般蠕動。要花多少年的時間？做多少壞事？魂魄才會敗壞成這樣呢？

脫離肉體的魂魄似乎還不明白，爲何會出現在保護自己的軀殼外，輕飄飄地在原地遊盪著。如果是一般情況，魂魄會留在遺體附近，直到我們將其引導到吾主的身邊。沒錯，如果是在一般情況……

近藤的魂魄顫抖一下，想逃離什麼似地開始上升。

發現了嗎？我用力抿緊雙唇，不然實在很想把視線移開。即使在我還是死神，從事引路人工作的時候，也盡量不去看接下來的悲慘畫面。然而，這次不容許我逃避。雖說不是我直接下手，但近藤的「死」確實和我脫不了關係。

近藤的魂魄上升到樓梯一半的高度，就再也沒動靜了。不對，正確的說法是不能動了。好像有什麼東西從後方拉住他，把他往後拉。魂魄一寸一寸地下降，有時會掙扎著往上跑，明顯地看出下降並非出自他的意願。然而，拉扯的力量非常強大，不知不覺，他的魂魄已經被拉回到屍體附近。

然後……「他們」出現了。

無數條細細長長的黑影出現在近藤屍體下方，宛如軟體動物般的觸手，蠕動著伸向他的魂魄。像是植物的藤蔓，又像是爬蟲類的舌頭，同時也像嬰兒的手。我固定住自己的脖子，如果不這麼做，就會忍不住轉過頭，避而不見眼前的光景。

當魂魄脫離失去生命的肉體，原本應該在死神的引領下，前往吾主的身邊。不過，偶爾會出現無法到吾主身邊的魂魄。例如生前作惡多端，充滿暴戾之氣，我們這種高貴的存在也無法靠近的魂魄。我們不能接觸這樣的魂魄，因爲一個不好，可能連我們死神也會被魂魄毒性所傷。就像剛才我想要干預近藤的魂魄時差點被反噬。

至於引路人都無法觸及的汙穢魂魄會有什麼下場？這時他們會來幫忙處理。沒錯，「處理」。

包圍著近藤魂魄的黑影逐漸脹大，靜止一下，然後下一瞬間，緩慢的動作就像騙術，迅雷不及掩耳地襲擊近藤的魂魄……啃食起來。原本像是三叉葉又像是手的部分，如今化爲一張嘴。他們興高采烈地用小小的嘴啃咬、啄食、撕裂、呑嚥近藤的魂魄。

我不清楚魂魄是否有痛覺，恐怕沒有。但我清楚地感受到近藤的魂魄正承受著相當劇烈的痛苦。他痛苦得滿地打滾，掙扎著想要逃，但每次都被他們狠狠咬住，硬拖回去。我不曉得他們究竟是什麼。並不是我對他們沒興趣，而是不想知道。我盡可能不想讓他們出現在我的意識裡。

看著看著，持續受到啃食的魂魄愈來愈小，直到原來的三分之一。這時，幾十條觸手狀的他們開始合體，融成一團，最後變成巨大蟒蛇。蟒蛇把嘴巴張開到將近一百八十度，下巴靠近近藤的魂魄。他發出垂死掙扎的吶喊。

那聲音充滿痛苦，讓人忍不住捂住耳朵。

他們一口吞下近藤的魂魄，心滿意足地咀嚼。

花了幾十秒，享用完近藤的魂魄以後，他們的身影就像朝霧般地消失。只剩下曾是人類的焦炭，孤零零地躺在那裡。結束了。全部結束了。我虛軟無力地倒在地上，因爲亢奮而暫時忘記的痛苦跟著回來。

「瞧你那沒出息的樣子，My friend。不過你咬住那男的手臂時還挺帥的呦！」

同事丟來風涼話。這麼野蠻行爲受到讚揚沒什麼好高興的。

「你早就知道會變成這樣嗎？」死神應該可以看到一部分的未來，知道結局也不奇怪。不對，想必他早就知道一切。

「當然知道啊！My friend。當我告訴你這裡的人類會被殺的瞬間，我看到的未來就一直在改變，當時眞是嚇到我了呢！」

原來如此，同事驚慌到有些過度的反應原來是這個緣故，和我隨口閒聊，沒想到未來就產生巨大改變，難怪他嚇到啞口無言。

「既然如此，你幹麼還特地過來？既然這家醫院的人都不會死，你不就白跑一趟了嗎？那個男人的魂魄也被吃掉了。你有這麼閒嗎？」

我揶揄地說道，同事卻樂不可支地搖晃著。

「你在說什麼呀？不是還有需要我帶路的魂魄嗎？就在你旁邊。」

這麼一說，三個魂魄曾幾何時已經圍在身邊，他們渾身發出晶燦耀眼的光芒，一開始要死不活的模樣簡直像騙人。我不由得放鬆肌肉。原來如此，殺害自己的凶手受到懲罰，他們終於擺脫依戀的桎梏了嗎？

「好了，我也差不多該回到自己的工作崗位了。My friend，So long。」

同事還是老樣子，丟下意味不明、令人渾身發癢的告別後，在天花板上消失蹤影。三個魂魄也追隨同事上升，輕飄飄地在空中飛舞。我胸中充滿溫暖的滿足感，目送他們離開，直到他們的身影消失在天花板上。

「李奧！」我正仰望著天花板，被一股強烈的衝擊從旁撞上，痛得全身快要散開，忍不住發出「嗚」的一聲。

「李奧！你沒事吧？痛不痛？有沒有受傷？」

菜穗緊緊地摟著我。對名城的關心告一段落，終於輪到我了。

「好痛！菜穗摟得我好痛！快放開我！」

「啊，抱歉！」聽見我悲痛的言靈，菜穗連忙放開我。

好不容易從恐怖攻擊下撿回一條命，我放下心中大石，呼出一口氣，再度仰望天花板。同事和魂魄們完全不見蹤影。菜穗看著我，再也撐不住，一雙大眼盈滿淚水。

「謝謝你……真的很感謝你。」

菜穗的雙手再次繞到我身後，回想起幾秒鐘前的痛不欲生，我下意識地繃緊身體，不過她這次不再那麼用力，而是輕輕環抱住我。絲綢般的觸感非常舒服。菜穗的臉埋在我的頸項，嚶嚶啜泣。我原本想說：「會被我身上的汽油弄髒啊。」但那樣太不解風情了，就任由她抱著。

耳邊傳來茱穗壓低聲音的哽咽，我抬起頭。

我在人世間的工作暫時告一段落了。

3

紅光映入眼簾，我不穩地走進籠罩在毫無風情可言的紅光庭院，每踏出一步就感受到椎心刺痛，但還在可忍受範圍內。事情落幕至今已經過好幾個小時。當時，我們即刻停止近藤等人車上堆積如山的無線電干擾器材，又打電話報警，目前醫院四周被無數警車塞得水洩不通。

我以外的人都在接受警方問話，近藤的兩個同夥也馬上被警方帶走。

我仰望庭院中央的櫻花樹，那裡有一道明顯異於紅色燈光的光芒。

「辛苦你了。」上司慰勞我說。

「累死我了。」這是我真實無偽的心聲。

「這樣啊？這也是寶貴的經驗。像我就不懂人類『累死了』是什麼感覺？」

「你不妨也變成狗試試？馬上就能體會到。」

「如果有機會的話，我再考慮看看。」上司的回答擺明沒那個意思。

夠了，再這樣東拉西扯，天都要亮了。

「所以？我會受到什麼處分？」

「處分？什麼處分？」上司居然裝傻。

「你不用再顧左右而言他了，我打破規定，影響人類的壽命。我甘於受罰。」

「哦，你是指這件事啊？」

上司一副好像他壓根兒忘記處分的樣子。

到底在裝什麼瘋啊？他不就是處罰我才來的嗎？

「與其說是規定，更像是習慣。我們和人類接觸的方法只有出現在夢裡，或是用言靈對話。在這種情況下，絕大部分的人類都會認爲想太多了而一笑置之。更何況，幾乎沒有死神願意大費周章地與人類接觸。」

習慣？這種含糊不清的說法算什麼？

「採納你的意見，讓你從人類生前就開始接觸的那刻起，便會對未來造成某種影響。你現在在人世間都有實體了，稍微影響一下人類的壽命又有何妨呢？」

上司說著非常不負責任的話。我一陣虛脫。我玉石俱焚的決心到底算什麼？

「那你到底爲什麼特地降臨人世的？」

吃飽太閒嗎？

「有人像你這樣說話嗎？部下都努力成這樣，我當然有點關心啊！」

果然是吃飽太閒。可是眞的沒問題嗎？吾主不會生氣嗎？正當我想問個明白時，上司突然發出「請等一下」的言靈，停止一切動作，接收吾主的意旨。我一陣緊張。我果然還是觸怒吾主，他正在向上司交代對我的處分。沒辦法，這是我的決定，但我也救了菜穗他們，我不後悔。

「……謹遵吾主的意旨。」上司看著我，緩緩說出以上的言靈。那股輕佻完全不見了。「以下轉達吾主的處分。由於你做出超乎權限的行爲，必須承擔責任，因此……」

我乖順地低著頭，靜待吾主的懲罰。上司繼續發出言靈。

「接下來的日子，罰你繼續封印在棲息人世的動物體內，與人類共同生活，拯救即將變成地縛靈的人類。」

噢……多麼嚴厲的處罰啊！把這麼高貴的我封印在動物體內，貶至人世間。眞是太殘酷了——咦？

「那個……我現在好像就已經處於處罰狀態了……」我摸不著頭腦地反問。

「好像是。簡單地說，就是要你保持現狀，繼續努力。有什麼不滿嗎？」

「呃……這樣就好嗎？」

「好不好只有天知道。這是吾主的命令。你應該不會抗命吧？」

我大大鬆口氣，仰望著漆黑天空。啊……吾主果然慈悲爲懷，而且有點隨便——當然是指好的方面。

吾主既然都這麼說，我無權選擇。只好再待上一陣子。眞是的，心情好沉重。可是不曉得爲什麼，嘴角不受控制地勾出微笑形狀。尾巴也左右搖擺。我抬頭挺胸，拋出精神抖擻的言靈。

「謹遵吾主的意旨。」

「加油。」上司似乎頗爲滿意地搖晃著，身影慢慢變淡，融化般地消失了。

我目送上司離去，回頭一看警方還是那麼多，但菜穗他們已經陸續回屋。可能因爲大家都累了，有話改天再問。我也累了，被近藤亂踢一通身體痛得不得了。我現在只想拋開一切，好好睡一覺。

「李奧，你在哪裡？傷口要包紮才行哦！」

耳邊傳來菜穗從醫院門口呼喚的聲音。我拖著快散開的身體往前，走向我的家。

沒錯，我的家。

4

「Merry Christmas～！」

雖然我不是很懂菜穗的意思，而且尚未反應過來，名為拉炮的西洋爆竹又響了。裝飾著五彩燈泡的樅樹下，火藥的刺鼻臭味令我敬謝不敏，但熱鬧非凡的慶祝氣氛和擺滿一桌子的豐盛料理，還有堆得像山一樣高的泡芙，都讓我感到亢奮。

遭受襲擊後約莫十天，來到人稱「聖誕節」的西洋節日。

話說前幾天的事情還有後續發展。我原本以為近藤一死，整件事就落幕，沒想到大錯特錯。事發隔天，菜穗帶我去一趟地獄。

名為「寵物醫院」的地獄。

當我抵達她口口聲聲說要檢查有沒有受傷的地方，一瞬間，原本坐在名城駕駛的汽車後座，枕在菜穗膝蓋上打盹的我，突然全身打一個冷顫。狗的本能在頭蓋骨裡發出最大音量的警訊。當時我應該還有「快逃！」的選項。但身為死神的驕傲，還有對「醫院」的熟悉感，讓我失去正確的判斷力。

我踏進迴盪著其他狗同伴們鬼哭神號的室內，終於發現自己判斷錯誤，但一切都來不及了。名為「獸醫」的地獄使者，把我的身體翻過來又翻過去，還綁在莫名其妙的機器上，用繃帶把我包得密不透風。最過分的是，他居然對我做出非常不人道的行為……把針刺進我體內，亦即俗稱的打針。

回家路上，我在車上不住發抖，菜穗問我：「那麼可怕嗎？」我是因為冷才發抖的，絕不是因為害怕。沒錯，絕不是。經歷過那樣的悲劇，又過十天左右，我的傷勢痊癒大半，只要別做劇烈運動，已經不太會痛了。與其說是獸醫的功勞，不如說是拜如果不趕快治好，又會被帶去那個地獄的恐懼所賜。

我環視屋內一遍。菜穗、南、金村、內海、院長、名城及其他護士們，不到十個人，在裝飾得漂漂亮亮的交誼廳裡歡度聖誕節。

三名患者和菜穗看起來打從心底享受這段時光。這是他們四人最後的聖誕節。一年後，全世界再度慶祝時，他們已經不在世界上了。

南和金村的病情在那一夜後急遽惡化。就連現在，他們看著滿桌食物也沒動一下筷子，頂多喝幾口飲料。然而，兩人完全沒面對死亡的悲愴感。想必他們非常平靜。自己在這個世界上該做的事都已經完成，可以開始靜靜地準備迎接最後一刻。

這麼說來，被警方逮捕的水木和佐山似乎都沒有供出金村。可能擔心一個搞不好，七年前的強盜殺人案跟自己有關的事也會被扯出來。不過我早就知道，金村已經把七年前的眞相寫下來交給律師，交代在他死後交給警方。

內海和南、金村相反，比案發前更有活力，他此刻正把盤裡堆得像座山的食物塞進嘴裡。內海還有任務尚未完成，須在人生的最後畫出最完美的作品。

「李奧。」背後的聲音打斷我的沉思。

回頭一看茱穗把雙手藏在背後，笑臉盈盈地低頭看我。

「妳背後藏了什麼？」

我提高警覺地往後退。前幾天才去過寵物醫院，該不會是從寵物醫院拿回又苦又難喝的藥。

「你有必要怕成那樣嗎？我只是要給你聖誕禮物。」

「聖誕禮物？」

「沒錯，大家會在聖誕節交換禮物。你的項圈沒了，我又買了新的給你。」茱穗的手繞過我的脖子，心情大好地說：「嗯，很適合。」我從擱在房間角落的鏡子裡看見自己。跟上次華麗的項圈不一樣，這次是咖啡色皮製項圈，上頭只有一個雕刻成睡蓮形狀的手工金屬墜子。

她開竅了嗎？這比上次好看多了。上次是被雷打到，才買那種誇張得嚇死人的項圈給我嗎？還是茱穗的品味突然變好呢？

「名城醫生陪我買的，他說這個應該比較適合李奧。」

幹得好，名城。

我從各個角度欣賞自己戴上項圈的模樣。原來如此，還要交換禮物啊！真是個風雅的習慣。可是我現在才曉得這個習慣，根本沒有準備禮物給茱穗，真傷腦筋。我原本搖擺的尾巴不禁垂下來。

「你不喜歡嗎？」

「不是，我非常喜歡。只是……我沒有任何東西可以給妳。」

「你在說什麼呀？這種事根本不用放在心上。李奧可是我們的救命恩人呢！」

菜穗一如往常地撫摸我的頭。

「菜穗有什麼想要的東西嗎？」

雖然我知道世界之大，幾乎沒有身爲狗的我可以準備的禮物，但還是忍不住問她。

「這個啊……我沒有特別想要的東西，不過我希望這家醫院一直開下去。」

「……這家醫院最後還是要關門嗎？」

「我沒問過爸爸，但大概還是要關門。雖然發生那件事以後，他似乎有想過要把醫院繼續下去，可是還卡著錢的問題……錢的問題眞的無能爲力。」

菜穗哀傷地環視整間屋子。對菜穗而言，這家醫院是她實現護士夢想的地方，也是和夥伴們並肩作戰的地方，甚至將成爲她最終的歸所。雖然她最多在這裡再待上幾個月，但一想到自己離開，房子就會易主，肯定難以忍受。

我好想完成她這個心願。我多麼希望把菜穗充滿回憶的地方，原封不動地永遠保留。我原本是高貴的死神，如今在這個世界上只是一隻狗。荒涼的人世裡，並不存在狗也能賺錢的方法。我又再一次被自己的無能爲力擊倒。

「啊，抱歉，我幹麼講這些掃興的話。我準備很多泡芙，只有今天，你愛吃幾個就吃幾個。」菜穗輕輕地拍拍我的頭，拿著裝一堆小盒子的提籃走開。大概是去分禮物給其他人。我目送她的背影，無奈地嘆氣。連最愛的泡芙，現在也吸引不了我。

五顏六色的燈光在視線一角閃爍。我看著裝飾在樅樹上的燈泡，如同天上的星星般閃亮。原本放在三樓儲藏室裡的樅樹，爲了這一天特地搬到房內。

我看著樅樹，低落的心情得到一點安慰。明明只是在植物上加各式各樣的裝飾而已，眞不可思議。我盯著那棵樅樹好一陣子，突然，內心深處有一陣騷動。怎麼回事？我探究著這股不對勁的感覺從何而來。然而，源頭就像海市蜃樓，輕易就從指縫溜走。當我看著矗立在眼前的樅樹，那股不對勁的感覺愈來愈強烈。

……啊！我驚訝地張大嘴巴。

「菜穗！」我看著樅樹，送出強勁的言靈。或許被我的強硬態度嚇到，正要把鋼筆送給院長的菜穗抖一下。聽不見言靈的院長則不可思議地看著眼前驚嚇的菜穗。

「怎麼了，李奧？突然這麼大聲，想嚇死我嗎？」菜穗快步過來。

「不是聲音，是言靈。」

「什麼不是重點，眞是的，好不容易看到感人的一幕，平常都是一號表情的爸爸笑了，差一點就要哭了。」

笑了？差一點就要哭了？那個院長嗎？我偷偷望一眼院長，他的臉看起來一點變化也沒有，還是跟平常一樣死板。難道是女兒特有的觀察力嗎？

「那還眞是不好意思啊！不過我找到比院長的笑容更稀奇的東西了。」

「比爸爸的笑容還稀奇的東西？你發現槌子蛇（註）了嗎？」

註：日本傳說中的生物。

那個院長的笑容有這麼稀奇嗎？

「不是，雖然不像槌子蛇那麼稀奇……但我想應該會比槌子蛇有用。」

我重新打起精神努努下巴，指著樅樹。

「妳看那個。」

「什麼？聖誕樹上有什麼嗎？」

「我要給妳的禮物……妳說的『聖誕禮物』。」

「咦？禮物？」菜穗挑挑眉，訝異地反問。

「那棵樅樹從那家人住在這裡時就在吧？」

「是又如何呢？」

「那棵樹上有各式各樣的裝飾呢。」

「嗯，因爲是聖誕樹嘛……」

我自顧自地釋放言靈，沒有回答她的問題，菜穗丈二金剛摸不著頭腦。

「可是妳不覺得裝飾得太孩子氣了嗎？」

樹枝上除了燈泡，還裝飾著玩偶和玩具。

「因爲是小孩子的聖誕樹。小朋友可以把自己喜歡的東西裝飾在樹上，我小時候也裝飾過洋娃娃……」

「就是這個！」我又送出強勁的言靈。

「什麼啦？嚇我一跳……」菜穗的雙手貼在自己的胸口。

「啊……不好意思。話說回來，最後還是沒有找到寶石呢。」

我依舊沒有回答她的問題，逕自轉移話題。

「咦？嗯，這樣沒錯。李奧，沒事吧？你從剛才就一直牛頭不對馬嘴。是不是頭痛？還是老年癡呆了？」

沒禮貌，居然對聰明絕頂的我講出這麼沒禮貌的話。

我不理她，繼續說：

「對少年來說，在地下室偶然發現的寶石是他的寶貝。其中一顆雖然走到哪裡帶到哪裡，但畢竟無法將所有寶石都貼身帶著。妳認爲少年怎麼處理剩下的寶石？」

「咦？」菜穗歪著脖子，瞇起眼睛，終於明白我的言下之意，她瞪大杏眼，慢慢地看向樅樹，僵硬得像忘記上油的玩偶。

菜穗面前的樅木樹枝上，閃爍著幾個耀眼奪目的光點。

「以玻璃珠來說，妳不覺得太漂亮了嗎？」

「騙人……怎麼可能……」菜穗呆在原地。這時就要請專家出馬了。

「金村。」我用言靈呼喚正小口小口啜飲蘋果汁的金村。

金村回過頭，有些吃力地起身走來。

「什麼事？」爲了不讓其他人聽見，金村特地到我身邊蹲下來。他的語氣四平八穩，和我剛遇到他時判若兩人。不再惡言相向當然是一件好事，但對於已經互相拍板叫囂過好幾次的交情來說，總是少了些什麼。

「你看那邊那棵樅樹。」

「嗯？這棵樅樹怎麼了嗎？」金村隨手摸摸樅樹的樹枝。

「你的眼睛長在屁股上嗎？仔細一點。」

金村有些不高興地瞪我一眼。很好很好，這傢伙就是要這樣凶神惡煞。

「這棵聖誕樹到底有什麼問題？沒有什麼特別之處……」金村說到這裡就再也說不出話，匪夷所思地湊近樅樹，浮腫的眼皮愈張愈開。「啊啊啊啊啊！」金村張大嘴巴，發出驚叫，引來交誼廳裡所有人的側目。

「怎麼了？」附近的名城連忙趕來。

「鑽、鑽、鑽……」

金村指著樅樹，正確來說是掛在樅木樹枝上的小玻璃珠，繼續發出怪聲。

「金村先生，你冷靜一點，躺下來再說。護理長，麻煩妳量一下脈搏……」

「不是的，醫生，不是的。」金村嘶啞地喊叫，顫抖地指向樅樹。「鑽石，鑽石就在這裡。」

金村叫著伸向樹枝上的玻璃珠。玻璃珠宛如吸收日光燈的光線，綻放出超越燈光數倍的強力光芒，又帶著一碰就會碎的夢幻感。

「院長，就是這個！那群人不擇一切手段都要找到的鑽石，居然藏在這裡。難怪怎麼找都找不到，眞是大快人心。」金村大笑。

「鑽石……」

菜穗一臉茫然，白皙的手指伸向濃縮著世界之光的結晶。指尖碰到結晶時，七彩的炫光灑落一地，美得令菜穗屏息。

「這裡也有，這裡也有。這是一棵寶石樹啊！」

金村陸續找到樹枝上的鑽石，剛才那股了悟生死的氛圍一掃而空，聲音裡充滿蓬勃朝氣。算了，這才是這個男人的風格，沒什麼不好。

「這些寶石可不是你的東西。是我送給菜穗的『聖誕禮物』。」

我想他應該不會把寶石塞進自己的口袋，不過還是提醒他一下。

「不用你說我也知道。而且事到如今，我據爲己有又能怎樣？你以爲我還能活多久啊？」金村瞪我一眼。

「誰叫你高興成那樣。」

「有什麼辦法，再怎麼說我也是珠寶商，這又是和我有因緣的鑽石。」

「是嗎？樂夠了就趕快交給菜穗。」

「知道啦。」金村不情願地把滿滿一手的寶石交給菜穗，菜穗不曉得該拿手上閃閃發光的結晶怎麼辦，求救地看著周圍。

「妳幹麼鬼鬼祟祟啊？」

菜穗驚惶的態度害我跟著不安，用言靈問她。她於是在我身邊蹲下來，附耳輕問：

「這個……該怎麼處理？」

「該怎麼處理？這是我送給妳的禮物，妳安心收下不就好了嗎？」

「這麼貴重的禮物我不能收。」

「又不是叫妳中飽私囊。這些寶石應該有更好的用途吧？」

「更好的用途？」

菜穗六神無主，一時無法反應過來而苦著臉。眞是的，有夠不靈光的少女。

「這些寶石很有價值吧？至少可以重建一家周轉不靈的小醫院。」

這時，菜穗不再茫然失措，似乎在掌心裡看見未來的可能性。

「可是，這種事……這明明不是我們的東西……」

「院長買下這家醫院的時候，連家具一起買下吧？我不清楚人類規則怎麼訂的，但院長至少有所有權吧。更何況，這些寶石眞正的主人早就死於戰爭，事到如今應該不會再有人抗議了。」

「眞的可以嗎……」

「可以。用這些寶石完成妳最後的心願。」

儘管如此，菜穗還是彷徨了一會兒，可見她的心裡多糾結。過一會兒，她低眉斂眼地咬緊下唇，似乎在思考。不久，她再度抬起眼，瞳孔已不復見迷惘，散發出與寶石不相上下的強韌光芒。

「爸！」菜穗站起來，昂首闊步地走到院長面前。

「什麼事？」女兒沒頭沒腦地表現出強大意志，院長也有些卻步。

「拜託你，我不要醫院關門，請你用這些鑽石讓醫院繼續下去。」菜穗交出寶石。

「讓醫院繼續下去？」院長難得有所動搖，他一臉困惑。

「原本是外科醫生的爸爸開始學緩和醫療，又開了這家醫院，我知道這都是爲了我。可是，爸爸現在已經成爲非常優秀的緩和治療醫生了，這裡也變成很溫暖的醫院。我不希望這一切消失，即使我已經不在……」

菜穗直視著父親的雙眼。院長的嘴唇緊緊抿成一線，不發一語。

「如果是錢的問題，鑽石應該就可以解決了。接下來只有爸爸你的心情了……我知道你不是隨便決定要把醫院收掉。我也知道我一旦……不在了，要你在這裡繼續工作很痛苦。如果可以，我也好想永遠在這裡工作。可是，我辦不到了，希望至少能留下這家充滿回憶的醫院……」

菜穗拚命說個不停，不時夾雜哽咽，晶瑩淚水不斷流下，絲毫不比她手上的寶石遜色。「爸爸，求求你……」菜穗把沾滿眼淚的手放在父親的手上。

幾秒鐘的沉默後，南從圍著院長的眾人中往前跨出一步，他站在菜穗身邊，深深向院長低頭懇求：「醫生，我知道這裡沒有我說話的分，但……我也拜託你。這眞的是一家很棒的醫院，這家醫院救了我。」

金村和內海兩人也站到南身邊，懇切地低頭。

「我也是！醫生。失去所有希望，變得自暴自棄的我，怕死怕得不得了，把氣出在所有人身上。可是住進這家醫院後我變了。不再充滿怨恨，可以平靜迎接生命最後一刻。」

「我也是。多虧這家醫院，我又能作畫了。要是沒有住進這裡，我這輩子都不可能再提起畫筆。我打算把完成的畫捐給醫院。醫生，請不要把醫院收起來，好讓我的畫繼續掛在這裡。」

金村和內海全低頭請求，同時悄悄望向我這邊。看我做什麼？我只是製造一些機會。你們自己拯救了自己。感謝我是無妨，但不要那麼明目張膽地看著我。要是被院長他們發現，醫院就算繼續下去，我的工作也會綁手綁腳好嗎？

我惶惶不安的同時，院長緊皺眉頭，陷入長考。明亮溫馨的房裡，充斥著緊張膠著的氛圍。終於，院長一臉嚴肅地打破沉默。

「這太卑鄙了……」

「卑鄙？」菜穗顫抖地回問。

「我總是訓誡工作人員，盡可能達成患者的期待。如今所有住院患者都要求我讓醫院繼續下去。」院長輕輕嘆氣，微微提起一邊嘴角。「這麼一來……我不就不能讓這家醫院關門了？」

此起彼落的竊竊私語，不一會兒便匯集成足以掀掉屋頂的歡聲雷動。菜穗衝向院長，削瘦的院長差點被她撲倒。患者和醫療人員無不歡天喜地抓著彼此的手，笑逐顏開。

我滿意地看著這群高興得抱在一起的人類。這麼一來，我的工作就眞的大功告成了。包含菜穗在內，醫院四個患者心中的依戀全都解決。醫院也會開下去，我暫時可以繼續留在這裡爲吾主工作，免於失業危機。我將視線從抓著名城的手，高興得像個孩子的菜穗身上移開，望向樅樹根部。

樹根還掛著一顆金村沒找到的寶石，我下意識地用鼻尖輕觸。用線吊著的寶石靜靜搖晃，蘊藏在裡頭的絢爛流光灑落一地。我滿足地瞇起雙眼。雖然歷經波折，但總算順利落幕。菜穗、南、金村、內海和我，少任何一個人（或者是一隻狗）就不可能成功。

我不由得陷入沉思。仔細想想，這一切會不會太順利了？解決三個患者的同時，也解開了錯縱複雜的眞相，讓七年前的案件水落石出。結果不僅解救三名患者、菜穗，甚至連那三個魂魄都一併拯救了。簡直就像冥冥中有股意志在操縱一切，將我們全聚集在這裡。如果說，誰可以做到這個地步……

我仰天苦笑。倘若我的想像正確，那麼到底從哪裡開始就在您的計畫之中呢？那位偉大的推手果然深不可測，不是區區在下我能望其項背。無論如何，今天就盡情享受這股歡慶的氣氛。

我用力吸氣，鼻腔充滿向日葵般開朗快樂的香氣。

原來如此，雖然我不喜歡太吵太熱鬧，但這樣剛剛好。也許是我的腦袋太古板了。雖然不用像同事那樣凡事都向西方靠攏，但只要多一點彈性，外來文化也別有一番風味。這時，一雙溫暖的手放在正欣賞寶石的我頭上。曾幾何時，菜穗蹲在我旁邊，和我從同樣的高度看著那顆寶石。

「妳撇下名城不管沒關係嗎？」

「怎麼？你嫉妒了？」菜穗臉上浮現出小惡魔般的笑容。

「別說傻話了。」我惱羞成怒地把臉轉開。

「呵呵，好可愛。」

我又和菜穗並肩注視著搖曳的寶石。

「好漂亮。」

「嗯，好漂亮啊。」菜穗輕聲呢喃，我也用言靈小聲回答。

她把手繞到我毛茸茸的脖子上，在我耳邊低語：

「李奧，Merry Christmas。」

我也試著模仿同事，用不太流暢的發音回答：

「菜穗，Merry Christmas。」

終章

小鳥婉轉的啼聲縈繞耳邊，我坐在庭院綠意盎然的草皮上，仰望盛開的櫻花，視線範圍內一片淡粉紅。過完年不久，南和金村相繼離世。兩人都在油盡燈枯的兩、三天前陷入昏迷，在睡夢中嚥下最後一口氣，因此兩人都十分安祥。

兩人死後又過兩個月，內海也去世了。止痛用的麻醉藥雖然令他意識朦朧，但內海到最後一刻，都還心滿意足地望著生平最完美的作品。遵照內海的遺志，他那幅描繪庭院風和日麗的遺作就掛在醫院一樓的走廊，觀看者無不覺得內心拂過一陣微風。畫裡描繪著三名患者、我以及穿著護士服的菜穗。我們站在盛開的櫻花樹下，仰望櫻花海。

我將視線從櫻花樹移開，一覽整座庭院。幾個月前還寒風刺骨，如今綻放出繽紛花朵。這全是菜穗每天辛勤照顧的功勞。可是……菜穗已經不在了……

前幾天，菜穗的心臟不規律跳動，終於戴上氧氣面罩，躺臥病床。院長、名城及護士輪流守著她。我不會使用人類的醫療器材，只能坐在床邊，守護著強忍痛苦卻仍努力擠出笑容的菜穗。

我很想為菜穗加油打氣，很想告訴她死亡並不是終點。沒想到，反而是躺在病床上，戴著氧氣面罩的菜穗一個勁地安慰我：「不要難過，一定還會再見面的。」

最後一刻，我只能用言靈告訴菜穗，我多麼感謝她。

今天凌晨，太陽尚未升起時，菜穗在大家守望下靜靜停止呼吸。她的面罩被拿下，原本紅潤的臉頰變得蒼白，就像睡著一樣。

菜穗的魂魄一定非常美麗。然而，我的視線一片模糊，流進喉嚨的鼻水讓我咳個不停，我因此看不清楚她。我肯定得了所謂的花粉症。否則不可能淚流滿面。

名城輕撫著菜穗的臉頰，靜靜流淚；包括護理長在內的護士全圍在菜穗身邊；院長表情扭曲，拚命吞回嗚咽，靜默不語。我哭著走出病房。菜穗的遺容很美，但她已經不在那裡了。菜穗吸引我的也不是外表，而是美麗的靈魂。

既然菜穗都死了，我找不到繼續留在病房的理由。

眼前繁花繽紛盛開的視野又開始模糊。

「你在哭嗎？My friend。」言靈從櫻花樹上傳來。

「……你還在啊？」

我抬起頭。離開病房後，我佇立在庭院數個小時，以為同事已經前往吾主身邊，和菜穗的魂魄一起從世界上消失。

「我給那位lady的魂魄一點時間，讓她最後再和親愛的人們相聚一會兒。儘管聽不見她的聲音，但直覺夠敏銳的人類或許能感受到什麼也說不定。」

「……你都會這麼做嗎？」

我有些訝異。迅速將魂魄引到吾主身邊是我們的工作。我從未聽過等待魂魄。

「怎麼可能？這次是特別服務。」

「特別服務？」

「Boss告訴我了，那位lady對你很重要。既然是重要的My friend重視的人，對我而言當然也很重要。所以我服務得很周到哦。」

同事不加修辭地坦言。所以我才說我和這位同事合不來。這種事要說得含蓄一點，才會有「和敬清寂」的韻味啊。

「你爲什麼搖尾巴？My friend。搖尾巴的動作有什麼意義嗎？」

「狗一旦不知道該說什麼的時候，尾巴就會左右搖晃。」

「這樣嗎？」

「就是這樣。你也來當一次狗就會明白了。要我向上司推薦下次換你嗎？」

「這就不勞你費心了，My friend。」

別這麼說。只要親自嘗試，就會覺得當狗其實也沒想像中那麼糟。我在心中偷偷決定，下次見到上司的時候，要大力推薦這位同事，讓他來人間歷練。

春風拂過我金黃色的毛皮。

「那個……有件事情想問你，可以嗎？」我猶豫再三才發出言靈。

「有事想問我？什麼事？Go ahead。」

「前往吾主身邊的魂魄……後來怎麼樣了？」

我的問題令同事驚訝地搖晃一下。「怎麼？My friend，你連這個也不知道嗎？」

「……因爲我以前不感興趣。」

「My friend，soul們可是我們重要的guest。太過關心當然不妙，但漠不關心也不太好哦。」

「……我已經在反省了。」

我不太甘願地拋出言靈，同事一臉不可思議地凝視著我。

「怎麼了？」

「你變了。」

「誰變了？我嗎？這不是廢話嗎？我都被封印在狗的身體裡了。」

「No－No－我不是指外表，是你的內心。你可是我們當中最頑固，除了完成任務，對什麼都不感興趣，現在居然關心起soul們的事，還會承認自己在反省……我實在太驚訝了，很surprice－」

是嗎？我令同事如此驚訝嗎？我也不太清楚。但不管有沒有變，我就是我。

「現在不是討論我的變化的時候。所以呢？魂魄們……菜穗會怎麼樣？」

心臟在我滿是金黃毛皮的胸膛裡跳動，快到有些疼。同事靠過來，悄悄話似地送出言靈。我幾乎忘記呼吸，側耳……眞麻煩，用心傾聽。

「去到My master身邊的soul們……」同事慢條斯理地解釋。我集中精神，深怕聽漏任一個字。隨著同事娓娓道來，嘴角逐漸放鬆，尾巴甚至傳來「叭噠叭噠」的聲響。「就是這樣。」

「這樣啊……我總算明白了。」等同事說明告一個段落，我盡可能平靜回答。

「你發什麼呆啊？My friend。這不是好消息嗎？你希望那位lady得到幸福吧？」

同事訝異地看著我上緊發條般左右擺動的尾巴。

「別放在心上。狗的身體非常複雜。若你眞的想知道，當一次狗看看。」

或許我眞的變了，居然臉不紅氣不喘地說謊。身爲死神誕生至今這麼長一段時間，我只是一成不變地完成工作，如今只過幾個月，我已經完全不同，而且是往好的方向改變。降臨人世半年左右的回憶在我的腦海中漸次甦醒，全是如掛在樅樹上的寶石般閃閃發光的經驗。

「My friend。」同事發出言靈。「不好意思打斷你的沉思，但有你的guest。」

「Guest?」我重複同事的話。

「她已經和大家話別完畢了，最後有些話想跟你說。這其實不合規定，但她是特別的，而且對象是你，我也只能同意了。」

當我意識到同事在說誰的時候，不禁打顫。

「在哪裡？」

「你抬起頭來就知道啦。」

我望向正上方。一個粉紅色的魂魄飄浮在繽紛的櫻花雨中。

「菜穗！」我用言靈大喊。

陽光下的菜穗，比我至今見過任一個魂魄都要美麗。表面散發出淡淡的光芒，讓人想到樅樹上的寶石。菜穗的魂魄緩緩下降，慢慢在我的四周繞圈。然後，她發出微弱卻清晰的言靈：

「謝謝你。再見了，李奧。」

我視線一片模糊，什麼都看不見，花粉症變嚴重了。

「妳在說什麼，該說謝謝的是我。菜穗是我最棒的……『朋友』。」

我拚命向菜穗表達感激。無論運用再多語彙，都無法表達我的心情，眞是太令人著急了。菜穗的魂魄搖晃著。我感覺自己似乎看見菜穗靦腆的笑容。

「那麼，差不多該走嘍！」

同事催促菜穗的魂魄。美麗的光之結晶靜靜地翩然升起。

「菜穗就拜託你了，這是死神同伴的約定。」

我懇求同事，同事又是一臉不可思議地看著我。

「死神？你在胡說什麼啊？My friend。」

「什麼什麼？人類不都這麼稱呼我們嗎？」

「死神嗎？才不是呢！雖然偶爾也會有人用這種不吉利的方式稱呼我們，但一般人都叫我們另一個名字。」

「另一個名字？」

我的反問讓同事有些自豪地釋放言靈。

「Angel，也就是『天使』。」

天使……天之使者。我瞪大雙眼。

啊，對了，是「天使」。人類都稱我們爲「天使」。

「那麼，My friend，後會有期。」

「後會有期。」

我與同事道別後，用言靈向飛至櫻花樹端的菜穗喊話：

「菜穗，直到再見面的那一天……請妳一定都要幸福。」

菜穗的魂魄開心地晃動，劃出彩虹般的七色炫光，逐漸消失無蹤。

不知不覺間，同事的身影也看不見了。

我仰望著菜穗消失後藍得不見雲的晴空。

一直、一直、一直仰望著……

我的三餐由比幾個月前增加數倍的護士輪流負責，聽說在她們心中，餵我吃飯成了一件很光榮的差事，我好像挺受歡迎。最近我也開始看懂那位冷淡院長的表情了。他好像沒有想像中那麼難親近。他心情好時，到鎮上出診回來時還會買泡芙給我。

*

我頂著秋天風和日麗的陽光，躺在茂盛的櫻花樹下，陷入沉思。這麼說來，降臨到這個人世間，已經持續觀察人類將近一年，我最近終於明白為什麼這個時代和國家的地縛靈那麼多了。

這個國家太富庶了。人們開始不願意面對死亡的課題。在這個已經沒有饑饉，生活環境獲得改善，再加上醫療進步一日千里的國家，人類開始把任何人總有一天都要面對的死亡視為特別的事，把死亡當成一種忌諱，盡可能從日常生活中排除。

於是，這個國家的人在日常生活中接觸到死亡的機會愈來愈少，然後在不知不覺間，甚至忘記自己總有一天須迎接死亡的宿命。

沒有意識到「死亡」，漫不經心地浪費上天賦予的時間，當大限來臨的時候，這些人驚覺人生有限，為自己虛度人生感到強烈後悔，於是便產生執著。

這個國家的人類為什麼不願意面對死亡呢？正因為上天賦予自己的時間是有限的，人類才會拚命燃燒生命，將有限的時間運用得淋漓盡致，不是嗎？還好，只要能覺察到這一點，就不會太遲。就算已經死到臨頭，人類還是可以找出自己的存在意義，讓所剩無幾的生命發光。

南、金村、內海以及菜穗都在最後的時刻證明這一點。咦？我躺在地上，抬起頭看見稱之為計程車的車輛開進停車場，隨後後座車門打開。

我抽著鼻子。甜膩的味道混著從排氣管吐出來，充滿灰塵的惡臭掠過鼻尖。還眞強烈的腐臭啊！看來不太好對付。一位上年紀的老婆婆從計程車裡走下來。稀疏的頭髮和龜裂的皮膚述說著她與不治之症——大概是癌症——長期抗戰的結果。

折磨她的恐怕不止病痛，空氣中瀰漫著一股刺激到令我流淚的腐臭。那是人類站在死亡的面前，無法隨著時間風化的後悔，以及從中散發出強烈的「依戀」。如果放著不管，她不久就會變成地縛靈，永遠在現世中徘徊。沒錯，如果我不好好工作，不好好執行吾主交代給我的光榮任務。

又要忙碌了。我伸一個大懶腰，一步一步踩著草皮走向醫院。先蒐集那位老婆婆的資料，鎖定她的病房，趁夜偷溜進去……我在腦海中排演著工作步驟。

到這裡一年了，我截至目前已經幫助十幾個人擺脫心結，這次也要成功解救老婆婆，甩掉束縛。

那請容我再重新自我介紹一次。

我是封印在黃金獵犬體內的天使，名叫李奧。

這個重要的名字，來自醫院中最善良美麗的少女。

作者致臺灣讀者的話

（本文涉及故事情節，未讀正文請慎入）

臺灣的讀者們，初次見面。我是《飼養溫柔死神的方法》的作者知念實希人。

時至今日，我在日本出版數部作品，但這是第一次作品被代理翻譯到國外。第一部代理作品是在臺灣出版，我打從內心感到非常高興。

《飼養溫柔死神的方法》是在敘述一名叫作「李奧」的死神，他以黃金獵犬之姿降臨人間，並在醫院居住下來。他解開藏在病人們過去中的謎題，藉此將他們從人生中放不下的「依戀」裡解放出來。

戰爭中的悲戀、洋館中的殺人事件、失去「色彩」的畫家。

死神李奧受到「黃金獵犬」的本能影響，又因爲人類不合理的行動而困惑不已，同時不斷將病人從「依戀」中解放。但因爲這些行動，引發意外的危機。李奧被逼到死路，然後，在聖誕夜，一場奇蹟發生了。

這是一部由脫線的死神編織而成的治癒系推理故事，我覺得一定會帶給讀者樂趣，請務必一讀。

在此，稍微改變一下話題，我出生在離臺灣非常近的日本縣沖繩，曾經希望到台灣一遊，但很遺憾，至今始終沒有機會。我未來一定要到鄰近的台灣旅行，到夜市觀光。

NIL 03／飼養溫柔死神的方法

原著書名／優しい死神の飼い方
原出版者／光文社
作　　者／知念實希人
翻　　譯／緋華璃
編　　輯／詹凱婷、徐慧芬
編輯總監／劉麗眞
總 經 理／陳逸瑛
榮譽社長／詹宏志
發 行 人／涂玉雲
出 版 社／獨步文化
城邦文化事業股份有限公司
104台北市中山區民生東路二段141號5樓
電話：(02) 2500-7696　傳眞：(02) 2500-1967
發　　行／英屬蓋曼群島商家庭傳媒股份有限公司
城邦分公司
104 台北市中山區民生東路二段141號2樓
網址／www.cite.com.tw
讀者服務專線／(02) 2500-7718；2500-7719
服務時間／週一至週五：09：30～12：00　13：30～17：00
24小時傳眞服務／(02) 2500-1900；2500-1991
讀者服務信箱E-mail／service@readingclub.com.tw
劃撥帳號／19863813
戶名／書虫股份有限公司
香港發行所／城邦（香港）出版集團有限公司
香港灣仔駱克道193號東超商業中心1樓
電話／(852) 2508-6231　傳眞／(852) 2578-9337
E-mail／hkcite@biznetvigator.com
馬新發行所／城邦（馬新）出版集團
Cite (M) Sdn Bhd
41, Jalan Radin Anum, Bandar Baru Sri Petaling,
57000 Kuala Lumpur, Malaysia.
Tel: (603) 90578822
Fax:(603) 90576622
email:cite@cite.com.my
封面插圖／GEMI
封面設計／萬亞雰
排　　版／游淑萍
印　　刷／中原造像股份有限公司
●2015年10月初版／2020年5月二版
●2021年 8 月26日二版二刷
售價399元
 ISBN 978-957-9447-65-2

國家圖書館出版品預行編目資料

飼養溫柔死神的方法／知念實希人著；緋華璃譯．–二版．– 台北市：獨步文化，城邦文化出版：家庭傳媒城邦分公司發行，民109.05
面；公分．--（NIL；03）
譯自：優しい死神の飼い方
ISBN 978-957-9447-65-2
861.57　　109002177